温迪雅

浙江文艺出版社
Zhejiang Literature & Art Publishing House

NO ONE CAN
GROW FOR YOU

每个人
都得
自己长大

图书在版编目（CIP）数据

每个人都得自己长大 / 温迪雅著. — 杭州：浙江文艺出版社，2025.6. — ISBN 978-7-5339-7938-6

Ⅰ. I267.1

中国国家版本馆CIP数据核字第2025W1R329号

策划统筹	曹元勇
责任编辑	胡远行
营销编辑	耿德加　胡凤凡
责任印制	吴春娟
校　　对	李子涵
装帧设计	海未来
封面摄影	奚志农
数字编辑	姜梦冉　诸婧琦

每个人都得自己长大

温迪雅　著

出版发行	浙江文艺出版社
地　　址	杭州市环城北路177号
邮　　编	310003
电　　话	0571-85176953(总编办)
	0571-85152727(市场部)
印　　刷	上海盛通时代印刷有限公司
开　　本	880毫米×1230毫米　1/32
字　　数	240千字
印　　张	12.25
插　　页	3
版　　次	2025年6月第1版
印　　次	2025年6月第1次印刷
书　　号	ISBN 978-7-5339-7938-6
定　　价	59.00元

版权所有　侵权必究

序一　马不停蹄地笑并生活着

白岩松
中央广播电视总台新闻评论员

一

2023年5月1号下午,《东方时空》开播三十周年纪念聚会,在北京东北方向一个安静的小空间里举行。与十年前《东方时空》开播二十周年的聚会相比较,这一次,外界的关注被屏蔽掉了,三十年的纪念,变成了一个纯粹内部的聚会,四面八方的"老战友"慢慢汇聚,为此,温迪雅居然从英国又飞了回来。之所以强调"又",是因为几个月前她刚回来过一次,可见她对这次聚会的认同。三十年的时光,足以让一代人变老,昔日的愤青早已变成和蔼的大叔,老友相见也不再谈论业务,甚至都不谈论往事,空气中充满着祥和的气息。

作为这次聚会的主持人,我开场的第一句话就是:"叔叔阿姨们，下午好！"接着一扭头对我的主持搭档张泉灵说："来，给爷爷奶奶们打声招呼！"现场哄堂大笑，我这两句话可以算作是幽默，更是陈述着一种并不一定伤感的事实，底下一二百人白发苍苍，大家都老了，甚至连小温都过了五十岁。

二

三十年前，刚走进《东方之子》的温迪雅，可是妥妥的小姑娘一枚，绝对地好看，绝对地爱笑。可惜，那不是一个颜值控的时代，当时作为主持人，满脸的胶原蛋白和笑声中的青春，反而更像是一种原罪，与《东方之子》栏目追求的思想深刻、老辣质疑不那么合拍，也与被采访的"东方之子"们形成天然的反差。

爱美女的制片人时间，在讨论业务的时候，绝不怜香惜玉，言语刻薄残酷，直接打击人格，没被他训哭过的女编导几乎没有。印象中，小温也是他重要的打击对象，我猜小温也哭过，但搜索我的记忆，更多的是她敢于反驳的言语和始终倔强地保留着的笑容。

语言和羞辱都打不倒她，你就看得到小温在主持人这行慢慢地成长。六年，三百多位被她采访过的"东方之子"，记录并见证了小温努力的结果，旁观的我们都为小温松了一口气，这回她是成了，没想到，她作出了决定，辞职，走了！

三

先是英伦三岛,然后是海南岛,在平稳的大陆上,我们也就好几年见一次,聚的时候都是乐呵呵地谈论往事,好像没人关注一次又一次的现在。就在这马不停蹄的时光流逝中,她做了一段时间凤凰台的主持人,结了婚,当了母亲,当然一定还有很多其他好玩或不好玩的故事,只是于我们而言都更像是空白,小温好像一直还是那个笑声不断、只不过略微胖了一些的小温。直到这一次读她的文字,读到她在女儿生日那一天,在独自十公里长跑过程中的放声大哭,我好像才突然知道了这二十多年的时光都去哪儿了,都去了其实大家都差不多的酸甜苦辣当中,这样的小温真实了,立体了,也更符合生命的逻辑。美少女会长大,也会忧伤,也会获得,更会失去,会在尘世的打击和抚慰中慢慢变老!

四

书中的文字,是小温生命的四面八方,是对生活不只是过而且还想悟的胡思乱想。你看到她生活触角的多元和趣味盎然，更看到与过去时光中的人和事，书里有了一种年龄到了、想到了就该有的和解，这和解让她松弛、从容，就像胶原蛋白满满的脸上也终于有了皱纹，这皱纹更像是奖励，而不是风霜！这皱纹，让我们对她接下来的生命路程更放心，更开心。

我知道，这些文字的读者在天南海北。不过，在这本书与读者见面之前，小温应该先给自己献一束花，并说上一声："谢谢，你真棒！"

序二　来自荒野的祝福

奚志农
著名野生动物摄影师，"野性中国"创始人

《东方之子》的同事里，小温可以说是和我交集最多的，当然这也是和英国紧密相连的。

我第一次出国是1998年，也就在那一年，小温到英国读书。所以，可能她见到的第一个来自国内的朋友，就应该是我和史立红吧。我们在雨中的伦敦碰面，我还在地铁和街头给小温拍下了她在伦敦最早的照片。

从那以后，小温就往来于英国和中国之间，当然我们在中国的时候也有见面。2014年，小温一家又重新搬回了英国，同年我去参加WPY50周年的庆祝活动。她邀请我去她刚刚安顿好的新家，然后又陪我去了布里斯托尔，与一直合作的剪辑师马克见面，并在整个活动中为我翻译。

一晃又过了10年，就是在2024年6月，我再次访问英国。当我告诉小温行程时，她建议是不是应该在伦敦做个

《雪豹和她的朋友们》的放映会？接着就投入了烦琐的各种联络和安排之中。在小温还有她朋友的努力下，这场公益放映非常成功。很多在英国的朋友，通过电影看到了中国最美好的青藏高原，看到了雪豹以及雪豹的朋友们，我们的牧民摄影师，我们的原住民，还有其他的野生动物的故事。

我和小温是在1996年到《东方时空》之后认识的，我这样一个来自云南边远地方的林子里、长期和野生动物打交道的"野人"，到了"东方之子"，顿时感到了大家庭的温暖。在那么多的同事、主持人里，我和小温搭档应该是最多的。我们一起采访了很多有意思的人，譬如"杰出科学家系列"，小温"替我"采访了我久仰的中国著名鸟类学家郑作新先生，而我则作为摄影师在旁边"默默地"拍摄。

时间飞快，2023年《东方时空》成立30周年，小温专程回国参加了我们的聚会。我和小温也认识有28年了，她从当年见面时的那个可爱美丽的主持人，成为一位贤妻良母，也成为一个思考者、我心目中的作家。

今天我在白马雪山美丽的村庄——那仁，我心中的香格里拉，写下这段文字。我真的感觉特别幸运，有《东方之子》那么多的好同事、好朋友，多年来给予我如此多的支持、关爱和帮助，小温就是他们当中最典型的代表。

小温最早期的两本书都是和工作相关的，而这本书在某种程度上是在回望她走过的那么精彩的人生之路，还有疫情期间她的所感所悟。她能把这么丰富多彩的人生用文字记录和表达出来，作为好朋友我为她而骄傲。

我也特别高兴能有这样的机会，对小温的又一本新书的出版表示祝贺，并献上我深深的祝福。

自 序

1

没想到，不知不觉就到了可以回望的年龄。

不过，人生过半，下半场也才刚刚开始。所以，这个回望，最多也只能算个年中总结吧……

唯一明显不同的是，过去日子很慢，显得更长；而现在，日子很快，觉得很短。

可是，时光不是很公平的么？对谁都一样的么？这个漫长和转瞬的时空，只不过是我们内心的感受不同而已。

小时候，我们好奇快乐，渴望长大，也有一些时候，我们害怕、无助，不想成长；而在未来的某一时刻，我们终将又要回到小时候那样无助和依赖的状态。看到父母的现在，我们还渴望变老么？

就像看见自己的孩子长大，我几乎忘记了这十几年是如何走过的。当我再看到别人的婴儿时，那感受绝对不同。你还想再走一遍么？相信很多人会，但我也许不会了。

人生就是一个体验。我体验了，那个过程无论甜蜜还是苦涩，它都不可以再重复了；这也许就是长大和变老的不同。小时候，觉得甜就再来一遍，一遍两遍三遍都还不够；成熟了，再甜也不会那么渴望再来一遍，我懂得了适可而止的边界感。

那么，回望的意义何在呢？

并不是想给年轻人一些经验。

有多少年轻人真正地从别人的智慧里汲取经验？学习知识是可以的，但从别人的人生经验汲取"养分"，用在自己的人生中，相信是有的，但不是普遍存在的吧。

我所看到和感悟到的，却是人生的路必须自己走，只能自己走，每个人都得学会自己长大！

回望也许是用来共鸣的。

那些经历了同一个时代的人们，他们借用你的文字，回想自己的人生，勾起无数的回忆；那种时代的见证者和参与者的体验，证明我们存在过。我们留下的足迹和印记，或者平淡，或者令人唏嘘，其实都没那么重要。重要的是，回忆也许是后半生很重要的一个内容，在想象中回忆过去的各种体验，就仿佛重新走过一遍。

在整理书稿挺长的一段时间里，我一直在犹豫：作为一个卸掉主持人光环很久的素人，会有多少人喜欢你的文字？觉得你的思考有价值？

2022年的最后一天，我登上了回国的航班，那是我在权衡了各种利弊、自己认为可以回家的第一时间。那时国内的气氛还比较紧张，各种药品也脱销。我带着一大箱子可以想到和买到的药品，做好隔离一周的心理准备，也做好了带着父亲来英国的所有准备……

四年没有回国了，在飞机上、在机场里亲眼看见穿着防护服的"大白"，对我，是第一次，也是最后一次。在真实的环境里见到"大白"，感觉非常地虚幻。

我不知道这已经是入境隔离政策松绑的前夜。在青岛国际机场，几个到港的国际航班的人聚集在一起，试图说服"大白"们放弃隔离，让我们各自回家。外面有警车，有些学生情绪激动……

最终，我们幸运地避免了原本需要一周的隔离，和很多其他的回归者一样，我必须先坐大巴去青岛附近的隔离酒店报道、签字、解散，然后找了同城的一家酒店滞留一晚，第二天一早，也就是2023年的第一天，我乘出租车回到青岛机场搭上了回西安的飞机。

我清楚地记得，出租车路过高密县时，太阳刚刚升起。透过路边的树林望着即将升起的太阳，一切都很陌生，世界仿佛是静止的……我自然地想到了莫言，想起了电影《红高粱》，高密是他的故乡，也是电影的取景地。

四年没见父母变化很大，令人心碎。我们在一个屋檐下，小心地适应着彼此。这个适应的感觉超越了思念、超越了久违的熟悉感——它令我悄悄地悲哀了很久。

随着国内疫情政策一步步松绑，人们在享受逐步恢复自由的同时，也自然地把过去尽快地遗忘。在国内的两个月陪伴家人，我正好经历了这个一步步放松的过程。

当2023年5月我再次回国参加《东方时空》三十周年重聚时，一切似乎已经恢复到了"原本"的模样。

环境还留有疫情年代的很多痕迹，只是人们不愿再提及，哪怕是失去亲人的悲痛。不像英国，恢复正常的时间更早，应该是早就没有任何疫情的痕迹了。

只是，一切的一切都已改变。

我惊讶于人们遗忘的速度！

我的文稿是在疫情期间完成的，尽管我没有直接写疫情，但重读这一篇篇偶尔提及的事件，我想：如果没有记录，我恐怕也已经忘记了很多的事情。

我突然坚定了用文字记录的念头，也更加明白记录的意义所在。

无论每个人的认知有多么不同，无论每个人的记忆有多大偏差，记录本身就是意义；无论这个记录是多么的个人化，角度是多么的偏颇，它本身也是社会的一部分；更别提记录对于同时代的相关人群来讲，也许会非常重要。

所以，那个怀疑自己文字价值的"小我"的声音，似乎真的没那么重要了。

还有,在疫情前某次回国时,父亲找了个机会对我很认真地说:"现在你的女儿也大了,你应该有时间做点自己的事情了。我觉得你应该写点东西,出本书。"他提议我可以写些儿童故事。

我知道,父亲对于我如今的"无所事事"不是很满意,这是他在婉转地向我提出要求。我一直在寻找机会,希望某一天,我会让父亲"满意"。

这本随笔和散文的集子,就算是对父亲有个交代吧。

2

前不久,大学同学来访,我们有机会进行了相对深入的聊天。他说:"看看咱班的女同学,有几个像你?"

说这话的前提是,我们在八卦我们同学中"神人"比较多。必须声明,这个"神"不是贬义,而是指特立独行的个性和不凡的经历。我们这一届广播学院(现在的中国传媒大学)电视系的同学们,真的是各个传奇,成绩非凡。所以比较而言,我算是相对普通的一个。

老同学说,其实你也够"神"的,追求爱情,没有野心,不急着赚钱,也不梦想更高品质的生活,实现阶层的跨越……言外之意：没有追求，不够成功。

说句实话，这些年，这样的话我听得真不少。还有什么比别人善意地告诉你"你太过老实，错失良机……"更令人产生挫败感的？

多年前，每次听别人这么说之后，我都很怀疑自己，都要花些时间反思，有时会陷入无边的自责。但大部分时候，我最终都说服了自己，我必须追随自己内心的感受。

我可能没办法阻止别人这样想、这样说，但我会选择与其慢慢地拉开距离。这也许是我喜欢居住在英国的一个原因吧。没人管你吃什穿什么，有没有结婚，有没有孩子，有没有工作，靠什么赚钱，以什么为生……你不说就没人关心你。

这种不对别人的生活"善意地"指手画脚，还真的不是我们的文化。当然，在很多时候，这样的评论都披着一个"关心你、为你好"的美丽外衣。

在我人生的相当一段时间，我常常想：是不是我定的目标太低，甚至可以说没有什么目标，才有了我不是那么"成功"的履历？

假如，我一直在 CCTV 不离开？

假如，我留学非牛津剑桥不去？

假如，我非富贵不嫁？

假如，我在房地产领域呆得更久？

假如，我不是这么早地就躺平休息？

……

当我把这些问题写下来的时候，才突然意识到这不就是大家常常向我提出的疑问么？我真的像我的同学所说，就是那个不按常理出牌、比较"神"的一个？

今年的5月1号，是《东方时空》成立三十周年的日子。CCTV并没有任何的纪念活动，尽管栏目还在，有些老人还在。反而是一些已经退休的同事成立了组委会，大家自己出钱出力，找地方组织庆祝了这个特殊的日子。

虽然年初我刚刚在国内呆了两个月陪伴家人，4月底我还是不远万里回到北京，参加了这个难得而特殊的聚会。聚会是按照最初《东方时空》的四个版块组织的——"东方之子""生活空间""金曲榜""焦点时刻"（以及后来在黄金时间的"焦点访谈"），当然还有"实话实说"。

虽然就是那么一个下午和晚上，却见到了许多我离开后就再也没见过的面孔。除了感觉很多人稍微"老了点儿"之外，大家也没有怎么改变。

我们都意识到，当年的《东方时空》已然是一段历史了，我们自己不纪念，还有谁会惦念？

当最初想要把自己的公众号《小温的有氧花园》里的部分感悟结集出版时，我也思考过"我是谁"的问题。

虽然，目前我只是一个赋闲在家、写字画画、生活在异域他乡的游子，但我更是一个曾在中国最具创新精神的电视栏目做过五年采访的记者，是曾经与香港凤凰卫视《欧洲非常之旅》团队遍访欧洲的主持人，也是用八年的时间开发海口九平方公里的新埠岛的房地产公司高管……所有的过往，成就了今天的我，以及当下笃定的咸淡生活。

我的感悟以及在文字中体现的超脱和淡定，都是和这些经历息息相关的。从大学毕业到现在，媒体发生了很大的变化，世界格局也产生了巨变，人们的价值观、世界观、恋爱观都与我们当初不尽相同……

朋友都是阶段性的，虽然与很多大学时期的同学成为同事甚至成为终生朋友，但因为留学、转行以及后来定居海外，让我们多少也会产生距离感。其实，即便很多非常熟悉的朋友，也未必清楚我的完整经历，那就让我的回顾为我们的重新连接和重新认识抛砖引玉吧。

有缘读到本书的年轻人，也会在我的经历里，了解到我是如何作出自己的人生选择，至于选择的对错、判断的高低，相信每个人都不一样。你们也可以问问自己：如果是你，你该作出怎样的选择？

3

如果说记忆力的好坏，会影响一个人的成就，那我认了。

从来不觉得自己的记忆力强大，是因为很多过往在我的记忆里是缺失的。我对自己不感兴趣的事情不仅记不住，而且基本是放弃的状态，即便它再简单不过，我不打算学，就记不住。

还有，我的记忆是细节和片段式的，所以很多的内容不完整，但有些记忆的碎片却反反复复地呈现，非常清晰和新鲜，就像刚刚发生的一样。

所以，我关于童年的记忆是非常少的，只有片段和细节，还有当时的情绪。

我出生在一个普通的干部家庭，现在提"干部家庭"，不知道年轻一代还能否理解？

我们家族应该有很多的故事，可惜这么多年自己并没有精力和兴趣去探索和整理。

我只知道父亲家里应该是有知识的乡绅吧，我的爷爷毕业于留欧美预备学校，后来在北京协和医科大学攻读眼科，因身体原因休学后在当时的汝南省立六中担任英语教师。1936年他与其他人一起创办了私立汝宁中学，并担任校董兼任校长。其实他早在1927年就加入了中国共产党，却在1951年的"镇反"运动中以"反革命"罪被判处死刑。当年父亲已经在西安工作了，他也是事后才知道消息的，那时候的政治气候也不允许他回家看看。我只知道，后来父亲写过很多上访材料，请当年相关人士出具证据，期望为爷爷平反，后来也就不了了之了。

我从未问过父亲当年的感受，偶然提及时他已经是很平静地叙述了，仿佛在讲与他没有关系的人和事。

奶奶年轻守寡，一直就在河南的汝南县农村生活，我在西安见过她几次，记得每次她都是提着一大篮鸡蛋和一大桶香油坐火车过来的。她很少出门，也拒绝和自己五个在外地的儿女一起生活。虽然我从未去过汝南老家，但知道奶奶一直独自生活，养鸡种菜，赶集做饭，也有远房亲戚照顾，一直活到了101岁。

父亲十几岁就当兵离家，后来在陕西省商业厅工作，因为多才多艺，写作绘画拉琴样样可以，所以他一直就是做文字和宣传工作的。他的工资很早就有九十多元，在当时以他的年纪已经是相当高了，所以他先是资助了三个弟弟妹妹上学工作，然后才与我母亲成家。结婚后他又负责在经济上接济我母亲一家。

父亲很英俊，也有才华，但他的确没有生在一个更好的时代。地主的成分让他一辈子不得志，他多次申请入党都没有被批准。那时候，所有的干部都必须到农村去，我们一家就被下放到陕南的城固县，父亲就在县商业局工作，而母亲则去了当地的服装厂踏缝纫机。

母亲年轻时是个文艺青年，漂亮而歌喉婉转。她是家中五朵金花的第一朵，姥姥姥爷非常娇惯她。她梦想当个演员，是电影明星孙道临的粉丝；后来没有机会成为电影演员，却在陕西某文工团当过京韵大鼓的歌唱演员。虽然她的梦想都没能如愿，但父亲年轻时的样貌比孙道临一点都不逊色。

也许母亲年轻时太过任性吧,也许姥爷姥姥和父亲太过宠溺她,当他们被下放到小县城,她不得不在服装厂工作,而父亲又被派往农村,她一个人又要上班又要照顾姐姐(我那时寄养在姥姥家里),一下子就精神崩溃了。

所以,我小时候记忆中的母亲,就一直不是一个"正常的"母亲,而是一个需要照顾和呵护的母亲。虽然她不像其他的母亲那样,可我和姐姐从未怀疑过她是爱我们的。

我童年的记忆一部分在姥姥家,姥姥照顾了小时候的姐姐和我;而另一部分都是在城固县。那时候,记得父亲总是带着母亲四处寻医看病,他们不在家的时候,我和姐姐就在县城的幼儿园全托。我有一些幼儿园和城固县商业局单位的零碎记忆,因为幼儿园就在商业局的对面。

小学和乡村的生活,给了我无数碎片状的记忆,而且都是美好的。真是奇怪,我们作为孩子,从未觉得自己悲苦,而是记住了很多的善良和帮助。

父亲是家里的顶梁柱,过去他在我们的眼里是完美而伟大的,他一直没有放弃对母亲的治疗,自己不仅学了医,也在农村做过赤脚医生。很多年后,他甚至在河南乡下陪奶奶时开过一间私人家庭诊所。

在我看来,父亲真的是比党员还党员的非党员。我留着他所有给我的书信,无论是在我工作时,还是海外留学时,他都像一个党员一样地让我努力学习,希望我回来报效祖国。即便现在和他聊天时,一方面他透露出怀才不遇的遗憾，一方面他又会流露出很多让我不可理喻的想法。

在我刚刚离家上大学时，父亲最终还是离开了母亲，又成立了新的家庭。我和姐姐都非常理解他，因为他坚持照顾母亲多年，并抚养我们长大成人。

我和姐姐当然不希望父母离婚，记得我在大学的时候，得到木已成舟的消息，还是有天都塌下来的感觉。当时我告诉了我的班主任老师，希望请假赶回家去，老师给我了很多的宽慰和建议，至今想起来都觉得温暖。

很多年后，我一直想，母亲如果生在现在，她的精神疾病也许在一开始就有机会得到心理医生的疏导，而不是在当年那种环境下接受非常粗暴的治疗方法，她会怎样？父亲每每谈及，都心疼母亲在年轻时受的苦。而我，从大学到工作，一直忙于事业，也未再想过是否还有机会借助现代医疗帮助她改善病情。当我真正意识到这一点时，的确也太晚了。

好在母亲在我成长的日子里趋于平静，偶然情绪不佳也无大碍。因为她常年服药，近年来显得比较木讷。除此之外，她的身体素质非常好，那些常见的老年病她都没有，思维清晰，耳不聋眼不花，吃饭很香，这也许是上天对她的补偿？

母亲的状况，是我的很多朋友都不了解的，我也很少提及。即便在后来的日子里，她有不少时间与我生活在一起，但她看起来并没有什么特殊。最关键，我有一个好姐姐，始终可以在家乡关照她，让我可以放心远行。

我自小就没有得到过来自普通母亲那样的关爱和照顾，这应该算是我内心的伤痛吧！不了解我的朋友，见我总是乐呵呵的，都以为我生长在一个非常幸福的家庭。

不是说母亲不爱我们，直到现在，她也总是惦记我的"安危"和工作；只是她爱的表现不同而已，而且，这并没有影响我和姐姐长大以后爱别人的能力。相反，我觉得我们有很多的爱回向我们的父母、亲人，回向我们的孩子……

如果说家庭对我人生的影响，那可能就是我比别人更加渴望一个稳定而美满的家庭生活吧，这是不是也是我执着于爱情的真正原因？

4

"下放"十年后，我们家终于回到了西安，住在莲湖区西北三路口陕西省百货公司家属楼。我的小学就在那个路口的西北三路小学，我的中学就在不远处的第四十四中学。

小学时我的成绩还不错，但是没有不错到考上重点中学的水平，记得另外几个学习好的同学都进入了重点中学，而我就直接升入了家附近的高中。所以，在初中、高中阶段，我应该是非常努力学习的。中学时代的生活很简单无聊，是那种两点一线的生活，学校和家里，晚上就是自习，周末才会找同学去玩儿。

那个时候我就知道我的天资并不怎么聪颖，所以知道努力，知道笨鸟先飞。学习成绩似乎就在前列，但也从未排在第一。我参加学校的运动会，比较善于长跑；也参加过影评大赛和诗歌比赛，都获过奖项，所以算是德智体全面发展的学生，我在高中最后一年被评选为陕西省省级"三好学生"。

1986年我大学考的是理科，然而高考成绩不怎么理想，只能上一些走读的本地大学。记得高中班主任梁老师带着我去高考办找分数，期望"三好学生"的称号可以为我加分。我们找到的那个工作人员说，"三好学生"就是德智体全面发展，怎么还需要找分数？我觉得自己很没面子，也有点辜负这个称号。

所以我决定复读一年。父亲很支持我，还安排我去河南新乡师范大学附中补习了半年，就住在父母新乡的朋友家里。这一年我改学了文科，感觉非常吃力，寄人篱下的生活也不是那么好过。

我真的不记得我是如何开始考虑去考艺术类院校，是从哪里得到北京广播学院提前按艺术类招生培养主持人的消息的？是学校，还是父亲？

反正我记得，我提前报考的艺术院校，除了广播学院，还有上海戏剧学院、北京电影学院，父亲还通过别人介绍，给我请了老师辅导我的表演……即便那时，考表演一定是因为想当演员，也一定是经过培训的，而我似乎只是为了能够进入大学，因为觉得自己的学习成绩不够突出，艺考对文化课的要求会偏低一些。

在各种压力下,我也担心失败,偷偷地为自己做了二手准备。我一直喜欢军人,我咨询了高中毕业考上军事院校的同学,他说可以帮助我参军什么的。我暗自想:如果高考失败,我就去部队吧。

那一年的广院很难考,是全省范围内招生,记得我们有辩论比赛,还要对着镜头演讲录像。录像这个环节我印象很深,我穿了一件姐姐借的她同学的皮衣,是父亲还是姐姐骑着自行车带我去的考场。我只记得人很多,就在我们排队等候时,有一个女孩子飘然而至,穿得很漂亮,那种自信非常引人注目。人们纷纷议论,她是某重点高中的高材生、辩论大赛获奖者等等。我当时就为自己捏了把汗,录像时不记得抽中什么题目,只记得眼前那束刺眼的灯光炙热地烤着我。

人生很奇妙。我通过了层层选拔,成为据说全省只有大概十名的专业考试录取者之一。高考之后,是难熬的等待。我的录取通知书来得非常晚,我感觉得到父亲每天都绷着个脸,我也几近绝望。那时他也许已经在筹划他的新生活,只等着我的离家放飞。

某一天,是我中学同学在老师的转告下,专门跑到我家里告诉我学校收到了录取通知书。他说,在他上楼梯时遇见了我下楼的父亲,他告诉父亲我被广院录取了,父亲可能因为激动,语无伦次地说句很奇怪的话。

那时没有手机,家里也没有电话,可想这样的等待是多么令人煎熬!

在广播学院这一届录取新生中,电视系有四位同学、播音系有两位同学来自西安。后来回忆起当年的选拔,大家都非常感慨:我们是如何打败那么多其他的考生,包括那位当时看着那么优秀的女孩子的?真的不知道!我只觉得自己非常幸运。

多年后一次中学同学聚会,在几乎没什么联系的情况下,我不仅认出了每个老师和同学,而且一点儿也不觉得他们陌生。

我才意识到,虽然中学时光枯燥单调,可每个人都是那么深地印在脑海里没有被遗忘,那一定是青春的力量吧!

5

考上广播学院,似乎为家里带来了很美好的气氛,我觉得主要是父亲和我都松了一口气。

临行前,我们一家去附近的莲湖公园拍了照片,姐姐送给我了一条漂亮的大花长裙,姑姑还赞助了我一台海鸥相机(这也是入学的要求之一)。

一直记得和西安的同学一起搭伴乘火车去北京的情景,他的家人和我的家人在车站为我们送行,家人们渐渐远去的身影开启了我们梦幻般的新生活。

是的，说是梦幻一点也不夸张。校园里的一切，美丽的校舍饭堂，漂亮的学哥学姐，清晨操场上练声的学生，饭后打羽毛球的身影……回忆起来都是以慢动作呈现的。

与其说大学四年学习的专业知识如何有用，不如说这四年是我探索自我与他人、自我与社会的起点。我这样一个来自西安、小时候在小县城和乡下长大的孩子，淳朴而单纯，与那些在大城市长大、见过很多世面的同学们相比，真的很不一样。

一入校没几天，当时的团支部书记来到我们宿舍，对我用播音腔说了句"请跟我来!"，我就跟着他去了团委。原来我被选中在迎新大会上，作为新生代表发言。因为我引用了我们的校歌《校园里有一排年轻的白杨》，似乎还得了一个绰号"小白杨"。后来有人问我，广院那么多新生，为什么选的代表是你？要知道，我们新生里真的是人才济济。我还从未想过这个问题。从团委的角度看，我的履历表上的陕西省级"三好学生"，一定是一个因素吧，我想。

我本可以借这个美好的开端，在团委或者学生会好好发展一下，可那真的不是我的兴趣所在。我那时就对"政治"不感兴趣，后来也一直这样。

广播学院是一所非常特殊的大学，学生们特立独行，大胆而创新，如果这算是二十世纪八九十年代的特征和精神，那广院就更甚之吧。

那个年代对我们来讲有很多新鲜的东西，有摇滚，有校园歌曲，有 Walkman，有方便面，有护发素，有舞会，有广院之春，同学们也各显神通，任何一个领域都可以成为展示自己才能的舞台。有人写诗，有人摄影，有人唱歌，有人踢球，有人打麻将，有人打架，有人搜集笑话……

我记得头两年我还拍过好几条商业广告。其中一个就在学校附近的蒙古包，我和后来央视大名鼎鼎的李咏同学搭档拍了一个治胃病的广告。那条广告在央视播出了好几年，我清楚地记得当时拿到了五十元人民币现金，我们都不会也羞于谈价钱，就是给多少是多少。那时父亲每月给我七十元人民币生活费，是比较正常的也是够用的。我还请当时一年级的管彤同学和我一起拍了一条洗发水广告，是台湾人的团队。记得几次拍广告，都是我邀约其他同学一起参与，感觉自己的社会关系是不是挺广的？

当年广院有所谓的干专班，就是已经在电视台或者其他领域工作的职业电视人来学校进修。我想，他们应该给很多同学提供了实习和工作的机会。记得 1989 年有半年多没有上课，我就是跟着干专班的老师去拍电视剧了。

想想大学后两年的假期，我基本上都在电视台实习或者跟剧组拍片子。我曾跟陕西台的导演去延安地区拍"信天游"，曾去青岛电视台跟剧组拍电视剧，曾跟干专班老师去河南拍电视剧《活人坟》，还扮演了小角色，也多次跟央视文艺部的好几个剧组筹办晚会。那些收入让我在后两年似乎都可以养活自己了。我用赚来的钱购买了人生第一只时髦的沃克曼，还是让宿舍同学的日本男友从日本带来的。

我还算是认真学习的学生吧，只不过学习本身似乎没有那么重要。虽然说起大学老师，每个人讲课的特点都历历在目，而且后来他们很多都成为像朋友一样的存在。但比起学习专业知识，大学更像是一个大熔炉，我在这里开始了人生的历练。

其实，当我一来到北京，我就喜欢上了这里。不知从什么时候开始，我就打定主意要留下来。但我并不是一个有计划、知道如何往这个目标努力的人。我只想做一个"北漂"，就是跟着剧组一个接一个地拍片子，应该也可以养活自己。

如果说大学期间有什么遗憾，那一定是与《望长城》的擦肩而过。央视军事部的大型纪实纪录片《望长城》当时在广院找一个学生，与著名作家黄宗英搭档主持节目。我与军事部的制片人以及主持人黄宗英见了面，非常有幸被选中参与节目。

那将会是多么有趣的旅程与采访经历，多么难得的机会！恰逢临近毕业，我因为非常个人的原因，临出发前决定放弃这个机会。当年剧组的录音师、后来成为《东方时空》同事的张文华，提起当年就觉得我太傻了。她说，你也许会因这个节目成名，也可能毕业后有进入央视军事部的机会……

年轻时分不出轻重，这是我的遗憾。现在回想起来，如果我真的参与了，那一定会为我的人生打开另一扇门，走往另一条不同的路，而且，从职业角度来讲，临阵脱逃太不负责任……我为此感到内疚。

6

在今年五一节《东方时空》三十周年聚会时，最远道而来的我说："虽然我只在《东方时空》工作了五年的时间，但它一直陪伴我到现在，它是我后来每一次机会的基础和起点。"直到现在，别人介绍我时，还会加一句，她曾是《东方时空》——"东方之子"栏目的主持人；直到现在，也总有人咨询或者让我帮忙媒体方面的事情，仿佛我依然在台里工作。

所以说，《东方时空》的那五年，是我人生中最最重要的高光时刻，一点儿也不过分。

感谢 CCTV 文艺部一位导演的引荐，我去了中国银行总行的电教部门实习，也感谢电教部负责人的推荐，她说总行没有进京名额，而中国工商银行北京分行有，我继而去了北京分行实习，感谢所有接纳我的人们，让我顺利地留在了北京，分配到中国工商银行北京分行的办公室做宣传工作。

这是一份理想的"铁饭碗"，可在那个年代，我这样的人怎可能按部就班，朝九晚五地坐在办公室呢？两年后，我辞职去了一家广告公司，继而又去了一家文化公司，我们公司有文化部的批文，组织全国范围内的选秀活动《明日之星》（现在想想很有前瞻性）。留京的同学进中央台很难，但是我的同学们却是遍布各个地方电视台。

1993年5月1日,央视早间节目《东方时空》开播,已经在"东方之子"栏目任编导的大学同学张朝夕告诉我说,栏目特别需要主持人,建议我去试试。

我不记得去之前是否看过节目、了解过这个栏目的诉求,就直接去台里见了制片人时间。同一天被接见的还有通过其他渠道而来的徐欢。没记得有什么正规面试交流,在无人管的情况下,我们是否也做了些端茶倒水、打扫桌面的学徒工作?我不记得了。反正,我们都被通知可以来上班了。

没过几天,时间带我去台里的化妆室造型,然后没多久就开始了我的采访旅程。我的第一个采访对象是一位非常年轻的书法家,我们是在户外的公园里边走边聊的,记得当时的摄像王宝山说,当镜头一摇向我时,我的眼神就乱了,表情开始不自然了。我非常懊恼自己的表现,不过,做什么都是要有第一次的。

在这么短的篇幅里,要回忆《东方时空》的日子,真的太难了。CCTV评论部前些年有很多关于栏目和事件的文献书籍,很多主持人都出版了自己的书,这里,我就说说我当下可以想起来的、觉得最重要的几点:

在我所有的工作历程中,我从未见过如《东方时空》这般创新、自由、接纳和灵活的组织机构。新闻评论部所采纳的聘用合同制度(台聘),是在后来规范化后才开始实施的,那之前,我们都是临时工。

我是在"东方之子"这个人物版块做记者主持人，在我的记忆中，似乎只要有人介绍甚至是自我介绍，制片人都会给你机会，当然制片人也挖掘发现了不少人才，可以说进来的门槛很低。相信其他的版块也是如此，因为是制片人负责制，制片人来负责每个栏目的节目内容和质量、制作经费和劳务，以及人员编配。

门槛低的结果就是，栏目组的人员流动很大，淘汰率很高，竞争非常激烈，压力自然不小。我来组里时，白岩松已经在组里了，还有胡建、邵滨鸿、刘爽他们这样的已经是记者、学者的兼职主持人。我在栏目的这几年，还有王志、周游等等很多其他的主持人，只是有人呆的时间很短。

那时，我们都住在六里桥的地下室，宿舍和机房都在那里，一个月五百元人民币的工资，只要你愿意，管吃管住。那是一个疯狂学习的年代，我们晚上经常看来自国外的新闻节目、纪录片、采访节目，邀请很多的学者专家讲评研讨，还有月度的评奖……与有经验的学者相比，我一个年轻的新人，真的"压力山大"。

那不是一个讲容貌的栏目，而是一个拼学识和经验的节目。主持人不仅要平视被采访对象，更要提出"粉碎性"的问题。虽然我也试图这样做，但这不是我的性格，而且至今我也不认为唯有提出"刁钻"的问题，才可以得到好的答案。我用我的温婉和柔软，甚至些许的天真，一样可以打开被采访对象的心扉，当然这是后话。

当年，我也像职场"小白"一样，渴望年老；我也曾戴过眼镜，穿着正规，极尽可能地显得成熟，像个知识女性。

我在这样的环境里急速成长。我们每个人都有被骂得头破血流的时候，也有面临被炒鱿鱼的时候，现在的年轻人恐怕没几个可以忍受吧？我们这些人大部分单身，工作没日没夜。我们的办公室后来在中央电视台老台附近的军事博物馆以及科情所，不出差的时候，周末总是不约而同地去到办公室，联系工作或者编片子，晚上大家就一起搭伴去吃饭或者泡酒吧。

那时，在酒后夜晚回"家"的路上，看着路边楼房里的点点灯光，我常常问自己，哪一天我才会有自己的家？

身心磨炼的同时，当然也拥有了令我们无比骄傲的责任感和荣誉感。每一个采访过的"浓缩人生精华"的"东方之子"，都需要我来认真地了解、研究、熟悉，最后才进行采访。那时候，真的可以"容易"地接触到那么多有趣的灵魂，无论是自己感兴趣的人物，还是别人推荐的人物或组里派下来的任务。

我曾统计过，我一共采访过三百多位"东方之子"，抛开加入初期节目量很少的那段时间，五年三百多位人物，加上旅途出差、预采访和其他后期配解说等等环节，这个工作强度真的很大。

幸好当年我还为几家杂志撰稿、写专栏，其中在大型文学双月刊《漓江》以日记体形式记录了我那个阶段的生活，算是随笔集。后来结集出版，成为《温迪雅日记》的基础，与另一本《温迪雅访谈》一起，为我的记者生涯画上了一个句号。

如今翻看这两本书，可以帮我重温那每天都忙碌而丰富的记者生活，有兴奋、喜悦和满足，也有很多的心酸、疲惫和思索。

7

持续地工作、不断地采访，让我有了疲惫感，出国留学也许是最好的开阔眼界的路径。有了这个想法，就委托朋友帮我留意美国和英国的大学。而我，也开始重拾英语，有一段时间甚至脱产在外语学院学习。

对于留学，我的态度是随意的，不是必须的选择，所以也从未计划放弃我的工作。然而，威尔士卡迪夫大学的一纸"无条件"录取通知书，让我的留学没有了语言的门槛。

在我的人生中，似乎没有什么是不可以舍弃的！离开我的家乡如此，离开银行"铁饭碗"如此，离开不对称的爱情如此，离开《东方时空》也是如此……虽然，我当时计划还要回来的。

在本书中《没有规划的人生》一文里，对于我的各个选择有比较详细的描述，这里就不重复了。

结果是，我不仅从卡迪夫大学转换到伦敦的威斯敏斯特大学完成了我的第一个硕士学位,还申请到奖学金在同一大学读了第二个硕士。

恰在第二个学位"中国当代文化研究"尚未结束时,香港凤凰卫视台长王纪言先生——他也曾是北京广播学院的院长,邀请我作为主持人参与他们的另一个大制作《欧洲之旅》,余秋雨老师在完成了《千禧之旅》跨国寻访之后,继续在这个节目中担任嘉宾。

记得当时我曾经和央视的朋友们商量到底要不要去凤凰卫视?很多朋友都是鼓励,因为他们觉得凤凰卫视对主持人比较重视,比央视的收入高得也不是一丁点儿。而当时的《东方时空》正在改版,我也还是有机会回去的。但我知道,如果去了凤凰,再回央视就真的不一定了。

在征得导师同意之后,我决定暂停毕业论文(等第二年再完成),即刻去办理各种签证,在1999年8月初,一个人赶到希腊与已经在那里的摄制组会合,开始了长达五个月的从希腊到芬兰的"欧洲非常之旅",我们走过二十六个欧洲的国家和地区,八十多个城市。同行之人,除了凤凰卫视分期分批的领队、编导、摄像和技术人员,还有余秋雨老师和他夫人马兰,三个以上的导游和地陪,以及其他国内媒体的朋友们。

每个人在这个队伍里都是身兼数职,制片人和编导很多时候都在开车,晚上还需要剪辑片子、安排行程;而我,既没有化妆也没有策划的配合,我需要在现场录串场、需要采访所有需要采访的人,还要做与秋雨老师的访谈、晚上时不时还要配解说，很多时候旅途就在补觉。我们基本上没在一个酒店停留三天以上，很多时候都是住一晚就离开了，只是在千禧年的时候，在旅程的终点芬兰停留的时间比较长。

那时候互联网还没有像现在这样发达，一个手机什么问题都可以解决。我最大的不适应就是没有足够的时间和方法为采访做调研和准备。我手里只有几本各个国家的旅游攻略，除了街头随机采访，我不能接受没有准备的采访，内心觉得这是对被采访对象极大的不尊重。有时候企业还有些资料，但一些政要和文化领域的人物就这样直接去采访，简直要了我的命。而凤凰卫视的编导则认为他们的主持人在任何环境和条件下都可以脱口而出……

我们彼此的不适应可能就在这样的分歧中产生了。

虽然在这个集体中还有我的校友、我的老师，我却觉得自己格格不入。央视和凤凰，完全是两种模式和管理制度。整个旅程我感到自己非常孤独和煎熬，也觉得关系有些复杂，甚至有那么一两次我几乎想要放弃。

还是王院长（我们都习惯称他为院长）安慰和鼓励了我，队伍中那几个来自香港的年轻人既善良也有耐心，还有其他几个喜欢我的人，所以途中也不乏令人温暖的人和事。整个旅程之丰富、涉猎之广，是任何个人的旅行都不可比拟的，我从没有后悔参与了这个节目。

当时，在意大利境内拍摄，剧组还允许我的男友来探班，大家叫他"老高"，秋雨老师还为他起了个文绉绉的中文名字"高庭静",他一直用到了现在。和秋雨老师同行这么久,因为一路各种忙,除了拍摄对话,我竟然没有太多的机会与他做更多的沟通,实属遗憾。

行程的最后,大家已经比较放松了。在芬兰的日子里,台里领导们也过来庆祝我们安全抵达,最后在2000年开年没多久,我们就各奔东西了。

说出来也许你不会相信,这个节目因为是边拍边播,我也没机会看,加上自己不满意自己的表现,也不想看。后来有一年回国,还是我先生在书店里发现了秋雨老师的《行者无疆》,他买了一本回来给我,在扉页上看到一张我和秋雨老师谈话的照片,我还记得在那个泳池旁拍摄的情景。

秋雨老师的游记更多的是文化层面的比较和思考,从中偶然也能读出点我们行程的蛛丝马迹,羡慕他旅程结束后就有这么一本思考之书奉献给大家,而我却什么都没留下。又过了几年,我在西安的一个音像店偶然看到了整套《欧洲非常之旅》的VCD,我毫不犹豫地买了一套留作纪念。

直到前几年,一个不认识的微博朋友将节目的截屏和书的照片发给我看,我才知道网上有该节目的流传。我看了几集,说句实话,近二十年过去了,除了时代的痕迹之外,节目真的不错,而我的表现也不差呀?!最起码比我设想的不堪要好很多。相比央视的采访,我没有那么沉稳,也许我也在被迫努力地往所谓的"凤凰风格"上凑呢。

比起现在的我,那时影像中人还是很瘦的,可在当时已经有观众嫌我胖了。现在看来，留有那时的影像是多么珍贵的一件事。

最近重读《行者无疆》，在书的后记里，秋雨老师专门将所有参与旅行的每个人的名字都记了下来。我记得每个人的样子，我也记得大家的笑声，我更记得大家对我的好和耐心。

如果有机会重走一遍，我想我会更加灵活地对待我们的不同，我也会更加宽容。

如果我的任性和坚持曾经让同行的你烦恼，如果你有机会看到这些文字，请允许我对你说一声"对不起"。

8

欧洲之旅结束之后，我就离开了伦敦，搬到了布莱顿。2000年，我完成了我的毕业论文，以优异的成绩取得了第二个硕士学位。同时，我和那时的男朋友 Kim 明确了未来。我们有了一个小小的有两百年历史的渔舍（Cottage），终于，我拥有了自己的小家。

也许是以前工作学习太过辛苦，婚后两年我安于呆在家里享受生活，真的什么也没做，日子悠闲得不得了。

一个非常偶然的机会，相识多年的朋友介绍了天津万隆集团房地产老板李总给我。那时李总的女儿在英国读书，我成为她的监护人。在后来的接触过程中,李总非常希望将来我为他在海南的房地产公司工作,同时也希望在还未拿到项目前,我可以攻读MBA学位。就这样,我又毫不犹豫地回到威斯敏斯特大学学了一年的工商管理硕士。说句实话,我为什么就没有想过换一个学校呢?这一次,我的英文没有问题,可MBA的财务是真费劲呃!

也许,一直以来我都是喜欢念书的。这一年是我在英国攻读第三个硕士学位,也是最愉快最充分利用学习机会的一年,而且我对未来新的方向充满了幻想和希望。

因为我计划回国工作,先生也提前规划好了半年的时间在中国做研究。可人算不如天算,海口的项目并没有按原计划落地,而恰在此时,《东方时空》老领导孙玉胜在筹办台属公司"央视传媒",我毫不犹豫地加盟了,就像当年的《东方时空》那样,风风火火地做起了数字频道。不少电视台以前的老同事,也和我一样加盟了这个新的事业,大家仿佛找回了当年创业的感觉,非常投入和快乐。

一年后,房地产公司在海口新埠岛的开发项目终于落实了,而老领导孙玉胜又有了新的角色,我也就顺理成章地离开北京,先在天津公司总部熟悉情况,半年后前往海南岛开始了我八年的房地产开发工作。

新埠岛是海南第一大河南渡江入海口冲积而成的岛屿,紧邻海口市区。海口市政府在1992年就启动了新埠岛开发区的建设,但是直到2007年,我们公司海南优联进驻并重组改制后，才重新启动了对新埠岛的实质性开发。我担任海南优联公司的副总，在填海工程的起始三年，我参与了整体规划的工作，并负责与政府相关部门紧密合作和对接，直到该项目的一期楼盘"海南之心"开始销售，我转而负责营销工作，一直到二期项目结束时我才离开。

从海外的英伦，到海口的新埠岛，从一直在媒体的"无冕之王"，再到家族的私人企业，这三百六十度的大转弯，环境和企业文化的巨变，可想而知对我的冲击和改变有多大！

烈日炎炎、潮湿闷热，新的领域一切都需要重新适应、重新开始、重新建立……

从一开始的寂寞苦闷、无从着手，到慢慢地被领导和职业经理人接纳，再到找到自己起始的角度、发挥自己的价值……这八年，我真的为自己的强大内心而骄傲！

是的，当时我的年薪还算不错，也在销售开始后拿到奖金，但我从来都不觉得自己赚钱容易。我为企业付出了很多的努力并贡献了自己的价值。

在这八年，我有了孩子，后来在她上学的年龄，她爸爸带她回北京上国际学校。与孩子的分离让我还是产生了去意。感谢老板的挽留，我又坚持了两年。在结束项目第二期的销售之后，我终于辞职回到了北京。

当然，除了以上所提到的职业以外，在英国期间我还曾在 BBC World Service 以及凤凰卫视欧洲台的前身工作过，这里的收入支撑了我在英国的学习和生活。除了《东方时空》，我还在央视的《读书》栏目和《大家》栏目，短暂地主持过节目。这些年，我也一直协助我先生的公司，致力于中国、英国媒体之间的交流合作，为中国很多电视台做过创意创新领域的培训。

在北京的两年，我专注于陪伴孩子。那时我对于中国茶的兴趣更深，对于健康养生的兴趣也刚刚开始，所以和茶友学茶切磋，参加辟谷的培训和实践。北京的生活丰富多彩，并且有那么多老同事老朋友，我们生孩子都比较晚，孩子们也都差不多大。记得每个周末大家带着孩子相聚，那真是一段非常美好的闲暇时光。

2014年，我们做出了回英国生活的决定。我们已经在前两年买了新的住处，还是在布莱顿的海滨，离原来的老房子不远。在女儿生日的那一天，我们一家三口离开了北京，迎来生活的又一篇章。

在我的人生中，充满这样那样的选择，有的无足轻重，有的则是改变了人生的轨迹。选择是困难的，很多时候，我希望真的有一个智者来指引我，或者有一个神秘的力量告诉我前行的方向——其实，这个神秘的力量，就是"追随心的方向"。

如果你希望从我的经历得到一点启示的话，那就是：永远追随心的方向！

只有这样，无论你的选择是怎样的，结果是怎样的，你才可以不后悔！因为，结果我们不能把握，但有了内心的向往，你可以苦中作乐，苦中也一定会有甜的！

也许我自己不够成功，还不能说服你、影响你。不过，见过那么多功成名就的人，我可以肯定地说，没有谁的人生不是起起伏伏的，而且谁也不比谁的幸福更多、烦恼更少。

所以，山不在最高，有悟就好。

是以为序。

目　录

序一　马不停蹄地笑并生活着 / 001
序二　来自荒野的祝福 / 005
自序 / 009

辑一　人生是一场寻找理由的旅程

中年人的"诗与远方" / 003
每个人都得自己长大 / 013
和自己的关系才是世上最长久的关系 / 020
住在你心里的那个孩子，还好吗？ / 027
为什么青少年早晨都那么懒？ / 031
没有规划的人生 / 037
我还要不要"融入"？ / 044
人生是一场寻找理由的旅程 / 055
看见童年 / 061

当你老了 / 067

辑二　当爱已成为日常

当爱已成为日常 / 085
善良和聪明，哪个更重要？ / 089
历尽风霜，我依然选择只见美好 / 092
生日惊喜 / 098
爱在深秋 / 106
那些伤了我心的友情 / 110
不够用的时间 / 117
女王去世，我们伤心的是什么？ / 124
"爱自己"也不容易 / 130
唯有连接 / 135

辑三　琐碎的生活

对自己温柔以待 / 141
遛你遛我 / 149
我的喜马拉雅猫 Lily Billy / 155
金秋十月免费的午餐 / 162

今天你读书了吗？　/　167
春天、野韭菜和食材的最高境界　/　174
接受，是人世间最有治愈力的法宝　/　180
你也可以岁月静好　/　186
为什么总是在我悲伤的时候下雪？　/　191
Are you all right？　/　198

辑四　在路上

How to be Merry？　/　205
别人家的孩子　/　213
在路上——苏格兰高地　/　220
一本"最喜爱的赞美诗"　/　230
艺术家开放日以及陶艺家 James　/　236
为 2021 温柔地画一个句号　/　244
当我画画的时候，在想些什么？　/　250
在路上——阿尔巴尼亚之旅　/　257
ABBA Voyage：穿越时光的音乐之旅　/　278

辑五　那些人

再说金庸访谈 / 289
"把青春唱完"的高源 / 297
与姜文的几次擦肩而过 / 302
李芒：让爱顺着笔刷流淌 / 306
一个不会写诗的理工男不是一个好画家 / 312
刘震云：倾听是一种力量 / 319
梁鸿：写作是书写喜怒哀乐，不是审视他人 / 327
欣然：黑白之间百道灰 / 336

后记 / 343

辑一　人生是一场寻找理由的旅程

中年人的"诗与远方"

这些年

年轻时由于工作关系,去过国内不少地方;到了英国念书和生活后,去其他欧洲国家当然更方便了。

我旅行最多的时段,就是和香港凤凰卫视合作阶段。我们用半年多时间在二十几个国家拍摄《欧洲之旅》,虽然时间紧、任务重,多少有点蜻蜓点水和走马观花,但看过许多作为普通游客不会去涉猎的地方和内容,也算是见过比一般人多的欧洲了。

再后来,在海南工作的八年间,也曾想过趁机把东南亚走遍。可实际上,不仅东南亚没有走遍,连海南也不曾走遍。因为工作原因,新加坡和柬埔寨倒是去过多次,也和家人去过泰国度假,仅此而已。

到了2014年，我决定在英国定居，回国探亲就基本上是每年的度假啦！

这些年，也不是说一点儿梦想都没有。

譬如，我总想在法国的乡村住上一段时间，像个当地人一样地生活；譬如，我也想去日本看看，出于对茶的热爱、对日本器物和精美食品的艳羡，同时也由于近年来读了一些日本小说而产生了好奇；再譬如，有一段时间我很想去印度的佛教圣地菩提伽耶学习佛法，已经订了课程，订了机票和酒店，可惜机缘未到，没有成行……

这些年，也不是一个梦想都没实现过。

2017年，我真的去了一趟向往已久的西藏，不能说完美，但也是实现了多年的夙愿；尤其是拜访了很多寺庙，把后来未成行的印度之旅的一些愿望在西藏提前实现了……

难道是我不再热衷于旅行了么？上面那些所谓的梦想，其实也不难实现的呀？！

世界很大，还有很多地方没有去过，也有很多地方值得去看一看。只是，我没有了死乞白赖地非要去一个地方的执念了，更没有想去哪里充实自己的实用主义的旅行愿望了。即便是为了孩子，也不想这样，我觉得应该把世界留给她自己去探索。

人到中年，真的是缺乏了说走就走的潇洒和勇气。身上的责任越来越多，有了猫也有了狗，即便全家出外参加个活动，都需要提前特别安排一下。

然而，旅行于我，还是特别必要的。

人不能总是一成不变地活着，即便乏味如我一般的中年人，也需要时不时地换个地方，换个环境，来刷新一下自己的固有程序。

每次，当我厌倦了英国安静的小镇生活，厌倦了一成不变的海边风景，基本上我就是需要旅行了。我还不可以奢侈地来单纯追求自己的远方，而是选择回国看望家人。

一回去，马上就扎入沸腾的生活，无论是北京、西安还是上海，一个会面接着一个会面，而且基本都是扎堆儿的，因为时间总是不够，想要见的人总是太多；即便在家乡，父母姐妹亲戚同学，也是每天忙忙碌碌。把所有该奔波的都奔波了，就会回归到英国安逸平静的日子。

每次回国，少则两周，多则一个月，我都会毫无例外地被国内朋友们的成就和所作所为感染，心起波澜，创意无限；但一回到英国，过不了几天，进入日常的琐碎生活后，所有的想法又灰飞烟灭，随海风飘散了。

如此反复，乐此不疲。

我的诗与远方

由于2018年我奔波的次数太多——去西安接母亲来英

国住一段时间，再送她回去，然后绕道北京看朋友，加上这些年回国的确颇为频繁，2019年我决定不回国了，安静地在英国待着，到2020年的春节再回去庆祝父亲九十大寿。

谁知这2020年注定不同凡响，"新冠"病毒肆虐，一下子改变了整个世界——我们反而哪里也去不了了。

所以，2019至2020年，我的"诗"就是孩子，我的"远方"就是国内的父母。我期待着一切都早日恢复正常，我就可以自如地回去远方看望父母。而我的"诗"就在身边，我每天都努力唱好它，带着她能走多远就走多远。

其实，岂止是这两年呀？！

自从有了孩子，我的"诗"和"远方"就一直是这样的，无论在哪里，我只能在这两头奔忙。

2019年春夏，我们去了达特姆尔（Dartmoor）看野马，后来又去了德文郡的另一个地方露营；2020年新年，我们去了威尔士的布雷肯比肯斯国家公园（Brecon Beacons），7月封控后又去了新森林地区（New Forest），这不，暑假结束前又回到了布雷肯。

选择这几个地方，其实原因都一样，一是女儿喜欢骑马，二是可以带狗，而且都不太远。女儿开始学骑马已经两年多了，这期间去过好几个不同的马术学校，因为太远也特别不好约时间，所以断断续续的，没有什么特别的目标。不过喜欢就尽量满足她，培养她的爱好。

我们通常就在马场附近，或者住酒店，或者露营，或者租住乡村别墅和小屋。除了接送她，就是吃吃喝喝，附近观光，从没有厌倦。

我喜欢英国的小镇和乡村，也总能发现有意思的事情去做。有时甚至什么都不做，就在家里做吃的，当然这个"家"是别的地方。

今年特殊，新年就住在马术学校的家庭旅馆里。像夏令营一样，女儿每天可以花几个小时要么上课，要么打理马匹，要么外出遛马，特别开心。而我们就是在附近徒步，去小镇逛逛，最远一次开车来回六个小时，去了威尔士的 Snowdonia 边上的古镇，没有时间去爬著名的雪山，而是在一间咖啡店喝了一杯，吃点东西就返回了。

这次夏季的旅行更是努力，为了让孩子开心有陪伴，在几个月的网课之后，邀请了她的好朋友一起旅行。我们租住了一处森林农舍，这样更安全，也省去了四处找饭吃的麻烦。

威尔士布雷肯比肯斯国家公园

既然一年来了两次布雷肯比肯斯，就记录一下这里的风光和我们的住宿，以及我们都是怎样消磨时光的。算是个旅行攻略，让没有来过的人们可以神游一番，如同亲临实境吧！

2020年新年第一周,我们就住在这个马场经营的家庭旅馆里。他们养有几十匹马,也代为照顾临时寄养的狗狗,所以晚上,会有马的叫声和犬吠声。当然,这对于我们来讲,完全不是问题,反而觉得很有特色。

假期会有来自各地的孩子们在这里练习骑马,也有普通游客来进行观光性骑行。夏日有类似于夏令营的活动,孩子们可以住在这里,几天或者一周。

这里的住宿条件非常一般,不过工作人员朴实友好,感觉他们并不善于经营管理,沟通起来比较费劲。我先生说,他们就是那种"和马匹打交道"的人,比较简单。对于我们这样远道而来的"常客",也没有特殊的热情和关照。如果你不介意这些,这里就挺好的。

就在马场家庭旅馆对面的几步之遥,有一座美丽的古堡叫Craig-Y-Nos。非常庆幸这个古堡的存在,因为2020年新年伊始,我们就在这里悠闲了好几天。在附近花园里走走,在酒吧里喝茶,看书,上网,新年大餐也安排在这里。

这个古堡很有历史,曾经是著名歌剧演员阿德里娜·帕蒂(Adelina Petti)在威尔士的家,她于1878至1919年住在这里,直到去世。她当时在欧洲非常出名,深受欧洲皇室的喜爱。我非常好奇,在华丽的歌剧生涯和遥远的威尔士豪宅之间,她是如何安排的?不过,她在古堡专门开辟了一个小剧院,当然也有人慕名而来看演出。

现在这里是当地有名的婚礼场所,也被"Most Haunted"

TV 拍摄过，还可以安排"幽灵"之旅。只有在没有婚礼的时候，才提供餐饮和住宿，而且，欢迎狗狗。

不怕鬼的可以考虑在万圣节的时候来住几天。今年新年那几天，几乎天天有婚礼，只是在我们即将返回的前两天，推出了新年的特惠套餐：住宿加晚餐，价格非常有吸引力。可惜我们在马场的旅馆已经预付了一周的费用，也懒得折腾。而第二次再来，由于"新冠"，这里也处于关闭状态。

我们第二次来这里租住的是森林小屋，一共有三套房子，都被预订得满满的，其中一套应该不小，好像有三个家庭共享。从屋内的老照片可以看出，以前这里是农夫的住所，房子的另一侧就是猪圈和马棚，目前当然都是闲置的啦。

这处农场就在一片森林的边缘，出来就是放牧羊群的天然牧场，傍晚可以看到当代牧羊人开着车，停在路边，一只牧羊犬在帮忙驱赶羊群到另外的草场。我算是第一次亲眼目睹了牧羊犬的工作状态。

我们第二天的徒步就是听从了隔壁一对夫妇的建议，从这里出发，"翻山越岭"四个小时再回到小屋，沿途风景如画。

第一次徒步之后，我们累了个半死，第二天就到最近的小镇布雷肯休闲，这算是比较有特色的小镇，看了一两家古董店，几个独立商店，在一个改造成咖啡店的教堂喝了咖啡。教堂还是发挥教堂的功能来用的，只是一个专业的咖啡店作补充而已。

有一座建在古堡废墟之上的"古堡酒店"是小镇居民所

爱，上次来这里订新年大餐，因为狗狗不能进入就没能用餐。这次天气很好，我们在室外的花园里待了一个下午，吃了午餐，而且完全出乎意料地享受了英国政府为了挽救因疫情受挫的餐饮业而出台的激励政策：Eat out to help out（餐饮有政府的补助）。酒店内部也很美，餐厅很大很堂皇，如果不是因为特别喜爱乡村的住所，我觉得住在这里也是不错的选择。

大家都知道，威尔士的古堡很多。可是Brecon附近还真的没有什么古堡。发现这个酒店原本就是为了寻找古堡，没想到古堡早已是废墟，而酒店竟然也有相当的历史！

最主要的是位置，酒店依山傍河，远眺小镇和绵延的丘陵，花园鸟语花香。当然，菜单很简单，我点了一个杂鱼派，先生点了素汉堡，都还算可口。另外一天在布雷肯，我们再次来到上次新年来过的The Bank餐厅，两次点的都是炸鱼和薯条。因为第一次印象特别好，而此次感觉餐厅已显陈旧，体验远不如以前。

在英国旅行，我的经验是，点炸鱼和薯条基本没错，好不到哪里也坏不到哪里去。反正在威尔士的这些天，我没有期待在饮食上有什么特殊的惊喜。

我们住的森林小屋与马场有二十分钟的开车距离，与小镇有三十分钟的距离。早晨先生负责送孩子们骑马，然后回来接我，我们再不急不忙地出门溜达。

必须告诉大家的是，小心威尔士的阴雨天。此次我们一共待了五天，只有一天完全没有下雨，就是徒步四小时的那天。

不过下雨又怎样呢？重要的是和谁在一起。看看孩子们，天气从来不会影响她们的心情，即使她们的鞋袜都湿透了，所穿的衣服湿了又干，她也不在乎。反而，在徒步的时候，由于天气时阴时晴，景观也因此会特别多变和壮观。第四天，我们在大雨中行走了三个小时，沿着四瀑布步道（The Four Falls Trail），去附近看了瀑布。路非常不好走，但雨中参观行走的人真不少，还有人带着很小的孩子。

这些瀑布完全出乎我的意料，观赏雨中的瀑布更是非常美好的体验。唯一遗憾的是，我的防雨上衣很快露出真面目，完全不能防这样的大雨，里面的衣服几乎湿透了。

在威尔士的最后一天，孩子们白天还是骑马，而我们已经没有力气再去徒步了，还得驱车四个小时往回赶路呢。不过，我们还是开车来到了叫作"黑山"（Black Mountain）的景区，开到半山腰，走了几步到山顶待了一会儿就返回到马场附近，去了那家新年时去过的餐厅，吃了午餐，就回到马场等孩子们结束上课。

第一次也是唯一一次，我给孩子们拍了点照片和视频。当时女儿非常尴尬，对我吹胡子瞪眼睛的，可是在返程途中，她俩一路都在欣赏自己的录像和照片，嘎吱嘎吱地笑个不停，后来就都疲倦地睡着了。

那天回到家，已是夜半十二点。久违了的猫咪兴奋地急速在过道里跑来奔去，欣喜之情不亚于终于回家的我们。

呼吸了新鲜空气，在外充完电，才会感觉到其实家是最舒适的港湾。

舒适又新鲜的感觉

朋友说，你完全可以做到"说走就走"啊，也完全应该有自己的"诗和远方"啊！是的，当然我可以做得到。

可是，我心里并没有怨言呢，我只想顺势而为，一切随遇而安。我觉得，在当下我的处境中，我是找到了"诗和远方"的本质的，那就是：

旅行的意义其实不在于你到底去了哪里，而是，你和谁一起做了些什么；也不在于你到底住在了哪里，更重要的是，你离开了你习惯的日常环境，遇见了不一样的风景和不一样的人与事。

而且，这样的旅行，有你熟悉和爱的人，又在不同的环境中，那种既舒适又新鲜的感觉，是这个年龄最需要的。

不是么？

我期待着尽快可以回到我的"远方"，那就是，和我的父母家人度过一段美好的时光……

2020-09-07

每个人都得自己长大

女儿的生日

今年女儿生日那天，我比往常任何时候都不平静。

她要十三岁了，正值疫情禁足期间，很多东西都买不到，譬如礼物和房间装饰什么的，好在她自己也没什么特别的要求。

那天早晨，我凌晨五点就起床出门了，计划在他们醒来之前，一个人先跑个十公里。

一年最正中的那一天，布莱顿（Brighton）清晨的暖阳已经开始铺洒。我很久没跑步了，但感觉内在的力量蓄势待发。我需要一点一个人的时间，好好想想。

当我跑步的时候，我想了很多。奇怪的是，我想的都是我自己，而不是女儿。我想到我小时候的画面，想到我十三岁时的样子，想到我的父母，想到了自己的恋爱，想到在英国留学的日子，也想到自己的婚礼，想到生产女儿的艰辛，也想到小时候她带来的惊喜和快乐，以及这些年养育她的种种焦虑……

总之，这十公里，我仿佛跑过了我的一生。

有几次，我让眼泪默默地流淌，然后用发带遮住眼睛擦拭；在某一时刻，我几乎泣不成声，我不得不停下来，跑到海边坐下，允许自己哭出声来，然后对着大海让自己恢复平静。

我从未起过这么早，从未看见过这么早的海边，以及那些已经在进行各种活动的人们。这一天，我看到了以前从未看到过的布莱顿，这一天，我也看到了以前从未看到过的自己。

在万千思绪中，我觉得我又完成了一次蜕变，我又长大了一点点。

等我回到家才早晨七点多，他们都还在梦中。我洗了个澡，准备等待看女儿起床后的惊喜。

长大从来都是靠自己

如果今天我不写下那一天的心绪，没人会知道我的蜕变，家里的两个人甚至没有觉察出来我情绪的转变。

这一点就足以证明，我的长大是独自完成的，家人都没有注意到，更别提外人了。

回想自己的人生，在很多个关键的节点，都没有家人的陪伴。譬如上大学，谈恋爱；譬如放弃铁饭碗，舍掉光鲜的职业；譬如出国读书，结婚生子；譬如离开高薪的工作回归家庭……

有时候，我特别羡慕别的家庭对子女的关爱和照顾。特别在北京上大学的第三年，有几个月都没有上课，在我内心觉得混乱的时候，我跟着剧组去河南拍片子。看到周围同学们的家长对孩子各表关心，我有些失落。事后很久，我曾好奇地问爸爸，当时你们就不曾担心我么？你们不怕我会出事吗？记得清清楚楚、真真切切，父亲回答我说：我相信你！

是的，我是在信任中长大的，爸爸相信我是一个好学生、好女儿，我从来也就是在努力地成为一个不让他失望的人。然而，在我长大的过程中，也曾无数次地羡慕那些被家长疼爱和关心的朋友。

记得漂在北京时，周末我常常想去找我的一位女友玩儿，好像也是特别喜欢她的父母和她家里的氛围。可能是她也不好意思拒绝我吧，经常是约好去到她家里玩儿，而她却总说有事出门约会去了（她在轰轰烈烈地恋爱），剩我一人在她家里与她父母吃饭，然后就睡在她的房间，第二天才离开。我当时也没觉出有什么不妥，虽然现在想起来觉得自己真可笑，可那时也许真的就是想要那一份家的温暖、父母的嘘长问短吧。

当然不是说我的父母不关爱我。母亲由于身体原因，从来都是一个需要被别人照顾的人。而父亲的表达方式就是含蓄的。其实，相比我知道的很多家长，父亲已经是温和、细腻、体贴的了，不过，我成长的年代，他要面对的东西太多了，也许真的顾及不了孩子那么多，所以他的信任就是我的动力和方向吧。

记得我们在陕南"下放"时，夜晚的小院里，他总是耐心地给孩子们讲故事，那就是我记忆中父亲最温暖的瞬间。

我就是这样成长在一个最普通的干部家庭里的孩子，因为父亲工作早，收入一直不错，所以家里的经济条件并不差。那个时候，除了当官的，每个家庭都应该是差不多的条件吧？所以，小时候我的努力，不应该是因为需要改变自己的处境吧。

是不是，母亲的状况和父亲的信任，让我更加独立和努力，更加的成熟些呢？

说不清是我太有主意，他们才管得少，还是他们管得少而给了我更多的自由？总之，我就是这样长到了现在。每一步的选择，来自家庭的建议和影响都不太大。家人从不怎么干预我的选择，反而总是支持我的选择。

让孩子自己长大

现在的确不同了，似乎每个人、每个家庭都把孩子看成是头等大事，我们是那么想做一个完美的母亲，那么想成为骄傲的父母，那么期待我们的儿女成功、成才……

我也一样，想做父母完美的女儿、姐姐完美的妹妹、电视台完美的记者、公司里完美的职业经理人、丈夫完美的妻子，当然最想成为女儿完美的母亲。因为我想把我的人生所缺憾的都能够给她，给她很多很多的爱和关注，以及给她我的所长，让她补齐我的所短。

但事实是，我真的做不到完美，从来也没有完美过。

就像我必须在我的父母都不缺席的情况下，自己摸索着长大。经历痛苦，经历寂寞，经历心碎，变得愈加坚强愈加柔软，不断地学习体悟让自己成长。

当然，人生路上，少不了有良师益友的帮助，以及关键时刻"贵人"的点拨。

我是在六七年前，才摆脱了来自原生家庭的烦恼，和自己和解。从此之后，我尽心尽力地为他们做事情，不在乎任何其他因素和干扰，每个家人所做的一切我都能够理解，并设身处地为他们着想，从此与他们有了非常和谐紧密的联结。

到了现在这个年纪，我才体会到了这些，为什么我们总期待自己的孩子什么都明白呀?！他们还这么小，路还很长，我的十三岁，都会做些什么呢？也许我们会的东西完全不同吧。

我们总是过度强调教育的作用，夸大父母对孩子的影响，不仅我们自己终生为其所累，孩子们也不堪重负。

其实，每个孩子都不同，每个孩子都有自己的成长步伐。相信他们，让他们按照自己的节奏自然地成长，难道真的很难么？！难道只有成功人士的父母，才有发言权来谈教育，来传播所谓"养育理念"么？

回顾我的成长历程，我终于决定，对女儿，我不打算再"管"那么多了。这个"不管"，当然不包括生活上的照看，情感上的支持和关注；而是，我真正地意识到了，她成为怎样的人，其实我真的也管不了。

从这一两年开始，影响她的主要来自她的同伴、学校老师以及各种社交媒体。当然家庭的影响永远都存在，只是，如果你非要让她成为你理想中的样子，我觉得不太可能；反而，不如给她自由，给她信任，给她我们能够给予的理想环境，其余的就真的靠她自己了。

所以当我想到和做到这一点的时候，我突然发现，我和女儿之间的关系突然放松了。我也不再那么焦虑和紧张，她也变得更快乐些。

我们的荷尔蒙都在变化，正所谓是"当更年期遇到了青春期"。但正是这样的变化，让我更加理解了她，也更加理解了自己。

这就是她生日那天我跑步时的思索，我的觉悟，我的成长。

这些想法在我的心里冷却了两个月，今天才记录下来。

我期望今后可以做到——

当她需要我的建议和帮助时,我不仅在那里,而且能够真的给她帮助,给她启发。

2020-09-14

和自己的关系才是世上最长久的关系

那天下午,我正在写东西,手机铃声响起,是婆婆的电话。

她祝我生日快乐,并感谢前两天我们专门给她带去的圣诞蛋糕。就在伦敦疫情升级为最严重的"三级"的前一天,我们去伦敦购物,和朋友一起吃饭,算是提前庆祝了我的生日。当然本来我也想去看望婆婆,可她担心"新冠"病毒,婉拒我们进家门。

自英国禁足以来,婆婆没有迈出家门一步,也没有让任何人进入,除了先生的弟弟在伦敦时会住在婆婆那里。我们当然理解她的谨慎,但还是担心圣诞节的时候,她一个人会孤单。

我们就这个话题聊了半个多小时。她说,她真的很享受一个人的时光,完全不需要为她担心。小时候她家里穷,人多房子小,白天总是被迫在外面玩儿;后来有了自己的家和孩子，却总是忙着家庭里的每一个人；再后来离了婚也一直都有男友陪伴。

现在她八十有加，终于可以一个人做她想做的事情，她非常不想被孩子们的担心绑架。她说她很幸运地从联排别墅搬到了现在这个位于最市中心的带阳台有电梯的公寓，两间卧室和一个厨房，不能出门也可以让她随时转换环境。她说客厅现在都快成了健身房，每天锻炼、看书、看电影、看电视，订了很多好吃的都是送货上门，想怎样就怎样，非常完美！

我告诉婆婆：你的当下正是我女儿的理想生活。不久前女儿对我说，等她有了孩子，她绝不像我们一样有任何限制，而是让孩子想吃什么就吃什么，想做什么就做什么，想几点睡觉就几点睡觉……

先生总不相信婆婆说的是她真实的想法，但我反而非常理解她，也相信和佩服她。因为都是女人吧！看看我们这三代女性，其实都有着"类似"的观点。

男人和女人的不同隔着星球，有些东西是彼此永远无法理解的。而女人们，很多东西都是相通的，不分年龄，不分背景。

和婆婆闲聊后，其实我想得蛮多的。

人大概有两种类型吧，一种是喜欢朋友们在一起，重要的时刻总想要与人分享；而另一种，就是更喜欢独处，喜欢把人生的某些时刻留给自己。

我就是那种喜欢独处的人。

一个人在家里,可以几天不出门。如果没有必须要做的事情,就可以随心地做点家务,认真地喝茶,做简单有营养的食物,翻出日常不会看的书,或者干脆什么也不想,做一下午的白日梦,任思绪载着灵魂自由地飘荡。

我每天都感觉有做不完的事情,也许在很多人看来,不是那么有效率,不是那么高产,但我是在按照自己的节奏,一点一点地去完成。而且每当做完一点,我都特别地开心,特别地有成就感。

所以,我只能感叹时光飞逝,哪里会有机会孤独?

我不是一个没有朋友的人,也不是不享受和朋友一起的时光,而是,每次聚会完毕,我都需要回到一个人的状态,完全和自己独处一下,似乎这样才可以恢复"元气"。因为和朋友在一起的时候,话也不少,有时还抢着说,之后就会感觉真的有些累了。

说自己内向,可能很多人都不信。可我知道,在我很小的时候就已经是这样了。印象最深的片段就是,小时候都是去公共浴池洗澡,女同学们也是结伴而去,而我总是喜欢一个人去。还有逛街,这么多年来,我都是喜欢一个人逛,如此才觉得可以享受逛的自由和乐趣。

当然,随着年龄的增长,这样的感受更加强烈,我也更加任性地坚持做自己。曾经有朋友劝我,你这样会变得孤僻,孤僻可不利于身心健康哟……我只能认为,讲这种话的是与我不同的人，完全不理解我内心的声音。

对我来说，太多的社交才不利于我的身心健康。

能够与自己相处，享受与自己相处，也许真的需要强大的内心力量，才可以面对孤独，可以面对或许没有任何朋友的非正常处境。这一年多的疫情，除了不能回国看望父母，对我影响的确不算太大，我依然可以每天到海边遛狗。而我最思念的那个日常，竟然是在书店咖啡厅消磨的时光，因为那是我家以外的最喜欢独处的地方。

我们必须清楚，独处和孤独是两个概念，虽然它们有交集。

也许独处时你感到孤单，独自一人令你悲哀而渴望得到陪伴；也许被亲人和朋友围绕时，你依然感到空虚，不能与人连接，这是孤独。

独处，是你既不反对社交，也不是没有朋友，而是在你一个人的时候，感到非常舒适和满足。当然你不会觉得孤独，你甚至总是期盼着独处的那一刻。

就像婆婆说的，我们总是被家庭、朋友和各种责任占据，很少有机会与自己相处，以至于当你真的独处时，会突然感到不知所措。

说到底，和自己的关系，才是世界上我们拥有的最长久的关系，也是我们最应该珍惜、滋养和关注的关系。

只有学会独处，在独处中了解真实的自己，学会与自己相伴，才能让自己在安静中成长。

能够与自己相伴是"爱自己"很重要的一部分，如果你不喜欢独处，或者害怕独处，也许这就是在提醒，你需要"爱自己多一些"。

当独处时，如果你喜欢反思、自责，后悔过去或担忧未来，不能与当下的自己作伴，那就意味着你的确需要培养"爱自己"的能力。爱自己意味着远离那些令人不快的思绪，让积极美好的想法围绕自己，这样你才可以关注到自己身上"闪光"的一面，你也才愿意与真实的自己相处。

如果你喜欢独处，那你更会认识到个人时间的价值。

在选择朋友时，一定要远离那些总是抱怨、谎话连篇或者一副受害者模样的人，尤其是那些"无心"伤害到你的朋友，他们所带给你的负能量真的不可低估。不是说这些人就不好，也不是说你不能安慰和帮助他们，而是他们显然还没有走上一条"灵性之路"。

我本身就是比较容易受负能量影响的人，所以我选择基本不看电视新闻，不看恐怖、悲痛、黑暗的电影；尽量避免可能不让人愉快的社交。与其事后花时间修正和疗愈自己，不如就尽量减少让自己不愉快的机会。在自己内心还不足够强大的时候，减少负能量给你施压的机会，这是自己掌控自己情绪的第一步。如果选择陪伴，也应该是选择那种过程美好的相伴。

这一年因为"新冠"疫情，在媒体里常常听到人们因为孤独而无所适从。是的，如果你不是一个喜欢孤独的人，那么独处可能就是一种伤害。

为什么很多人会认为独处是困难的，孤独是可怕的？

太多的研究表明，人类是"社会动物"，需要与他人互动才可以开心和成长。这个概念真的根深蒂固，但是人们可能忘了，在很多时候，独处仅仅只是一种选择而已。一个社交达人也有需要独处的时候，一个孤独的人也不一定没有朋友。事实是，享受独处本质上并不是一个性格"内向"和"外向"的问题，而是一个选择的问题，你可以两种都拥有。

研究证明，孤独对自我的成长其实具有很大的价值，它不会伤害你的生活。恰恰相反：独处可以帮助我们调整情绪，激发创造力，让我们做好准备，更好地与他人相处。

那些看到独处价值的人，更倾向于不为取悦他人而忽视自己内心的需求。那种不用听从别人的指令、没有压力做任何事情、没有压力和任何人讲话、没有责任与任何人会面的想法，实际上是更"爱自己"的一种表现。

当孤独是被动的时候，譬如，你被同伴或者社会孤立，或者你感觉自己完全没有遇见知音知己，你的孤独可能是痛苦。那也没有什么可怕的，你更加需要接受现实，学会与自己相处。无论如何，内心的强大才可以让你游刃有余、进退自如。

有很多文章在讲如何做才可以学会与自己相处，我觉得没有必要。只要你愿意，你一定可以和自己相处，你也一定可以找到独处的乐趣。最终，每个人都会根据自己的需求，掌握时间来平衡独处还是与人相伴。

当你与你自己相伴时，最起码可以这么想：

这一刻，你才是最重要的；

这一刻，你的感受是最真切的；

这一刻，你可以送给你最好的礼物，就是与自己相处的这段时间……

2020-12-18

住在你心里的那个孩子，还好吗？

父亲今年九十一岁生日时，西安因为"新冠"疫情管控，家人不能探视，他所在的老年公寓为他过了生日。服务员们为他唱了生日歌，分享了蛋糕，我和姐姐看了发来的视频，都觉得很欣慰。

后来和父亲视频聊天，他却提了一句，不喜欢那些服务员叫他爷爷。我说，那您觉得应该怎样称呼呢？他说叫老师就好啊。

哈哈，那些服务员都是二十出头的女孩子，叫父亲爷爷当然没错。看来，九十多岁的父亲内心并不服老，这多少让我感到惊讶。

谁又不是呢？每当个子高大的年轻人叫我阿姨时，我内心也总会咯噔一下，非常不习惯；更何况偶有中年男子称我大姐，更是令我浑身上下都不自在……

其实，我发现在任何年龄段，都会有人对自己的成长感到焦虑和不安,对于变老更显担忧。所以,我觉得还是西方的称谓更好,免去条条框框的所谓尊称,管他什么年龄,叫名字就好。

这么多年了,我还清楚地记得一个当年做采访时的细节。在 CCTV 时,有一次我们去采访一位九十岁的老将军,坐在他的对面还未开始拍摄时,他突然说:"别看你现在年轻,将来也是一脸苦楚皮(河南话,一脸褶皱的意思)。"记得当时我尴尬地笑着,不知说什么好。

也许当年二十几岁的我,脸上写满了自以为是,或是有其他原因令老人不悦?或许,他也像如今的父亲一样不服老,看着年轻的我,真心感慨自己也曾年轻过?我真的不知道。

反正,无论处于什么年纪,我们都是看不到自己的年龄的。同学聚会就是最好的例子。猛一见面的刹那,我们都会看到岁月的痕迹,但很快,我们就会回到"真实的雾里",看谁谁都没变,那个当年的同学和内心的自己依然活在昔日共同的岁月里……

因为我们被社会定义,被常规告知该做什么不该做什么,很多时候,我们迫使自己成为我们应该成为的样子:一个丈夫或妻子,一个领导或下属,一个父亲或母亲,一个好儿或孝女,一个成功或者碌碌无为的人……那个原本的自己,那个纯真的小孩,不得不躲藏起来,久久不见天日。偶尔,他会探出头,冒个泡,告诉你他还在那里。

我曾经尝试做过冥想练习和通过催眠疗法，在导师声音的引导下，慢慢地进入时间的隧道，回到童年，试图和当年的自己相遇。我看到自己在野孩子般的倔强外表下，一双忐忑如兔子般惊恐的眼睛，以及小心翼翼而敏感的内心……

我试图拥抱了童年的自己，告诉她一切都会好的，一切都无需担忧。那一刻，童年的我泪流满面，像见到了亲人，温暖无比。

我还没有过多的机会研究催眠疗法，但是有限几次与童年的自己相遇，让我感到无比治愈和释怀。也许不少人，即便到了"成熟"的年龄，也会有那种孤独无援的感受，如小孩一样，需要被关照和爱护，需要拥抱，需要用爱来温暖。而这个爱，不一定来自他人，可以是自己对自己的理解，自己对自己的爱。

我们需要和内心里的那个小孩交个朋友，了解他的需求，了解他的烦恼，和过去的那个自己和解，一起成长。

"不愿意长大"和"不服老"在某种意义上是一个概念吧？

老小老小，从起点到终点，一个轮回之后，实际上是又回到了起点。社会和社会人对老人是有要求和期待的，成熟睿智，随时可能提供帮助……如果真正地关注老人，像对待孩子一样就好了。

不过中年人的确辛苦，上老下小，内心里还有个小孩般的自己，也真的是分身乏术。所以，自己关注自己是最最重要和靠谱的。

思维发散，想说的话有点多。不过，我最想传递的信息是——

其实每个人的心里都住着一个长不大的小孩，需要面对和爱护，需要时不时地问一句：你还好吗？

2021-06-01

为什么青少年早晨都那么懒？

家里有一个青春期的孩子，对很多父母来说，是一个巨大的挑战。

很多时候，你会问自己：我的那个小可爱去哪里了？而现在的这个"外星人"又是怎么来的？

而且，人们总认为，没有比"更年期遇见青春期"更糟糕的事情了。孩子生得晚，是赶上这个的一个原因；当今女性更年期提前的趋势，也让这种情形变得更加普遍。

可是，我却对此有完全不同的体会和看法。

我觉得，正是因为更年期荷尔蒙变化所带来的各种身体状况，才让我更加懂得了作为一个青少年，他们也一样经历着身体和心灵的蜕变，一样感到烦躁不安和无所适从。

精神上的青春期比生理上的青春期还要长，可以是从九岁一直到二十五岁左右。即便到了十八岁，法律上是成年人了，可年轻人的大脑还不能说已经是成熟的。

每当这么想的时候，对于女儿的种种情绪和表现，我都充满了同情和理解，因而也更容易不去较真。我甚至给予她更多的体贴和温暖，让大家的日子都容易一些。

青春期和青少年是一个相当大的课题，从各个领域开启的研究都有很多很多，我无意去深入探讨。但是，我觉得只要了解一个事实，其他的问题都可以迎刃而解。

不用研究那么多的心理学，也不必去学习如何交流沟通，化繁就简，深入浅出，问题关键就是青少年的睡眠。

我女儿早晨起床时总是情绪比较糟糕，尤其在没有睡够的时候。到了周末，很多时候总是一觉睡到近中午才起来，让我觉得她好像真的很累很累。况且，她也很想睡足了，周六的下午她才可以更好地去骑马。

对自己的孩子，从小到大，我们都很重视她的睡眠，所以，即便到了现在，也持有没有什么比睡眠更重要的观念。只要她需要，我们就可以放弃作业，放弃外出，总是让她先休息好再说。

你可以批评青春期的孩子把房间搞得很乱，但是，你不应该抱怨青春期的孩子太懒，起床太晚，睡的时间太长……

我知道，很多很多的家长不一定会认同这一点。记得常听见有孩子抱怨说，我要是周末在家里睡懒觉，爸爸妈妈早把我骂起来了……

首先我们需要知道的是青少年仍然在生长，随着荷尔蒙的增加以及身体的变化，他们的大脑正在"重新布线"

（Rewiring）。而这个"生物学的震荡"所带来的副作用就是：青少年的生物钟往前了。也就是说，他们释放褪黑激素（一种让人准备睡眠的天然荷尔蒙）的时间更晚，倾向于更晚上床睡觉，早上也会睡到更晚。

他们不是太懒，而是他们的身体和我们的不在同一个时间区间。对于一个典型的十六岁孩子来讲，他的晚上十点更像成人的晚上八点，他早晨七点被闹钟叫醒的痛苦更像是成人被早晨五点叫醒一般！

没人准确地知道，为什么青春期的身体在向成人发育的过程中，会有这样两个小时的时差？有趣的是，在其他动物身上也发生了类似的情况，譬如猴子和老鼠。

当青少年生活在成人的世界里，一切都从早晨8:00—8:30开始运转，尽管他们睡得更晚，也还是被迫和成人的世界一起运转；难怪周末的时候，他们更需要睡个懒觉，把失去的睡眠给补回来。

而且，青少年的"脑雾"（Brain Fog）在清晨更严重一些。实验证明，有的学校将入学时间推迟一个小时，或者将更"烧脑"的课程往后挪动，在出勤率、病假以及学术成绩多个方面的表现都有所改善。

专家总结睡眠时间和健康之间的关系，发现13—18岁之间的孩子应该规律地每二十四小时睡8—10小时。遗憾的是，全世界的研究都表明，青少年在上学时间段有53%的时间里每天的睡眠时间低于八小时。全球的青少年都经历着

"睡眠不足的流行病"。

除了生物钟的错位以外，随着孩子们进入高中，社交需求增加了（在线聊天、社交网络和网络浏览），也面临着更大的学业压力，而且，在这个年龄段，父母对青少年睡觉时间的控制也减少了。

其实，青少年期间，思考、感情、行为和人际关系都发生着巨大的变化。大脑连接的改变导致思考能力的提升，大脑中信号的改变导致大脑系统间平衡的变化：这些最终都导致出现了一个青少年可能会冒更大的风险、追求更多的回报的时间段。

青少年对压力的反应也很强烈，他们的压力反应系统也在逐渐成熟。性激素会影响大脑中的神经递质，增加他们对压力的反应程度。

人们常常认为青少年的行为都是因为性激素的影响，其实，这仅仅是故事的一个方面。

青春期大脑的发育是按照"从后往前"的顺序：内部情感电路的成熟（像成人一般）要远远早于位于大脑前庭的自我控制和思考的区域。也就是说，青少年的情感有着成人的强度，却没有成人得以全面发展后的大脑前庭的控制和衡量。他们知道想要什么，却给不出一个像成人一样完整的理由。他们还不能完全分辨一些细微的不同，也不能站在别人的角度思考，总是显得莽撞而不知轻重。

在这个过程中，出现睡眠不足后会产生很多影响。

一项最新的研究发现：睡眠时间低于八小时的青少年出现自杀、超重、更易受伤、注意力不集中、学习成绩不佳的可能性更大。另一方面，睡眠时间为九小时或者超过九小时，对生活满意度更高，对身体抱怨更少，人际关系更好。

每晚睡眠时间为（或者低于）六小时的青少年出现驾车寻求刺激、药物和酒精摄入量增加的概率要大于睡眠时间长于六小时的青少年。每晚睡眠时间低于六小时会增加青少年发生交通事故的风险。

同时，还有证据表明，睡眠时间更长、睡眠质量更佳的青少年出现高血压、高胆固醇、胰岛素抗阻和腰围更粗的可能性更低，这个结论在考虑体脂、体育活动、看电视和饮食质量等因素之后依然成立。

最近的报道还显示，青少年的睡眠时间、看电子产品的时间和青少年的精神健康也存在着联系。

研究表明，睡觉之前进行体育活动以及避免使用电子产品都可以促进孩子更早入睡，从而保护青少年的睡眠。父母也可以把手机放在远离卧室的充电板上，这样就可以让他们在睡前和晚上都不看手机。

其实，看到这里，我相信那些认为自己的青少年不可理喻的家长，一定会多少改变想法，觉得他们其实没那么讨厌吧？

我从睡眠这个角度所悟出的与青少年相处的道理就是：

第一，理解所有行为背后的生理原因，他们不是故意的。

第二，用直白清楚的语言和他们交流，而不是影射、含混和模棱两可的语言。

第三，给他们留有思考的时间。

希望这些可以提醒你，帮到你。

说句实话，我自己每重读一次，也加深一次对青少年的理解程度。

2022-01-16

没有规划的人生

2022年伊始，没有对过去一年的总结，也没有新年决心和计划，就这么忙忙碌碌地过到第七天了。

脑海里还是多少有点想法的，关于近期甚至是一年的，只是不想再费力地把它写在纸上。因为最终可能还是当作废纸扔掉，或者留着有朝一日，作为没有完成计划的证据。

我终于很坦然地过了一个没有总结、没有新年计划的新年，而且没有为自己的行为担忧和自责。

要做的事情依然很多，轻重缓急也得酌情把握，不过，没有什么是大不了的"压力山大"了。

回到两年前的2020年，我还是将新年决心和计划付诸文字并发布在朋友圈，以示决心；而2021年的新年，好朋友送给我一本"如何做笔记（计划）"的书作为礼物，那一定是因为我在闲聊中抱怨过自己的忙乱吧。

那是一本告诉你如何做笔记、安排自己生活的实操工具书。既来之，则安之，我也信誓旦旦，不仅给自己，也给先生孩子都买了各类笔记本以及标签，我的确认真地实践了一段时间。最终，除了留下我看了哪些电影的记录和去健身房的次数外，仿佛也没留下什么更有价值的信息。

虽然这本书后来也被束之高阁，但我还是相当惊讶的，连做笔记（计划）的方法都可以成书，那做笔记本身也算是生活的一项任务和内容了，若干年后可以拿来自己欣赏，还是让别人欣赏？

如果再往回走两年，在2018至2019年，我是认真地动了学习"时间管理"课程的念头的，虽然最终没有花钱上课，但免费的课程还是听了不少。

花了半辈子时间，我终于和自己的"不善于计划"和解了。

没有规划的人生，我也已然混到了现在。

我当然知道，有不少的人是按着计划一步一步地走着自己的人生的。

大学时代，就有同学规划着出国，规划着留京，而我还傻帽儿一个瞎混呢；后来过了多年，有朋友按照自己的设计迂回地当了导演，有人做了大生意，有人成为某个领域的翘楚……善于规划真的不错！我身边也有非常善于计划的朋友，在今年已经把下一年甚至再下一年的重要日子都安排满了。

而我，人生看似关键的每一步，都是机遇与巧合，都是任由命运的河流塑造着自己的两岸以及两岸的风景。

譬如，留京在我们那个年代，是个相当不容易的事情。留在北京工作，拥有北京户口，真的是很难。临近毕业在中央电视台实习时，我就产生了留京的念头。当时我可真没有拿北京户口的野心，我只是喜欢北京，就是想漂也要漂在北京，所谓做一个"北漂"吧。

那时，我在央视文艺部实习，每年的传统佳节文艺部都会成立各个晚会的剧组，几个月前就开始筹备了。我想，大不了就跟着剧组干活呗，一个接一个，有地方住（剧组通常在招待所或者酒店常年有办公地点），有吃有喝有工资，至于户口我没想过呢！

幸运的是，遇到好心的导演呀！他介绍我到中国银行实习，说这样才有机会留京。而我又遇上好心的电教部领导，她说中国银行没有留京名额，介绍我去了工商银行北京分行实习……就这样，我最终毕业被分配到了中国工商银行北京分行，在办公室做银行的宣传工作。

那个年代，留京还需要大学的同意，以及陕西省的同意，因为我们算是陕西艺术类特招生，如果陕西不放人，我也一样留不了北京。

总之，此处省略感恩很多帮助我的人；也特别声明：没送过礼，没出卖过肉体和灵魂。

这就是我们那个年代最值得骄傲的地方。

这么难的北京都留了下来，可我没怎么珍惜。

工作没过两年，因为实在受不了在宣教科除了拍拍照片没什么事情做的状况，就为了每月八百元人民币的收入（在银行当时是两百多的月收入吧），我放弃了"铁饭碗"，去了一家广告公司。

没多久，适逢央视改革创新，早间节目《东方时空》应运而生。而我在大学同学的介绍下，"轻易"地迈入了央视的大门。说是轻易，也不是玩笑，那时只要你想，《东方时空》的大门都是敞开的，条件是你受得了苦，挨得了骂，也有本事留得下来。

央视一待六年，其中的风光与辛酸应该可写下文字万万千，那也是我人生中最难忘的经历。然而，我又有了出国看看的念头。

念头虽然是淡淡的，一样有好友帮忙联系美国和英国的大学。我还先后脱产在北外的英文补习班念了半年的英语，后来没忍住又回去工作了，出国的事按理就算放下了。

谁知英国的卡迪夫大学为了吸引我加入，特别对我发出了个"无条件录取"，让我出国留学变成了可能。

就这样，中央电视台这么光鲜的主持人工作，我也没怎么特别珍惜。

我顺利地去英国念了书，所有的积蓄都花在了这一年的学费和生活费上。然而，一年的时间一晃而过，我感觉自己疲于努力学习专业和语言，对英国社会简直没什么了解，于是，又争取机会拿了奖学金念了第二个学士，生活费就是靠在欧洲华语电视台每周兼职数次维持的。那个时候，我内心还是打算回去继续央视的工作。

然而，我遇到了我的先生，同时多年前申请的所谓特殊人才移民也基本要成功了，我不得不再次作出了艰难抉择。

我当然是选择了爱情，留在了英国。

这是多年来被很多人批评的一步棋。直到今天，在社交媒体里偶然被别人提起，就会有人说：如果当年不离开央视，会如何如何……

再后来，我通过朋友介绍遇到了房地产私企老板，他邀请我去海南岛为他新拿下的海口市新埠岛开发项目工作。这又是一个大的机遇和挑战，所以我去了，在海口一待就是八年。

项目进展很难很慢，从海外回到海南，从央视到私企，有太多太多的东西需要学习和适应。后来等项目开始销售，女儿已经到了读书的年龄，爸爸带着她回到北京念国际学校。

和女儿的暂时分别，撕裂着我的心。每隔几个星期，我都必须飞回北京，每次都带着冰鲜的海鱼，留下在北京为她包好的饺子，一个人再拖着行李去机场飞回海口。终于，在项目二期销售结束后，我下定决心，回到了北京。

辞掉高薪工作，对很多人来说，也是不能理解的吧。

虽然，我从未后悔过我的每一个选择，可在后来的很多年，每当别人提起也许我走错了路时，多少还会在我的内心掀起一点波澜。

尤其是在遇到波折或者人生低潮时，我也会问自己：你的人生是否太随意，太没有计划性了？

总有"良师益友"说，如果你更有计划性、更执着、更坚持，你会比现在好很多……或者：性格决定命运，如果你更有长性，更专注，你会更成功——也就是更出名、更有钱、更有成就。我猜测那言外之意，就是你没有登上高峰。

在我的人生旅程中，这样的话我听得太多了。

说句实话，我特别不能理解。这得是什么样的心态，去告诉一个你所谓的朋友：你现在过得不好，你本可以过得更好，或者你应该过得更好。

性格决定命运是没错的，有性格的差异才有了这么多不同的人和人生。可如果性格可以改变的话，那你还是你么？

如果现在有人对我说同样的话，我会立即阻止他，让他最好只管自己的事情就可以了；而不是像过去那样，回到家里反反复复地怀疑和反思我自己的人生！

那么，如果我更善于规划自己，如果我更努力，如果我更有目的性……我会比现在过得更好么？

我真的不知道答案……

但我了解我自己，我是不会这么想问题的。

世上没有"如果"二字！

在看过那么多别人的人生，在经历了自己人生的起起伏伏之后，没有什么不让我更加坚信：

完美的人生只存在于别人的眼里。

我是一个邻家女孩，说句实话，对于自己的人生我已经非常感恩了……

也许就是因为想得不高，也就不可能飞得太远。

我的人生跌跌撞撞，走到今天才不再持续地反省自我。即便这样，也很难不用世俗的惯性思维来假想自己的孩子。

所以，我需要时刻提醒自己，人生是需要自己来完成的！即便好学如我，求索如我，也是到了这个年龄才悟出些道理，我凭什么要求自己十几岁的孩子就得明白呢？

这里，我不是想探讨规划或者不规划人生的对错与好坏，而是想说，不规划的人生也可以过得很好，规划了的人生也未必都能如愿。

而且，无论什么样的人生，都是人生，都是值得尊敬、珍惜和回味的人生。

2022-01-30

我还要不要"融入"?

1

周日坐在我最喜爱的书店咖啡厅,来写这个话题,真的是再贴切不过了。环顾四周,虽然这几日英国遭遇三十年来最强风暴,目测咖啡厅也基本坐满了。今日在座的大部分都是英国人,有独自一人的,有带着孩子的全家人的,也有三两朋友一起聊天的。

我觉得我和这个环境是融洽的,不觉得自己和别人有什么不同,也不觉得他们和我有什么不同。

偶尔思想也会开个小差,听几句别人的聊天,脑海中自动地会生成一系列的联想……他们有着怎样的关系,他们是怎样的父母和孩子,他们的职业甚至阶层,他们的性格和谈吐……这个即刻跳出来的分析结果不需要努力,就是一个再也自然不过的快速反应。

虽然我没有在英国正经工作过，也没有什么外国闺蜜，但我并不觉得自己和这个社会脱节。就如同在自己熟知的华人社会，一个陌生人一开口，我就明白他的诉求是什么；几个来回的聊天，我也可以猜测个八九不离十。对于英国人，我也基本可以做到这一点。

可以说这是一项阅人无数的技能，也可以说是女性直觉的优势。但我并不以此去评判他人，因为我与他们没有任何合作，普通的交往不需要这样的判断。

这是不是说明我对英国这个社会还算了解？和这个社会融入得还不错呢？

2

遥想当年刚刚来英国留学时，外国人是来自哪国的外国人都分不清，不同地域的英语口音也分不清楚，记个地名和人名，也需要花些时间。因为我英文吃力，大部分时间都花在功课和补习英文上面了，除了同学外，几乎没有什么社交生活。

虽然租住在英国人的家里，女主人时而温暖、时而不近人情的处事方式也会让我摸不着头脑。记得当时同学里有个来自瑞典的金发美女，是那种既妖艳又有诱惑力的女子，快要毕业时，她偶然来上课时就已经是挺着个大肚子了。非常清楚地记得她向我们毫不掩饰地炫耀：我很快就要结婚啦，我马上就要拥有一切了，住在伦敦，丈夫、房子、孩子……在惊掉下巴的同时，不禁感叹，她的"文化融入"做得真好！

"融入"的话题由来已久，即便在我做留学生的年代，已经感受着这样的压力。

我简单花了几个小时在网上做了一下调研，似乎这些年关于融入话题的讨论要少许多，如今的融入更多地是提醒海外留学生怎样更好地融入当地的生活，才不枉留学的巨额开销。而具体到华人群体，话题似乎更多的是关于华人如何参政，如何更多地参与到精英文化当中去，尤其是与其他族裔相比较，譬如印度人。

看来，融入的话题已经悄然发生了许多变化。

相比几十年前，随着移民、留学生以及国际旅游的普及，有旅居经历或者生活在海外都变得比较常见，加上这些年各种自媒体的爆发，不少海外朋友将自己的生活毫无保留地分享给国内的朋友，所以海外的生活早已没有了过去的神秘感。

现在的海外学子，也已经不是早期留学生的模样，过着端盘子打工的艰苦生活。不少的小留学生，怀揣着父母的钱，已然成为海外消费的新生力量。

因而，"融入"这个话题，在经济实力的支撑下，对于留学生和新移民来说，变得不是那么紧迫和必须了。只要有钱，生活的一切都可以解决。而绝大多数的海外华人，也早已突破了语言关，有着体面的工作。无论自己选择"混在"华人圈层，还是所谓英国人的圈层，抑或是两个都有，仿佛已然都是"融入"了英国人的生活。

当然，"融入"的概念从来也没有那么清晰的定义，什么才算做真正的融入呢？（这里不是学术层面的探讨和分析）

并不是混在外国人的圈子里，或者有几个本地外国人做朋友，就算是融入了当地的生活。虽然我知道，有这样想法和观点的人不在少数。

所谓融入，我的理解是，无论是人文环境还是生存环境里，他/她与外界的关系首先是一种非常自然和舒服的状态，是一种不需要为了维持这样的关系，强求或委屈自己去迎合他人的状态。

如果你在异国他乡总是感觉不舒服，譬如抱怨周边环境，抱怨天气，抱怨饮食，抱怨本地人，抱怨社会各种服务，感觉到被歧视、被孤立、被不认可……总是用自己的文化习俗来衡量、判断不同文化的人和事，显然，你没有融入这里的生活。

融入本地文化，最最关键的就是接受，包括接受所谓"先进的"和"落后的"人和事，你才会感觉到舒服自在，觉得生活本该如此。这种"文化认同感"（不仅仅是文化）是自在和舒服的条件。并不是说，你必须放弃自己的文化，而是用更加包容的心态来拥抱当下的生活。

这是"融入"的基础和条件吧，当然，这个姿态也是适用于自己的文化和自己的朋友圈的。

在一个更加崇尚成功的社会和文化中，譬如美国和中国，所谓的"融入"，当然会有更高的诠释和要求。譬如参政、经商、荣誉，在任何领域里的社会地位和经济上的功成名就，才算是更加精彩的融入。

3

回顾留学生涯，来英国读的第一个学位是威斯敏斯特大学的国际传媒，是与我的本行相关的。当时除了老师和同学外，我就常常和几个亚洲学生在一起扎堆——两个韩国同学、一个新加坡同学。我们共同的特点是，在各自的祖国我们都已经是职业媒体人了。因为我和两个韩国同学的英文都不好，我们才有更多的时间在一起参加英文补习班，而新加坡的华人女孩英文已经非常棒了，却"不得已"和我们混在了一起。

在大家做视频作业时，她的英文最好，承担的工作就多些，我觉得有时她的内心会自然生出一些不平衡来。不过她是典型的新加坡女人，又漂亮又努力又好强，可能总觉得我们嘻嘻哈哈的还不够努力吧。不过，她和我们混在一起，是因为这样更有归属感还是难以融入其他同学圈，我们不曾讨论过。

这是否也说明了，即便英文很好，"融入"也不一定会自然而然地发生呢？

我留学生涯有第二年，是因为获得了威斯敏斯特大学"中国当代文化研究"的硕士研究生奖学金。这个接着读书的深层原因，恐怕就和所谓的"融入"有关。

我觉得第一个学位虽然以优秀（Merit）毕了业，可英文还是个半吊子，对英国这个社会了解得少之又少，更没有机会去游山玩水，天天都在 Harrow 校区努力学习，有一种白来留学了的感觉。

然而，第一年的学习生活就已经花掉了我在国内工作以来的所有积蓄，既然有了这个奖学金，我只需要打工挣钱维持生活开销就可以了。

这是个新开设的课程，导师只招了三个学生：除了我，一个是不知来自国内哪个城市的"学术钻营者"，基本不上课，偶然来上课就满嘴跑火车（根本没有读书和做研究），但他的确讲一口好的英文；而另一个是说话很好听的台湾年轻学者。我们三个都是中国人，最终却连最一般的朋友也没有做成。

我们的导师是研究中国问题的专家，两个奖学金发给了两个大陆的学生，而唯一付费的则是这个台湾年轻学者，他自然不是特别开心。在我们有限的交往中，他表现出很多的偏见，所以我也不是特别希望和他做朋友。

虽然这一年我对社会学研究产生了浓厚的兴趣，甚至动了在大学做学术理论的念头，最终还是因为觉得自己的英文不够好、写论文太吃力而放弃了。

这是不是也说明了，所谓"融入"，其实和种族也不一定有必然的关系。三个中国人（要是两岸三地就更戏剧性了）都无法相互接纳，说明"融入"在某种程度上首先还是对个体的认同吧。真的不知道，我们的导师是怎么想的？是否从文化研究的角度分析过我们三个中国人的不同？

我的第三个学位是工商管理硕士（MBA），那已经是在英国的几年之后了。在我与香港凤凰卫视《欧洲之旅》团队一起走访了二十多个欧洲国家之后，我确定了与先生的关系，放弃了可能移民美国的机会，我们成了家并定居在布莱顿的一个小而可爱的"fishman's cottage"（渔舍）。

那两年我没再工作，不是因为我嫁了人，而是因为我手里有了点钱。感谢凤凰卫视的高薪，这一年虽然身心俱疲，但我赚了应该比我在CCTV六年都多的薪水。而读工商管理的具体原因，是我准备回国接受一家房地产私企老板的邀请，在海南一家地产公司任职高管。

读MBA时，我的英文已经不是太大的问题了，但学习依然艰苦，因为与商业相关的一些科目对我来说的确不容易。可是，这应该是我读书生涯最开心的一年吧，也是"融入"最好的一年。我和来自世界各地的同学都相处得非常融洽,他们来自英国、俄罗斯、哥伦比亚、意大利、土耳其、印度、约旦、巴基斯坦、塞浦路斯、越南、新加坡等各个国家,好几个都留在了英国生活,有的同学与我至今还在社交媒体上保持着联系。

4

回想起来,我在英国唯一工作过的地方,一个是 BBC World Service,一个是英国的东方电视台(后来的凤凰卫视),都是上学时的兼职工作,也几乎都是华人的大工作环境,两个兼职工作都已经可以支付我的房租和生活费用。反而是在回国工作的十年,因为公司与海外的设计、咨询机构合作,以及在海南生活时因为孩子结交了一些生活在海南的外国人,但这样的交往都是泛泛的,不怎么深入。

相比纯粹的海外华人家庭,对于"融入"这个问题,也许我唯一的"便利"是嫁给了"外国人"。虽说我先生是英国人,土生土长的伦敦孩子,但他的家庭背景也很复杂,父亲家族是来自欧洲的犹太人,母亲则是非洲和英国人的后代。先生的父母都崇尚社会主义,带着少年时代的先生在中国生活过。年轻时他也曾在身份认同的问题上求索过,早年他在媒体工作，是以非洲人的后裔定位自己的，反而是到了现在，由于父亲的去世，他开始学习希伯来语，开始研究犹太的历史和文化。

后来这些年在英国生活，我也做过各种各样的项目，与英国社会有一定的工作接触，但再也没有在任何大的英国机构工作过，而我"熟悉的"外国人自然也就是先生的家人和他为数不多的朋友们。

我几乎可以肯定地认为，"融入"的问题在我们这一代人的身上，更显得是一个问题。

2014年我们都结束了国内的工作，返回布莱顿生活。"融入"的问题，又被认真地提上了日程，其实更多的是因为女儿。

我曾想当然地以为她一个混血儿不存在"融入"的问题，其实错了。她在国内长大，即便后来上的是国际学校，这样一个环境的转变，对于孩子来说也是巨大的挑战。说实话，这是因人而异的，即便一个中国孩子，也未必有这样的不适感。我是在一两年后才意识到，女儿似乎并不为自己的不同而骄傲。我想大约是过了三年的时间吧，她才完全"融入"学校的生活。

而在这期间，我积极参加学校的每一次活动、父母们的每一次聚会，认真对待孩子的每个生日派对和与同学的约会（paly date & sleepover），努力地融入英国的所谓"学校文化"。随着孩子的长大和自然而然地"融入"学习环境，我又开始担心她对中国文化"疏远"，带她参加了周末的中文学校，希望她也"融入"中国人的圈子。为了女儿,我在中文学校里义务教了两年多的中文班。

担心自己的孩子无法在两种文化上游刃有余,这几乎应该是所有海外华人都焦虑的问题吧。然而,无论这个过程是怎样的,是长是短,孩子们的双向融入,也很可能是在家长的"刻意努力"之下"自然而然地"发生变化。

随着女儿逐渐成为有自己意愿的青少年,我也逐渐地放弃了作为一个家长的"融入"努力。

况且,英国人大多数有着特别注重隐私、愿意保持距离、很难轻易交心的个性,变成朋友是一件并不容易的事情。曾经和不少生活在英国的外国人聊起,他们基本上都比英国人更加热情和容易交往,也都对英国人的冷淡和难以亲近有着相同的感受。

正如我开篇所说,任何的"努力"多少有勉强的意愿。这些年,遇到的所有家长只有几个有过短暂的稍微亲近一些的接触,终究没有机缘成为朋友。而近几年,我早已放弃了这样的愿望,满足于与周边中国朋友的友情,不再做任何的"融入"努力。

如果说,我放弃"融入"一部分源于这么多年的经验和体悟的话,还有一点,我得归功于我的文化自信。

相比于混血儿的身份确认问题,我一个纯种中国人,生长在中国这么久,没有理由怀疑自己的"身份",无论你持有哪国国籍。况且,我的早年职业生涯,我一生采访过的数百个人，教会我一个最最珍贵的习惯，那就是平视。

无论你是政府高官、成功的科学家还是出名的艺术家，也无论你是富甲一方，还是普通如蚂蚁，在我的眼里，你就是你！

（备注：这篇文章引起了海外华人的很多讨论，本想再写续篇，把很多朋友的反馈和思考加进去，后来考虑到写作的时间和环境，还是把原文放在这里。）

2022-02-21

人生是一场寻找理由的旅程

人生的目的是什么？

不知道你们想过这个问题么？其实我是很少想这个题目的。

即便在很年轻的时候，记得也没怎么想过。大学时，有一位喜欢读书的男同学，我向他借过一本探讨人生意义的哲学书，估计当时自己没怎么读懂，只是留下了这个同学很有思想的一个记忆。

只有当我遇到挫折的时候，可能才会问人生到底为了什么。而我所谓的挫折，基本都是在年轻时恋爱所遇到的吧。在遭遇背叛或者爱得很深却不得不放弃时，才会觉得天要塌了下来，人生一下失去了意义。

相信很多人都有这样的时刻、这样的体会吧？

人说："穷算命，富烧香。"当人生艰难、举棋不定、面临选择时，才会期望得到某种神秘力量的启示，而无论哪方神灵，只要告诉我正确答案即可；而当日子过得有滋有味时，当然只需烧香拜佛，祈求佛祖保佑美好持续吧。

在职业生涯中，我一直都觉得自己是相当幸运的。机会总是一个接着一个，虽然有人觉得我的选择不是最佳，可这都是我的选择，也是自认为最好的选择，我早已既知足又感恩。

所以，就少有足够大的挫折让我去思考人生终极意义这样的大问题。（此处按中国习惯说一句"呸呸呸"；按英国习惯说一句"Touch wood"。）

但，不思考人生的意义，并不代表没有思考。为阶段性的困惑寻找阶段性的解决方法，并给自己找到一个继续和坚持下去的理由，周而复始地组成了我的人生。

就在前两天，和一个女友微信上随意谈论了几句。因为我们的孩子小时候认识，现在都已经是青少年了。

我说：也许下辈子，我会选择不要孩子了，我想要把全部的时间和精力都给自己。谁知，她补充说：也许下辈子，老公也可以不要了。

我笑了。的确，如果有下辈子，也许真的可以换个活法。

这样说的时候，我脑海里浮现的都是女儿小时候乖乖的可爱样子，即便现在，在她不说话的时候，我也是爱她的样子的。虽然我现在基本上抽离了自己，可我知道，如果需要，她仍然是排在第一位的。

显然，我们都对当下的生活有了不同以往的看法，也有很多不满意的地方。在不知如何解决的情况下，我才会想来生可以试试其他的活法。总觉得，我这辈子为别人考虑得太多了些，来生应该多为自己而活吧。

我们这一代，对事业、爱情、家庭、孩子，都有太多的期许，现实才显得有些骨感，有些不够理想，不够完美。而现代的年轻人肯定不这样，他们更自我和现实吧。

换种活法，就是当下我在困惑无解的状态下寻找的一种解决的方法、存在的理由。其实是逃避，虽然逃避也是一种方法。我甚至觉得它都不是方法，仅仅是幻想而已——此生不可能，唯有期待来生。

上周，一个久未碰面的朋友约我去看演出。她其实很忙，上班还得照顾幼小的孩子。而我也忙得焦头烂额，完全没有心情去看演出。不过，她撇下一个演出时间就消失了。到了演出的那天，她又撇下一句十五分钟前在剧场门口碰面就又没声了。

因为去年她也约了我，我也是在忙，没有成行。我为了赴约而赴约，完全没有在意将要看的是什么演出。

我原计划是：下午去超市为第二天的客人买吃的东西，回家吃点先生做好的晚餐，溜达去剧院与朋友会面。然而，在超市买东西时女儿来电话，说Coco（我的小狗）咬开了一包黑巧克力（巧克力对狗来说会很危险）。我确认那是给客人准备的巧克力，完全没有开封，虽说只少了一两个，他们还是去兽医那里为Coco做了检查。

所以当我回到家,不仅没有东西吃,还得为他们做饭。好在他们回来后说狗狗吃药后的呕吐物里并没有巧克力,是虚惊一场。为了不迟到,先生开车送我到了剧院,但朋友还没有到。她说她刚接了学琴的孩子,得先送回家再过来。然后她又说可能赶不及了,发给了我电子票。一番周折后,演出一分钟前我才匆匆入场。

真是戏剧性!我一个人坐下来,开始看一场完全不知是什么的演出。

生活还能比这更乱七八糟的么?

然而,当一个带英国口音的吉他手(Justin Adams)开始演唱时,世界一下子安静了。尤其是每首歌之前,他都会说上几句。他提到在意大利的演唱生活如何给他灵感,他提到疫情三年后的这一次现场演出是多么好,他提到能够好好地说英文是多么美妙,他还提到在法国演出他的幽默是如何不被理解(其实我也不理解),等等。他的所谓"沙漠蓝调"(也是后来查了他的介绍才知道这个名词)里隐藏着的苍凉和忧伤,表达的正是一位思乡者的困境。

如他所讲,他爱意大利的生活,但他的母语和英国的一切,永远是挥之不去的思念;而他的合作伙伴(来自意大利南部的 CGS 乐队)却说着几乎听不清的意大利英语,在舞台上寻找观众中来自同一地区的意大利人……

"异乡"与"同乡"——在这个舞台上被体现得淋漓尽致。不得不说,整场音乐会,我在别人的国家、别人的语言和音乐声中，体味的完全是自己的思乡之情。

我们渴望"不同"，却又如此执着于"认同"，而对于"同乡"之间那么简单的"认同"，在"异乡"却又如此地不容易被理解……

这就是我的困境，也是几乎很多"客居者"的困境。我在完全听不懂的用意大利语演唱的南部民族音乐当中，听出了永远解决不了的苍凉和悲哀！

坐在满场的英国和意大利观众当中，我一个中国人心中流淌的就是我所写下的画面，而流下的就是别人可能完全不懂的思乡泪。

在当下，每一个具体的人，都在自己的生命长河当中默默地被命运摆布，一个小小的棋子，你停在哪里，就在哪里被摆布着。

这样的困境和思绪，仅在音乐会的时候，被美妙的音乐晕染开来，暂时将我与现实生活隔离，才得以思考这样的非现实问题。

朋友虽然迟到，但还是来了。中场休息时，我问：你这么忙，为什么还要紧赶慢赶地来听音乐会？

她说：正是因为忙，所以才要有机会从现实中脱离出来。我感激她，让我有机会听了这场音乐会，思考了这样的问题。

走着走着，我们可能就走丢了，也可能忘记了为什么出发。

而你所遭遇的挫折,无论大小,都是给你机会去回望,去思考,去找到一个让自己继续前行的理由。

其实,人生就是这样的一个旅程而已,你得不断地寻找那个让你继续下去的理由。

2022-05-26

看见童年

我曾经非常怀疑自己的记忆力。

很多与别人共同经历的事情,有时候我只记得部分,有时候竟然完全没有印象。除了被抱怨不重视别人以外,我也在内心深处问自己多遍:真的是不在意此人此事呢?还是仅仅是记忆力的问题?

我觉得不是不重视别人,而是,我的记忆力可能是有选择性的。

以什么为标准的选择呢?我也不知道。

按照我的情况,记忆不是以身份、地位以及与我的关系深浅有关。而是非常碎片化的,就像斑驳的老胶片,大部分已经脱落了,看不出什么,突然会有一小段明亮而完整的画面,如光一般照亮自己,然后就又消失了。

我没有研究过关于记忆的科学,因为觉得也没有什么大不了的,反正每个人的记忆都有偏差。而且,每个人对于事物的解读都不尽相同，记不住也罢。

但有些记忆碎片有时候反反复复地呈现，我就很好奇，是大家和我一样呢？还是仅仅是我与众不同？

无论我是有意回忆童年，还是童年的记忆突然闪现，我都会回到那个小时候生活过的小县城。

父亲当年从陕西省商业厅被下放到陕南汉中附近的城固县商业局工作，我和姐姐就在那里从幼儿园到小学待了整整十年。

我记得幼儿园就在爸爸单位对面，当爸爸妈妈出门时，我和姐姐就一起住幼儿园，但是我不太记得幼儿园的事了，除了园里有两棵很大很香的桂花树；还有当小男孩追逐小女孩时，女孩们就跑去女厕所躲起来的情景。

商业局里有爸爸的一间宿舍，旁边就是会议室，我清楚地记得，有一次我听到他们开会批评爸爸，我很担心，又怕别人看到，就悄悄地走开了。也记得，爸爸晚上一个人在写大字报，他字写得很漂亮，我虽然不懂，但记得曾试图阻止他，他当然不会听我的。

陕南山美水美，完全符合记忆中的美好。因为翻过大巴山，就是四川，所以这里的生活习惯就像四川一样，吃米而不是面。大家喜爱的酿皮记得是那里的家常便饭，我们是热着吃的，把鸡蛋西红柿汁浇在米做的酿皮上。

而且城固盛产橘子，每当收获季节来临的时候，爸爸单位的每个角落都放着整筐的橘子，随便吃，吃完就把橘皮放在窗台上晾干，有人会拿去药店换钱，买了点心分着吃。

爸爸单位后院里还喂着几头猪，食堂的剩菜剩饭就拿去喂猪。到了年底，杀猪分肉吃。

还有，那条街上有一个疯姑娘，大家都是躲着走的。有一个特别的记忆，就是有一次妈妈冲上去一把把她推倒在地，而我的内心却升起了那种"悲悯"的感觉。因为不记得发生了什么，妈妈一定是为了保护我才这样的吧……可那种悲悯和她坐在地上的样子却留在我脑海里。

其实就这样写着的时候，我发现还是有很多的记忆被一点一点勾起。

虽然，这些记忆不会主动泛起涟漪，但还是在那里的；而且，童年的记忆很公平，感觉也很客观，当然有很多关于吃的记忆。

父亲在县商业局时，还有很多的时间是要到乡下去，也就是去山里村里劳动改造吧，所以，偶尔我们也会去乡下玩儿。

有这样几个片段总是时不时地闪现，而且是主动地跳出来的：

一个是父亲在荷塘里给我采了荷花，回去插在一个瓶子里画荷花；一个是他带我用纱布在水渠里抓小鱼，很容易就抓到不少的小鱼苗放在玻璃瓶里。对了，去乡下都是在农民家吃饭的，清晰地记得在谁家吃的槐花饭的清香以及像指头大小的蒸红薯。

记忆里城固真是山清水秀的好地方，尤其到了乡下，上山挖药材，帮村里小朋友挖猪草，我都有印象。

还记得很多关于我们住在一个"四合院"的情景，那个院子里住着好几户都是各地机关干部来"下放"的人家，当然也有本地居民。

记得隔壁老人为自己准备的一口棺材就放在门口；院子里有散养的鸡；夏日的夜晚，父亲给围坐在院子里的孩子们绘声绘色地讲故事……

很多记忆的碎片都是美好的，也有所谓的被"处罚"的印象，然而回想起来，情感上也是非常中性的，不觉得怨恨以及不公平，这就是自己的家人呀……

譬如，记得就在四合院，被妈妈追打着给我洗头发，我一定是不情愿洗吧。还有，父母不在家，姐姐管我。可能是不听话吧，晚上只要认错就可以回去屋里睡觉，但倔强的我宁愿在院子里过夜也不认错，幸亏院子有围墙也比较安全。

在后来的很多年里，我忙于工作学习生活，心里一直都有两个小小的心愿：一个是去铜川我姥姥和姥爷的墓地看看他们。姥爷去世时我在工作；姥姥去世时，我远在英国。在城固的那十年之前，我是被姥姥照看的，他们都是我童年的一部分。

还有一个就是去城固县那个我长大的小地方看看。

终于在2018年，我回西安度假时，姐姐帮助我实现了这两个心愿。姨姨和姐姐带我去看了姥姥姥爷，也陪我们一家回到了我心心念念的城固县。

似曾相识却又很陌生的小县城,很多地方竟然没有变。这么美的地方,在改革大潮中似乎被人遗忘了。

朋友带我们回到那个曾经生活的小院,与记忆中的样子相差巨大。哪里是什么四合院,那只是个非常小的四方形杂院,很难想象竟然住过那么多人家。

现在这是个非常破败的地方,大部分都荒芜着,我们当年的家竟然还住着人。于是我们有幸经主人同意进屋看了看。小小的里外套间,当年住着我们一家四口。看见如此破旧的故居,我的眼泪几乎要流下来了。

朋友还带我们去看了看当年的幼儿园,现在是个学校。出乎意料的,记忆里那两棵桂花树真的还在,依然像小时候印象中的那样茂密,可两棵树的距离却比记忆中的远一点。

这趟城固县的旅行对我很重要,两个心愿的实现仿佛让我心里的一块石头落了地。我也说不出为什么,我既没有告诉姐姐我的感受,也没问她的感受。

去回望自己生活过的地方,仿佛赴了一场和儿时自己的约会!它似乎回答了一些问题,这让我感觉圆满而安静。

为什么留下来的点滴都是那么美好的记忆?

生活中当然有苦难,可我却不自觉地选择了记住那些美好和闪光的片段。

最近,童年的回忆频频冒泡;而这篇文章,头开了两个星期,原来的构思和方向和现在成文的完全不同。就在这反反复复、拖拖拉拉的过程中,我知道了我想要的是什么。

记得读过的很多篇心理学文章都说:你现在的亲密关系中的问题,都是你童年的问题。

我好像悟出来一点什么了。我在深挖我的童年,我想看得更清楚些。

那些成就了现在的我的过去,人和事,那些留下的记忆,通过一次次的闪现,试图与我对话。

最近我就在经历这么一个过程,我努力去回忆,去看清自己,也解析着现在的我,我的选择,我的处事。

其实也不为什么,就是为了内心更加的平静和强大吧……

2022-08-09

当你老了

分别

陪伴多久才可以叫陪伴？
陪伴再久也有离别的那一天……

我在西安呆了整整一个月，陪父母过2025年的春节；等2月8日父亲的生日一过，来不急过完正月十五，我就不得不离开去北京处理自己的事。

说再见是艰难的，心中的五味杂陈，只有自己知道。

离开的前一天，早午餐时，我开始轻描淡写地告诉他们我得走了，去北京办事，然后回英国。对于什么时间提到离开的事，我斟酌了很久。也许他们会没什么反应，也许他们会很沉重，但晚点说，让离开这件事很平常，我觉得没错。

虽然，没有我在的日子，他们的起居生活其实简单规律，也许对年迈他们的身心更好。

父亲显示出很惊讶的表情，说这么快就离开啦？时间怎么过得这么快？！这是他头脑非常清楚的表现。我借机就多叮嘱了几句，譬如要尽量活动活动，每隔一个小时就从电视机前站起来走走，运动运动；譬如起身时要小心，拄着拐杖，避免摔倒……母亲在一旁问我什么时候再来？我说下一个春节，我还回来陪你们过年，我又补充道：很快啦！现在已经二月了，三月，四月……九月、十月、十二月，一转眼就又过年了。说这话时，我是心虚的，虽然时间的长短多少有点主观，可一年也还是一年啊。

父亲眼里有泪，我知道他想说什么……但我制止了他。当时我是坐在他的身边，拉着他的手，并拥抱了他。我鼓励他说：所以锻炼身体特别重要，你只有一个目标，就是保持健康的身体，等我再次回来过年。说"过年"这两个字的时候，我意识到此前我从未真正地体会到过年是如此重要。

前些年，父亲总是信誓旦旦地说，他要活到我奶奶的年龄，奶奶她老人家走时是101岁。而今年，我感到父亲有时想要放弃这个想法了，偶尔会生出活着没有意思的感叹。这一次，反而是头脑一贯清醒的母亲，流露出糊涂的反应。她问我，你要回铜川吗？铜川是她和父母一家生活的地方。继而她又问我：那我去哪里呢？我知道她在担心自己的生活，我说：你和父亲还在这里，姐姐住在楼下，保姆还照顾你们，一切都不变。

每次回来，我都与母亲睡在一张床上。这个公寓是租来的，室内的条件不尽如人意，但和姐姐家就是楼上楼下的距离，非常方便姐姐照顾他们。父亲住一间屋子，母亲住另一间，他俩每天半夜轮流起夜，到客厅坐一阵子；母亲也常常在耳边大声自言自语。没有点定力，绝对是睡不好觉的。好在，我与母亲天然的亲近感一直都在，也没什么不能忍受的。多年来练就的能上能下的本事，在哪里我基本都可以睡得相当不错。

可那一晚，我的眼泪止不住地默默流淌，心痛到几乎睡不了。母亲半夜醒来，拉着我的手，让我去她的被窝里。我不能习惯，就给她一个很长久的拥抱。我抱着她瘦弱的、轻飘飘的身体，觉得我才是那个母亲。

花两年才可以面对的现实

去年四月复活节假日，我带女儿回西安做牙齿美容，实际上我是想带她回来和姥爷见见面，因为对于他们来说，也许真的是最后一面。一是父亲今后可能会不认人，二是女儿大了也未必有时间或者情愿回来，这是我自己没有告诉别人的小心思吧！

女儿小时候，我在海南工作，父亲和他的爱人曾经在那里帮我照顾女儿，所以父亲最最挂念的就是他的小卷卷（女儿小名）。这么多年，每次视频或者电话，父亲总是直接问女儿的情况，也总是流露出对女儿的无限宽容。这次回来，青春期的女儿表现还不错，和父亲也有互动，我感到特别特别的欣慰。别人也许不理解，在我的心里，这真的像是完成了一件非常重要的大事情。

疫情过后，父亲呈现出断崖式衰老，与我记忆中的父亲也判若两人。从那时起，我决定每年最起码花一个月的时间陪伴他们。虽然以前几乎每年都会回来看望他们，可一般不会停留这么久。

我们没有去医院诊断过，因为父亲并没有什么基础病，除了耳聋眼花之外，他明显出现了阿尔兹海默症（老年痴呆）的症状。他记不得很多事，话在嘴边总说不出来，逐渐失去了时空的概念，有时会做些奇奇怪怪的事情，说些奇奇怪怪的话……好在现在他还认得妈妈、认得姐姐和我。

看到父母的衰老无助，我们的伤悲，除了怕失去他们的痛苦之外，也有对自己未来的担忧和害怕变老的焦虑吧……

我觉得人很难做到不设身处地去联想，即便你自认为已经活得很明白很通透。其实人很难摆脱情感之苦，生老病死，爱恨情仇，无论是谁，多少都是要经历的。有人更洒脱些，有人更不能自拔些，说是完全做到不被情感所累，几乎不可能。

从疫情之后到现在，可以说，我是花了整整两年多的时间才慢慢接受父母的变化和他们的现状的。

疫情期间父亲经历了什么？

我的父母早在我刚上大学那年就离了婚，这么多年母亲一直自己生活，而父亲和他的爱人——我们叫她阿姨，在一起生活，应该说我们相处得都还不错。

他们原本有自己的房子，后来卖掉了，这几年就住在阿姨女儿买的一套房子里，供着贷款。应该就在疫情初期，我突然得知父亲和阿姨决定搬去养老院生活，在搬去没多久，阿姨需要住院，后来没几个月，她就因为癌症不治先走了。

这样，父亲就一个人，连着他所有的"家当"被留在了养老院。那是一间条件相当不错的养老院，父亲住一个套间，院里据说老干部不少，文化活动也很多，吃的也不错。只是阿姨走后，仅父亲的退休金就不够支付这样的双人套间。为了让他不为住处焦虑，也不降低居住环境和条件，我和姐姐承诺为他补足差额，并答应未来十年保证住在这里的经费没有问题。

但父亲在相当的时间里总嫌太贵，浪费我们的钱；即便后来我和姐姐骗他说养老院因为他捐了自己的画作给了他租金折扣，他依然嫌贵。除了觉得贵，最重要的是他还嫌那里不自由。

那个时候正是疫情期间，养老院基本处于隔离状态，父母因为年龄大了，都没有注射疫苗，基本通过隔离政策保护他们不被感染。即便住在西安的姐姐，见一次父母也很难。有时，她可以通过关系送东西到房间待会儿，大多时候都是站在大门口，隔着栅栏说上几句话。而我，只能通过服务员的手机、或者等姐姐探望时，和他们视频。

父亲生性不善言谈，不喜欢热闹，养老院的那些看似丰富的各种活动他基本不愿意参与，除了书画活动。好在养老院曾为他举办过书画展，他也捐赠了不少作品给养老院，这给与他很多的满足和快乐。但因为不能自由外出裱画和闲逛，他对养老院越来越不满，常常表达希望外出租房子自己居住的愿望。对父亲去解释养老院是一个相对安全的环境、外面的状况在某些时刻也不自由，意义并不大，因为他不相信。

至于阿姨的离世以及他不得不突然住在养老院的事实，父亲是如何感受的，我们竟然从未提起和探讨过。是他在回避还是我们在回避，可能都有吧。我们姊妹都在养老院的家属群里，应该说两个养老院的条件和院里的活动都是丰富的，虽然父亲只参与书画活动，母亲只参加唱歌活动。

时间一晃就到了2022年的年末，国内疫情的风声很紧，传说各种药物紧缺，各种预防措施在主流媒体和自媒体盛行，我那半年极其焦虑，我替家人担心极了。我已经有三年没有回国，三年没有见过母亲，四年没有见过父亲。2018年母亲在英国住了半年，而我原本是计划2020年的春节回国看望父亲的，因为疫情刚刚爆发，我只好退票放弃。这一等就是三年，我已经忍无可忍。

所以，当机票价格降到可以接受的程度，我抢到了大概2万元一张的飞往青岛的经济舱单程机票，计划在2022年的最后一天飞往青岛，那时候的入境政策是在青岛隔离一周，然后再飞西安，到了西安还要不要隔离仍旧是个未知数。当然，在这几年的时间里，我们都听过很多的曲折回国、天价包机、以及各样的隔离故事。

那次我做了充分的准备，一只大大的箱子里大半都是给全家老小准备的可能会需要的各种药物和防疫物品。另外的是我为一周的隔离准备的所需物品。看过那么多人的隔离日记，我已经想好了如何利用这七天锻炼和写东西。我也为自己的身体做了额外的"保险"，专程去伦敦注射了高剂量的维生素D（提高免疫能力），掐算好时间去伦敦做核酸检测。在那一次航程中，我第一次在现实中见到了"大白"。空乘人员都穿着"大白"防护服，同行的旅客中也有个别人穿着"大白"的衣服，而我仅仅戴着专业的口罩而已。

那时隔离政策已经有松动的迹象。我们的航班连同来自日本的一个航班的乘客，聚集在一起有几百人，希望可以躲过隔离。机场出口外面，有警车和警察严阵以待。

长话短说，最终我们必须乘坐安排好的机场巴士，到了青岛附近的一个隔离酒店门口，愿意隔离的就入住安排好的酒店，不愿意隔离的可以签署一个免责书，自行离开。我随着另外几个旅客，签完免责书，就找到一家看样子还不错的酒店，住了下来。第二天一大早，也就是 2023 年的 1 月 1 日的清晨，我乘约好的出租车返回青岛机场，飞往西安。

那一天的情景和心情，历历在目，永生难忘。

计划不如变化快

我原本的计划是，先在家里陪父母和姐姐一家过年。为此，几个月前姐姐已经在她的楼上租了一个二室一厅的公寓，在我回国之前一周，就先把父母从不同的养老公寓接回了这里。她担心还会有隔离，想着如果真的发生的话，我们全家人也隔离在一个楼里，可以相互照应。所以我回去的时候，父母已经在这个临时的家里了。春节过后，我计划带父亲回英国住一段时间。一是我很想让年迈的父亲在英国接种疫苗，二是让他换个环境，我们好好陪伴他一段时间。早年他和阿姨来英国住过半年，那时我还没有孩子，而且如今的家他还没有来过。

所以，在回国之前我已经费尽周折地在网上为他申请好了签证，到西安后只需要预约面签，等待若干天拿到签证即可。因为要经历春节，需要多久时间都不可预测。虽然，他来英国的保险的问题还没有解决，九十三岁的年龄乘机是不是可行也不明确……走一步算一步，只能这样。

然而，当我见到父亲母亲的时候，父亲并没有我想象的那么欣喜。几年不见，他仿佛也没觉得有什么。说句实话，我如此历尽万难的奔赴，他们如此平淡，我的心里多少有些失望。

最初的那些天，我们谨慎小心。我一旦外出，即便楼下买个菜，回到房间也得脱外衣，换拖鞋消毒，洗鼻孔，漱口，甚至洗个澡。姐姐从她家里上来，也是全程带着口罩，生怕我们会把病毒带给爸妈，每天就像行走在刀尖上一样。

我感觉父亲不仅老了很多，而且走路也轻飘飘的。当天气允许时，我们到楼下散步，他几乎走不到一百米就需要立即坐下来休息，走不了太远的路。那天我们带他面签的时候，他跟跟跄跄的样子，让我真的怀疑，他这样的身体，能不能长途旅行？路上有危险怎么办？在英国病倒怎么办？因为我还没有找到合适的公司愿意为他担保……

除了父亲身体的虚弱是我们没有料到的，他的性情似乎也发生了很大的变化，我们记忆中的那个父亲已经不见了。

我印象最深的就是父亲特别看重他从养老院搬回来的东西，也许他认为那是他全部的家当吧，他反反复复地认为姐姐在为他搬家的时候，扔掉了他的东西。他总是每天都会检查他的行李，有时会把某个包裹打开来清点，也特别警惕我们动他的东西。当我们提出扔掉一些过于老旧无用的衣物时，他会突然火冒三丈。他的行为有些反常，但我还没有多想，总觉得是因为他所处的不稳定性带给了他这些烦恼。

我因为时差和环境的原因，常常睡不着觉，晚上他们都休息后我就在客厅里放上瑜伽垫做一些锻炼。父亲看见我锻炼总是露出不解的情绪，说一些反讽的话，譬如你怎么那么喜欢锻炼身体呀？怎么还不睡觉？你长的太结实了，像个男孩子等等，我感觉有时候他看我不顺眼。

和父亲的交流非常困难，因为他的耳朵在这之前就已经比较聋了，总是听不清别人讲话。前些年他的爱人讲话他容易听懂，而我们就得特别大声才可以。为了更好的交流，在不出门的情况下，我在京东给他网购了一个质量不错的耳机。刚买回来的时候，经过反复的试戴，他觉得还是可以听清楚电视或者讲话。但是他把耳机放到耳朵上正确的位置还是有困难的，也不会把耳机正确地放在小盒子里充电。所以，新鲜几天后，他就不想费劲戴耳机了。

有一天，他拿着耳机突然过来问我：你教教我，我是这样戴耳机吗？说着话的当儿，他把耳机塞进了嘴里，又拿了出来。我惊讶地望着父亲，说不出话来。我默默地为父亲把耳机戴好，什么也没说。我想，就是在这一刻，我才突然意识到父亲已经是阿尔茨海默症的患者了。

这些天，我和姐姐都觉得父亲变了，变得自私和不可理喻，原来的那个温和可亲、总是为别人考虑的父亲"消失"了。

为了鼓励他重拾画笔，我们给他买了书桌、书架、台灯等等他抱怨没有的东西，把他原来的画笔、宣纸、颜料都放在随处可见的桌面上，他还是没有画。他说，画画是需要心情的，果真，他再也没有心情画画了。直到现在，我有时拿起他的笔画上两下，他也是看个热闹，自己再也没有动笔的心思了。我想到，疫情期间，在养老院时，他说早晨他总是躺在床上揉腹30分钟之后，再起床锻炼；下午通常都会画上一幅，他还总有开画展、卖画以及去学校义务给小朋友讲课的想法！也正是他规律健康的生活习惯令他如此健康长寿，可现在，他的这些令我们羡慕的好习惯正在逐渐丧失……

意识到父亲的病症，令我们多了一分对他的理解和宽容，即便这样，有的时候还是难以以平静的心态去面对。

一天早晨，父亲起床看见我在锻炼，他坐下来看电视，发现我依然在锻炼而不是马上去为他做早饭，就非常不满，最后他对我吼起来，让我滚。对了，那个时候还没有请阿姨，父亲也完全把我当作一个"做饭的"女儿。当时天还没有完全亮，我穿好衣服冲出了门外，我不知道，我这样不顾"生死"的奔赴到底为了什么？走在西安的大街上，我真的不知道要去哪里，我可以去哪里呢？我想不起来还有谁我可以去麻烦、可以去倾诉。我唯一想起来的地方竟然是回民街。

虽然姐姐就在楼下，但我不想这么早就打扰她，让她看到我生气的样子。我只好打了一辆出租车,直接就去了回民街。是的,那时的回民街还属于非正常状态,一是疫情,二是春节期间,但还是有店铺稀稀落落地开着门,我随便吃了点早餐,更像是在寒冷的天气里找一个地方歇歇脚。

我无处可去。只好又为爸妈买了点早餐,打个车回家了。

年后没多久,我们收到北京英国大使馆寄来的签证。但我和姐姐做了一个艰难的决定,就是不带父亲去英国了。父亲真实的身体现状和我们以前通过视频或者短暂接触所看到的完全不一样,而且经过这一段的共同生活,我们感觉照顾好他们的起居饮食,让他们有一个规律而稳定的生活环境应该更重要,而不是旅行和不停地更换环境。

但当我们说不去英国的时候,父亲真的很失望,其实我自己也很失望。至今,我都不明确我是否错过了最后和他亲密沟通的机会?是否错过他喜爱的外孙女最后与之相处的机会?但是同时,我自己也清楚,此时的小卷卷(我女儿)早已不是彼时乖巧的小女孩,也许这样更好吧……

一切都是最好的安排

在决定不带父亲去英国之后,一个"大胆"的想法自然而然地产生了——不如继续把这间公寓租下来,找一个阿姨照顾他们的生活起居，姐姐离得又近，也方便更好地照顾他们，当然这将大大加重姐姐的责任和负担。

其实我们姊妹俩对于老年公寓都是抱有好感的，如果父母适应的话，我们认为对老人的身心更好。但对于父亲来说，他的性格不能享受养老院那些好的地方；虽然母亲还挺适应那里的生活，但和父亲在一个屋檐下，她还是更开心些。加上，如果阿姨找得好的话，他们的饮食质量会更有保障。就这样，我们开始四处寻找合适的保姆。得来全不费工夫，我偶然地在小区里找到了一个自告奋勇的陕西女子，就住在小区里，待到她开始工作，我和姐姐又算是培训了一段时间，姐姐甚至写好了一周的菜谱，我才放心地离开返回英国。

那时候，关于疫情所有的限制都已完全松绑，一切都在慢慢地恢复"正常"，人们的心情是向外和向上的，虽然，实际上一切都发生了深刻的变化，只是人们还处在重获自由的欣喜之中，没有意识到变化的发生。

每当我和朋友提到父母这样的安排，他们都说：你可以呀！仿佛是我们刻意的安排，其实完全是偶然和水到渠成的一种安排。在这个问题上，只有我先生提出异议，他说也许我父亲根本不希望与母亲生活在一个屋檐下，所以得慎重。为此我们专门和父亲聊过，他的回复是理智占了上风。第一，他觉得这样方便了我们姊妹俩，减轻了我们的经济负担。如果他们各自回到养老公寓，我们就得支付双份对他们的资助；第二，他觉得照顾母亲也是他的责任。就这样，那个宽容、大度、有爱的父亲又回来了，对此我们都很感恩。

虽然在之后的两年，父亲自己也经历了很多变化，他慢慢开始有了幻觉，总觉得有人给他布置任务；在某一阶段，他坚定地认为他需要去寻找"儿子"；又有一个阶段，他离家出走过好几次，甚至闹着要回过去的养老院。在我不在国内的大部分时间，姐姐都需要面对这些问题，有时几近崩溃。我总是劝慰她，如果实在不能，我们只好把父亲送回去，留母亲在这里让阿姨照顾。后来，姐姐的确把父亲送回养老院几天，他天天和服务员闹腾，又哭着要回来。最后姐姐还是立即将他接了回来。

到 2025 的春节我再回去时，父亲最大的变化是，他变得安静了许多，仿佛那些折腾的能量都被耗尽。他话也不多了，偶然会聊上几句，亲戚们过来探望，他已经不太认识，顾不了那么多了，所以基本上不参与谈话。反而是母亲听力和视力都很在线，思维还很清晰，当然母亲比父亲年轻近十岁呢。

最让我们欣慰的是，父母双双胃口都极其好，他们吃东西都很香，尤其遇上自己喜爱的食物。而我们能做的，就是陪伴，想办法让他们多活动活动，照顾好他们的一日两餐。

多年前，我还在上大学时，就写下了献给父亲的诗句，其中一句是：我宁愿不长大，也不愿您变老。三十五年后的 2022 年，我又写下了"我不担心孩子长大，却怕你一天天老去"的诗句。如果说当年的诗句是"少年不识愁滋味，为赋新诗强说愁"，现如今的感悟却是真真切切的现实。

我们不能阻止时间的脚步，就如我们对父母的老去无能为力一样，我们甚至也不能为自己的老去做更充足的准备……作为子女，每一次的抉择都没有对错，只要尽力就好。

如果以父母的经历来为自己的未来提个建议的话，我希望自己可以一直有热爱的事情做，或者觉得有意义的事情做，一直到老，这样老了以后不会觉得很无聊吧……

这是一篇我想写了很久也拖了很久的文字，我想直到我完成它，我才算真的可以面对和接受父母的老去吧。

附诗一首：

跨越万水千山——写在小年（2022）

一个叫做地球村的星球
你在这头
我却去了那头
思念不过是一张机票
一觉之间
就可以从这头飞到那头
或者　在虚拟的空间
我看得见你　你也听得到我

却不可以　握着你的手沉默
然而　一只口罩就让我们回到过去
我要骑着马
风餐露宿地来到这头
跨越万水千山
我还是不能见你
我们在各自的麻屋红帐里
担心着
再见面时
会不会变成白胖子
时光匆匆来又匆匆去
我不担心孩子长大
却怕你一天天老去
老到你也许不记得我
也许认不出我
甚至　看不见听不到我
我要回去
忧虑渐渐成为恐惧
我必须回去
而且　一定要抱着你　亲吻你

2025-03-02

辑二　当爱已成为日常

当爱已成为日常

每年的 12 月，生日、圣诞节加上元旦，一个接一个的节日，显得特别忙碌。但是，2020 年这一年的 12 月，我竟然心如止水，没起任何波澜。

元旦已过，圣诞装饰按照传统习惯也都被收了起来，一切恢复正常。而我却觉得如果不对 2020 年画上一个句号，好像就不能重新踏上征途。

可对于这刚刚过去的一年，有什么值得我说呢？看到朋友们的各种总结和成果，而我仿佛只做了一件事儿：那就是试图了解自己的身体。

没什么值得炫耀的成绩，倒不如说说令我开心的事情。

想起来的第一件开心的事儿，就是家里终于装上了净水系统，除了软化日常用水，也净化了饮用水。

Brighton 的水质很硬，开水壶总是有厚厚的水碱。嚷嚷了很多年，先生最终才付诸行动。这次虽然由于安装公司的错误引导，白花了几百镑的工费，把走廊的地板撬开又重新安上，但结局是好的——圣诞节前我们用上了新水。再也不用为烧水壶上很快累积的水垢烦恼了，浴室的玻璃也不用那么快就结满白花花的水渍，关键喝上了更纯净的水，茶都会更有滋味，而且做泡泡浴时的水滑溜溜的，像是过去在SPA时泡温泉才会有的体验。

刚开始用软化水，无论洗手还是洗澡，都会有种洗不干净浴液的滑滑的感觉，提醒我这可是软化后的水呢。可慢慢地就习惯了，我知道，这种感觉很快会因为熟悉而消失，成为新的日常。

其实这本身并没什么值得庆祝的，可我却非常感恩，像是得到节前最好的礼物一般。

生活是由无数个小目标组成的，当欲望变成了目标，而目标变成了现实，我们很多人甚至都来不及庆祝和驻足，就又忙着去追寻下一个目标了。很多人也慢慢地把实现了的目标当成新的日常，以为这就是生活原本的模样。那些过去的期望和满足，也随之消失，而新的目标会让你继续忙碌，并产生新的焦虑。

能够感恩，看向积极的一面，而且还经常提醒自己：别忘了你已经用上了期待已久的软化过滤水，让已经得到的快乐持续的时间长久一点……我觉得，这就是我的收获和进步。

值得说说的第二件开心事儿，就是研究自身健康的附属成果——我的公众号"小温的有氧花园"的诞生。

想写一个公众号是七八年前的事，实现却是在 2020 年疫情禁足期间。

这一两年，自己的身体经受着各种各样的考验，即便在这一两个月，新的状况也是层出不穷，促使我不停地去研究自己的身体，试图通过饮食和自然疗法来改善状况。我将自己的心得记录下来，以公众号的形式分享给大家，是一个非常让人兴奋和有意思的经历。

怎么说呢，和我以前的工作经验相比，这样一个从零开始的自媒体可以说真的不值一提。可自己认真的态度和为此付出的心血，却像是在从事一项严肃的事业。

特别怕别人问我，你为了什么呢？其实我真的不是特别清楚，只觉得做得漂漂亮亮的公众号，自己看着舒服；写的过程和完成后的愉悦是有点成就感的；更别提有读者毫不吝啬地支持和赞美，以及陌生朋友的信任，都给了我很多的力量。当然，我也期望自己的用心之作可以得到更多人的喜爱和共鸣。

即便有一天如我暗自期待的，可以结集出书，那又能怎样呢？这是个过程，这个有着酸甜苦辣的过程本身，足以慰藉我的心灵吧。

所以，在我的读者还没有那么多，在我还有时间和机会对那些反馈和转发予以表达的时候，我都会一一感谢。尤其是在倦怠和无感的时候，会停止更新，但每次再回来时看到坚守的没有减少的订阅数字，我都非常感恩，仿佛远方有一盏点亮的灯，给我温暖。

从 2020 年 3 月份的首期，到如今每周更新公众号的新日常，我时常提醒自己，这九个月的磨炼，让这一年的不寻常以图文和视频的方式留下岁月的痕迹，这本身就值得庆贺，而不仅仅是有多少人看到了，有多少人转发了。

我为此感到快乐。

想起李宗盛的那首歌——《当爱已成往事》。我想在很多时候，它应该指的是：当爱已成为"日常"。不是不爱了，而是爱被"习以为常"了，你把应该感恩的爱当成是自然的、应该的，"日常"就渐渐成为了"往事"。

岂止是进入婚姻的爱情，一切的一切不都是这样的过程么？就看你如何看待它了。是日常，还是往事？一念之差，感觉上却相差十万八千里呢。有没有幸福感，也就是在这一念之间吧。

分享完这些思绪，感觉我就可以开始我 2021 年的旅程了。没有什么新年决心和新年计划，更不会像前年那样把它写下来，贴在床头。

我就随心走吧，走到哪里就在哪里，但每当小小的目标实现，我也会提醒自己，不忘初心，永远感恩！

2021-01-06

善良和聪明，哪个更重要？

前几天，一个多年老友联系我，咨询一些我也不是特别清楚的事情。我一大早计划写东西，可实际上整个上午都在处理各种别人的事情，临近中午还没有动笔，内心多少有些焦虑，就不耐烦地拒绝了她。

其实我是有些后悔的，如果事情不是都堆在一起，我肯定帮她了。

人们总说要学会拒绝，可对于一个善良的人来说，拒绝本身就是痛苦的。我不认为自己是讨好型人格，但是拒绝本身的确违背自己助人为乐的性格。

最终，我还是帮她了解了情况，同时也解释了自己的想法，发了一通牢骚，说了"好人也未必有好报"之类的话。

她说："我不也是一样？建一个群就是为了帮这个帮那个的。别人也觉得我傻，傻就傻点呗！那又怎样？开心就好。"

她的话的确让我释然。

我本来也不是一个多么聪明的人，而且多年来，得到最多的评价就是：淳朴、善良。很多时候，你可以品味到这字眼的背后就是一个字：傻。

对我来讲，善良是天性，也许是因为继承了家人善良的传统。

唯有在年轻时，当我的善良被所谓的聪明人利用和欺骗时，我会痛恨自己的善良，也恼怒自己的不聪明。可随着岁月的增长，我接受了自己不特别聪明的现实，也越来越认为，善良最终会成全自己，因为没有什么让"问心无愧"和"心安理得"的自己更踏实和睡得香的了。

后来，我的朋友发给我一条视频，就是亚马逊网站的创始人杰夫·贝索斯所讲的那句名言——善良远比聪明更难（It's hard to be kind than clever.），以及背后的故事。

最初，贝索斯是在为母校普林斯顿大学的毕业生所作的演讲中，提到这个故事的。

在一次夏季与祖父母的公路旅行中，年仅十岁的他受够了祖母在车里抽烟的习惯，于是决定做点什么。那个年代，戒烟广告铺天盖地。他坐在后座上，计算出祖母每天抽多少根烟，每根烟吸多少口以及每口烟对健康的危害，然后准确地告诉祖母："吸烟让你少活九年！"

贝索斯的计算或许是准确的，但他所期待的赞扬却没有到来，反之，他的祖母突然哭了起来。后来他的祖父把车停在路边，让小杰夫下车，然后看着他，沉默了一会儿，温柔而平静地说："杰夫，有一天你会明白，善良比聪明更难。"

是的，聪明是与生俱来的，可善良却不一定，很多时候，善良更多的是一种选择。

而且，善良并不是非得与傻结伴，你可以既聪明又善良。可当聪明与邪恶相伴，那就是世界的灾难。

在这里我们不评说这个故事对于这个话题是否贴切，贝索斯的这段故事之所以被广泛传播，一是因为他是一个如此成功的商业奇才，二是因为这个道理更多地被当作经营之道中的一个"用人之道"：能力和善良哪个更重要？

贝索斯的选择是善良；马斯克的选择也是善良。而他俩都算是顶尖聪明了吧？可他们都认识到了善良的重要性和可贵之处。

在我们的文化当中，尤其是在孩子的教育当中，有多少家长总是希冀自己的孩子在众人当中是最聪明的那一个，而不是最善良的那一个呢？我自己就体验过多次"朋友们"一边受益于我的善良，一边感叹、善意批评我的"实诚"……

如今，当社交媒体流传着众多感人的善举故事和视频时，无数的点赞和传播，让原本普通而小小的善举如此发扬光大，可见"物以稀为贵"，大家对于善良行为是饥渴的。

我真想问问：这个世界究竟怎么啦？

2021-11-19

历尽风霜,我依然选择只见美好

孤独的跑者

一年一度的布莱顿马拉松,因为疫情,去年的比赛拖延至今年的 9 月 12 日。

布莱顿马拉松的终点设在离我家不远的海边,路线每次都会经过家门口。只要在家,都会看得到。实际上,这几年我也从未错过。

我曾经和朋友跑步了一年多,虽然未曾动过参赛的念头,但心里对那些跑步的人们却充满了敬佩。参赛的理由可能五花八门,也许是想挑战自我,也许仅是为了锻炼身体,也许是为了慈善募捐,也许专为拿名次和奖金……无论为了什么,在我看来,他们都是一样的伟大。

不知从何时起,我开始注意到那些跑完马拉松后独自一个人的身影。印象中，大部分跑者都有亲人朋友在途中鼓劲加油，或者是在终点被迎接，有时也会看到有的孩子在终点迎向爸爸妈妈时一起奔跑的身影，温馨而令人羡慕。相比之下，那些个独自在几个小时内跑完全程的选手，结束比赛后，他们孤独的身影显得尤其落寞。

也许人家自己并不这么认为，这仅仅只是我个人的感受；就像我经常一个人去影院看电影，一般找时间得空才去看，图的就是个方便清净。但在别人的眼里，我的背影没准儿也是孤独和寂寞的。

有几次，我走过那些疲惫地坐在地上休息的跑者，忍不住会赞美一声：好棒！声音很小但很真诚。有时，也想上去给个拥抱，但没敢实践过，担心太突然会吓到别人。

这样的念头在今年依然有，而且应该算是发挥了一点点积极的作用。

那天下午女儿要去看电影，我带着狗送她到市中心电影院，然后回来就在马拉松终点的地方看了看比赛。已经下午三点多了，还有人陆续回到终点，而大部分已经完赛的人则在亲人和朋友的簇拥下，要么在海边休息聊天，要么四处走走逛逛。放眼望去，到处都是参加马拉松比赛的人们。

就在我经过通往海边的阶梯时，我注意到一个约六七十岁的男子坐在地上，背靠栏杆休息。周边全是上下阶梯以及来来往往的人们，也有不少人三三两两地在聊天。

孤独的跑者！我不由得多看了两眼，他还没有来得及换衣服，完赛后的奖牌就挂在胸前。他有很健康的身形，是一个不胖不瘦的英国人。可是，我怎么觉得不太对劲呀？我停下来，走近两步看看，他像是睡了过去的样子。

就在此时，附近正在和家人聊天的一个年轻人，也注意到了我在看他，我们对视了一下，都意识到可能出问题了。他马上上前去拍那个人的肩膀，没有应答；然后他把老人放倒在地上，和他朋友一起立即拨打999；而我和另一个年轻女孩则对着阶梯下海边的工作人员大声呼救。

多亏这么多人在帮忙，不然我都不知该怎么办呢！好在那个也是参赛选手的年轻人表现得从容而有经验。他看到那个跑者突然苏醒过来，马上转头轻声告诉我，他没事儿了。这令在场的每个人都松了一口气。

过了一会儿，马拉松的工作人员跑上来问情况，打电话，然后就一直在这里陪着等待。他们把老人扶起身来，问：有人和你一起么？他答：就我自己。我问：你住本地么？他摇摇头，说了一个我不知道的地方。然后他说：对不起，我觉得我没事儿了。谢谢，我待会儿会坐火车回去。

他一定是平日里很健康的人，不然不会一个人前来参加马拉松吧？或许他是一个独居的人？或许他没有孩子，抑或孩子们住得很远？不管怎样，他是一个孤独的人。我不敢想象，如果他就这样离开，会怎样？我在心里琢磨着，如果待会儿没人管的话，我看我先生能不能够送他回家。

英国人都是注重隐私的，没有人再问什么了，也没人好心地责备他不应该独自参赛，因为大家都明白，他这么做肯定有他自己的原因。后来工作人员说他们会负责照看，直到医务人员到场后才离开，大家才散去做自己的事儿了。

感觉他无大碍，我轻轻地说了一句：真棒！然后就离开了。回到家里，我仍可以从窗口看到他的情况，那个年轻人和他的家人一直待到医务人员到来才离开，特别令人感动。

四个医护人员大概在半个多小时后才到现场，我拿望远镜看得非常清楚，其中还有一个是黑头发的亚洲人。他们做了一些基本的检查，和跑者聊了一会儿，看他们笑着聊天很轻松的样子，应该没什么大问题了；又过了半个多小时，没来救护车，而是来了一个带轮子的担架，把他抬走了。

感觉医护人员的到场速度不够快，是因为病人情况没那么紧急，还是其他原因？我不得而知。但是，相信他们一定是送他做完检查才会离开吧。

我希望这位参赛者可以健健康康地回家，可以为自己的完赛骄傲，也为自己险而无恙的经历庆幸。

我也感恩自己心中的那份没有缘由的小小"嗜好"，也许，早早注意到他的状况，让意外发生的概率小了一些？

我心温柔

随着年龄增长，我感觉自己的心越来越脆弱和柔软。

一方面，是不能承受任何坏消息，以及观赏一切含恐怖、灾难、邪恶的艺术作品；另一方面，是心中柔软，特别能设身处地同情和关注所谓的"弱者"（我认为的弱者，别人并不一定认同）。

正是因为想要维持内心的那份宁静和柔软，才不要让自己随时处于信息永无尽头的更新之中。不过，在"屏蔽"大部分坏消息的同时，对于铺天盖地、不得不了解的那部分，我也尽量不要知道细节。有时，还是有很多细节无孔不入地被送到面前，你不得不接受。你的心会咯噔一下，你的情绪多少会被影响，但这都是在预见和可控范围之内的，所以也会让自己想办法抽离出来。

想起"掩耳盗铃"这个成语。我不认为这是掩耳盗铃，装作看不见。人的一生中，谁没见过丑陋邪恶、阳奉阴违的脸？我只是不想看见更多而已。

这算是对自己脆弱的某种保护吧，也是不要让自己对现世太过失望，让心中的美好存在得更久远、更纯粹一些。

而我，则更愿意用自己内心的柔软去温暖周边需要呵护的"弱者"，把善良和美好传递，哪怕只是一点小小的善意，哪怕别人并不在意。

谁又会拒绝一张温暖的笑脸和一份并无大碍的帮助呢？

我只是一个普通的人，从来都是。我只想做一些普通人能做的美好的事情，那也足够让我快乐。我的快乐是我自己的，无须他人知道。

这就是岁月赋予我的财富吧：历经风霜，而我依然选择只见美好。

这是一个我自己想过无数遍的问题，也在不同阶段回答过无数遍的问题：年轻的自己和当下的自己，你更愿意选择哪一个？

我会毫不犹豫地选择我的"当下"。正是因为经历过了，才不会有年轻时的恐慌、焦虑和无所适从。而这份岁月所给予的淡定，只有经过了，才会知道。

所以，对于孩子，让他们自己去经历吧。你的所有经验，只有他/她经历了，才会真正理解。

我爱自己年轻时的容颜，但我更爱自己当下的从容，以及现在拥有的那无限的"温柔"和无边的"爱"。

就像每次看见马拉松跑者经过，我都体验到那种积极向上的心灵震撼。

我被美好的东西激励着，我把美好的感受再传递出去……

2021-09-30

生日惊喜

我相信，生日惊喜不是某种文化所特有的吧？我也相信，很多人是喜欢惊喜的，不然也不会有这么多人如此热衷于给别人惊喜……

然而，我却是那个绝对不喜欢惊喜的人。

也不是不喜欢"惊喜"本身，既然叫作"惊——喜"，那一定是又惊又喜，可这是不是挺难达到的一个目标和水准呢？如果做不到，被惊喜的人还得强装惊喜，要是再不会装，岂不是太尴尬？

不过，从小到大，也基本上没有什么人给过我惊喜。如果非要排的话，考上"北京广播学院"应该算是命运给我的一个惊喜吧。"惊"是因为很难考，竞争很激烈，我也没想到可以被录取；"喜"是因为，从这所大学毕业之后，它的确给了我后来的人生一个从未规划过的、非常积极的发展方向……不然，我真想不出，现在的我会在哪里，会在做什么？

虽然这个"惊喜"不是什么人给我的,是命运使然,但把它算作惊喜,也是因为心存感激吧……

另一个不喜欢惊喜的原因,也许是因为性格……

小时候,我就是喜欢独来独往的一个人;长大后,虽然有了很多各种各样的朋友,我的内心还是喜欢独处的。不是说不享受与朋友一起的快乐,而是更喜欢独处时的自由。还有,就是我一直也不太喜欢被过分关注、成为中心人物。所以,盛大的婚礼、生日 party 这种以"我"为中心的庆祝方式,都不适用于我。但去参加别人的惊喜活动没有任何问题啊。

总之,我是真的不太习惯接受"惊喜"的。我喜欢一切都了如指掌,按计划进行。

虽然不怎么规划人生,也能做到顺水推舟。我总是顺着自己命运的河流,该奔腾就奔腾,该转弯就转弯,该干涸就干涸,该丰满就丰满,一切都顺其自然。

直到来了英国,遇上我的先生,我"被惊喜"的机会就逐渐多了起来。

你说,真正了解一个人,需要多久的时间才够?二十年,应该对一个人的习性了解个大概吧?然而,对有的人来说,可能还是不行。

难道是我难以琢磨、变化多端?抑或是那"万法归宗"的文化差异?

记得很早以前,也许已经是婚后了吧,我生日时先生第一次给了我"惊喜"。

我们去伦敦唐人街一家熟悉的小餐馆进餐,一进门,就看见一个朋友也在,便上前打了招呼;没过多久,又一个熟人进来了,我心中非常诧异,真是见鬼,怎么这么巧?!后来才反应过来,原来他邀约了我电话本里的几个朋友一起吃饭,庆祝我的生日!我记得有我大学同学、读书时的室友,还有谁,我已经不记得了……

那次应该是"惊"大于"喜"吧。我真的不愿意麻烦别人,自己的生日干吗麻烦别人赴约;再说,先生根本不清楚我和朋友关系的疏近。那次之后,我"义正词严"地声明:今后请不要给我惊喜。

在后来的很多年,他送过我奇奇怪怪的各种礼物,也属于惊喜的各种变异,而我也毫不客气地告诉他我的真实感受(当然也是讲究方式方法的),不是我不懂礼貌不感恩,而是我真的不想装。既然不懂我,那就应该直白地说出自己的感受,慢慢地,他也可以多少摸出个规律,逐渐了解我吧?

可他对于惊喜的执念是根深蒂固的,压也压不下去(这里,请允许我哑笑两声)。过那么一段时间,他想给个惊喜的冲动就会重现。

有一年,他买了某 SPA 套餐,就是那种住宿带 SPA 和其他游乐项目的,他可以带孩子去玩其他项目,而我可以去蒸桑拿外加美容按摩什么的。他应该是知道的,当年我们在海南生活时,那是什么样的 SPA 环境和什么样的服务呀!这儿完全没法相比(当然肯定也有好的,只是我没机会尝试罢了）；还有一次生日，他买了 floating SPA，就在布莱顿。实际上就是相当浓度的浴盐水可以让身体漂浮起来，假装"死海"吧，那的确是奇妙的体验，可是漂浮的空间很小，水很浅，脚随便往下一伸就触底，我怎么联想也不能跟在死海里游泳相比吧？

他的心意我领了，后来，我婉转地告诉他，以前我不懂锻炼身体，加上工作压力大，才特别喜欢按摩和 SPA 之类的放松方法。来到英国，我开始喜欢运动了，慢慢地发现，足底按摩之类的已经真的不需要了。言外之意，就是请他不要再购买这种类型的礼物了。

这样写着，自己都觉得自己挺难被满足的，也许我的工作和经历给了我太多，"普通的"惊喜也难以让我惊喜，真的是难为他了。

不过，他也有送对了礼物、传递到惊喜的时候。

譬如，以前我一直习惯用三星手机，还在国内时，那年他从香港给我买了一个苹果手机，可我一点儿都没有兴趣，几乎连碰都没碰，最后他只好自己用了；再后来，iPhone X 刚刚出来时，他送给我做了生日礼物，我挺惊喜和开心的，一是在英国，我越来越习惯用手机处理一切，而且就喜欢拍照、录像、发朋友圈，强大的图片功能和容量正是我需要的。买对了礼物，大家都开心。

所以，隔个两三年，手机更新的任务他就主动承担了。

还有一个，那就是去剧院。对我来说，看一场演出永远都不会出错。这不，刚刚过去的 15 号，是我的生日。

一个星期前，他就提醒我，那一天不要有任何安排，我们要去伦敦。我猜就是看演出吧。是歌剧、话剧、音乐剧？还是音乐会？反正他不肯透露，维持着惊喜的底线。

然而已经感冒了的我，在生日前的那个周末也是艺术家开放日的最后一个周末，依然竭尽全力，希望每个来支持的朋友都开心。那天展览结束后，我已经说不出话来，感冒的症状直接到达顶峰。周一周二，我吃了所有可以吃的药，靠阿司匹林提升体温帮助睡眠，为的是尽快好起来。期间我也考虑过干脆放弃，不看演出了，因为不停咳嗽的确会影响到他人。

不过票是不可以退的，除非医生证明。

想着整个周末接触了那么多人，症状又如此严重，我担心我是真的感染"新冠"病毒了。在我一再逼问下，先生终于告诉我要看的是新近上演的获奖音乐剧 *Cabaret*。我简单地搜索查看了一下评论，反响特别好。而且男女主演是埃迪·雷德梅恩（Eddie Redmayne，小雀斑）和杰西·巴克利（Jessie Buckley，我碰巧看过她几部电影，非常喜欢她），在剧院里近距离欣赏明星们的表演，机会难得。

我们周一一大早就去检查核酸，然后抓紧休息。如果我真中招，那就只能放弃了，而且得自我隔离十天；如果没有，就得想办法不咳嗽，努力以最好的状态去看表演。

检测的第二天早晨，我们都收到了短信，是阴性，这下放心了。虽然身体的状态的确让我难受,但我期待着努力好转。

生日那天一大早,我按计划服用各种药片,试图让感冒症状降到最低。我们也各自做了自测(去剧院必须符合二十四小时以内自测阴性),并穿上了我的中式棉袄(也是为了暖和),化个小妆,就出发了。

我们将车停在车站附近,先生去取火车票,然后上车坐稳。火车刚刚开出没几分钟,我正在吃他买的一个可颂面包,突然,先生嘟囔了一句:"Oh, No!"

我没在意,看他又捣鼓了一会儿(其实他是在查看邮件)。他说,下午的演出取消了,因为后台工作人员有几个测出阳性。他说,他们发邮件的时间就是他取火车票的时间,车启动后才收到短信,早几分钟的话,我们就不必启程了。

我以为他在开玩笑,或者找个理由给我其他的惊喜(看来,我也是被惊喜惯了),我要求看邮件。看完,也不知道该说什么了。

我很镇定哦,连我自己也吃惊,既不惊慌,也不抱怨,反而是先生感到非常懊恼和生气,他后悔没有定晚场,也许就不会遭遇取消(我们没有核实晚场是否也取消了)。这是他给我的生日惊喜和礼物,就这么被取消资格了。

他提议,不如我们去看一场其他的演出,他甚至已经查看了这个演出接下来可能的时间。而我则建议,不如到了伦敦，去圣诞购物，吃点东西就回家，因为我们的确都需要休息。

事实证明我是对的，在地铁和商店里，我不停地咳嗽，令人担忧和侧目。我也完全没有心情去中国城吃饭，我们在附近吃了点寿司，就坐火车返回了。

多么完美的生日惊喜，就这么被"新冠"疫情给破坏了。今天我的一位朋友，也是定了本周三的同样剧目，告诉我他们的演出也被取消了，而且这部剧圣诞夜前所有演出都被取消。

两年过去了，又一个圣诞节，可疫情依然反反复复，况且，英国极有可能再次面临禁足。

生日算什么呢？演出又算什么呢？比起健康的身体，比起正常的生活，我从未如此深刻地觉悟到：平安是福。

自8月份，我的身体就有些不适，加上这一段时间重感冒，以及演出被取消，今天和一个朋友聊天，她说感觉很不走运。想想也是，放在以前，我可能也会这么认为，也许还会去查查自己的运势。

不过，这次，我真的没有一丁点儿不走运的想法。发生了，就是该发生，我们只能接受；而演出呢，即便错过这个，伦敦有的是精彩的演出，只要我们有一个给予和接受惊喜的心情！

圣诞临近，我们彼此都还没有准备礼物，除了给孩子的。我们都觉得没什么必须的，也没什么想要的。

所以，我们做了一个新的决定：

今后，我们尽量送精神体验类的礼物，而不是什么具体的东西。

看样子，让他"给惊喜"的机会越来越少了。

不过，我感觉他还会持续创新的。

2021-12-21

爱在深秋

　　刚刚把手头必须做的事情都做完了,虽然身体很累,外加感冒,心里却一下子轻松明朗起来,思绪紧接着就来了。

　　我第一想到的就是更新我的公众号。写了一半的是立春,还有一个题目是回顾我的这个中国年。再有明天是情人节,后天是元宵节。

　　写哪个呢?我坐在炉火边,《爱在深秋》的旋律不知为何,突然在心里回旋起来。

　　搜索一下《爱在深秋》,除了谭咏麟的经典版,还有很多知名和不知名的歌手都演唱过这首。一口气听了八九个,最后就觉得许茹芸的诠释最合我心意。

　　我一遍一遍地听,这首歌如此温暖洒脱,一直听到我泪流满面。

　　为什么而落泪?真的说不清楚,因为现在我已经很少流泪了!好像既不是喜极而泣的眼泪,也不是睹物思人的伤感，而是……

暂且叫作感怀吧。

既然是写在情人节的文字，就必须带着点爱情的意味吧……

记得年轻时，我一直认为，没有爱情怎可以生存？那个时候，虽然已经知道，爱情不是永存的，爱情随时都可能消失。但是，我依然认为，我的生活必须有爱情，即便我的爱消失了，我也会重新再来！

我是可以为爱而"飞蛾扑火"的。

后来，我明白了，爱是可遇而不可求的。

你爱我，我却不爱你；我爱你，你又不爱我；我爱你，你也爱我，可还是有可能不会走到一起去……

茫茫人海，找到那个命中注定的，是需要等待和机遇的。

慢慢地，我也明白了，爱情不仅仅是化学反应、各自磁场难以抗拒的物理吸引力，还可以是欣赏、爱慕、关注、默契、无条件的支持……

你心中有我，我心中有你，那份不言而喻的美好，不用点破，却足够在黑暗的时候温暖你。

再后来，我更加明白了，爱情也有很多的无奈，妥协，权衡，选择，放弃，甚至是令人不能自已的失败。

爱情，可以从浪漫走向实际，可以从热烈走到冷漠；可以从唯一走到并列，可以从肉体的脱离走到精神的分裂。

最终，爱情终将回到具体的日子。

曾经爱过，浪漫过，炽热过，即便如今趋于平淡，也已经算是幸运；如果你是有情调的，你还可以用柴米油盐酱醋茶来调味你普普通通的日子。

当然，没有激情的日子，也并不是说没有爱情的日子。

爱情只是换了一种方式，点滴地存在于日常中。如果你真的那么需要爱情，就得努力地去发现它，放大它，普通的日子才会更多一些爱意和满足。

于我，年轻时的爱情浓烈如酒，死去活来，却也伤得最痛最深，久久缓不过来。

然而，回望当初，那个你爱过的人，其实不过如此。放在今日，你也许根本都不会感兴趣。

无论是谁，无论性别年龄，早点明白这个道理，就会早点脱离爱的苦海，不再恋战。而喜欢驰骋爱情沙场的朋友，就应该抓紧时间，另辟疆场，投入新一轮的"缠绵与战斗"。

我不知道我是不是属于这一类的，感觉自己评说自己的过往不够客观。不过，我自认为我是绝对无心恋战的。

女性的敏感，令我一旦觉察出爱的犹豫和欺骗，我就会悬崖勒马，回头是岸。所以，男性友人会觉得我有点儿冷酷、无情，有点儿决绝。

在我的恋爱字典里，没有"藕断丝连"几个字，也不理解为什么那么多的人会纠缠一个根本不爱自己的人。

爱，就是爱，决定不爱了就努力不再去爱，没有什么中间的模糊地带。

我自己不会脚踩两只船,也不接受被分享的爱情。

单相思是痛苦的,被欺骗更甚之——不仅痛苦,还有愤怒。但关键的是,自己意识到这一点后,就应该"悬崖勒马"——现在流行的说法是,及时"止损"。

但我不喜欢这个词,爱和被爱没有对错,都是平等的,谈不上什么损失,也就更说不上"止损"。这里,止损意味着停止伤害自己,尽快从被动中恢复元气和常态。我在年轻时,受过女性主义的熏陶和影响,对所谓的"男性沾光""女性被占便宜"之类的观点和说法,根本不屑一顾。

《爱在深秋》这首歌,我的理解恐怕就是这个意境。年纪大些,人生至秋,爱过恨过,对于过去的恩恩怨怨早已释然。

但毕竟爱过,那曾经的爱情,还在记忆深处,不经意翻出时,还有温度。

那些爱过我的人,还有我爱过的人,就在今次的情人节,我一一地将你们念起。

你们的名字,你们的样子,你们对我的好,你们给我的痛,随着岁月和时光,于我,已然都化作了一段一段美好的记忆。

让我倚在深秋,回忆逝去的爱在心头……

2022-2-14

那些伤了我心的友情

1

不知为何,友情似乎一直是一个还没有列在我写作名单上的话题,有点像爱情,不是故意避而不谈,而是觉得"没什么可谈的",或者还没到谈的时候。

然而,有几个喜欢读我文章的朋友告诉我,很想听听我对友情的看法。这的确让我思考,而且我自己也好奇,为什么不曾想聊一聊这个对每个人尤其是女人非常重要的话题?

终于在上上周,我理清了思路,也打算动笔。

那天,我一大早去海边遛狗,阳光灿烂,心里想着这个题目,也回想着往事,竟然不知不觉地泪流满面。我信心满满,觉得有一肚子的话可以来完成一篇关于友情的文章。

听起来有点夸张,不过,写东西对我来说,就是需要这样的一种状态。只有有了想不认真都不行的写作情绪，才可以动笔。

然而，我还是没写成。

两周来，一是忙，二是真的留出了几次整段时间，却怎么也写不出几个字来。潜意识里，我似乎真的在逃避和拖延。我早就找好了配图，其实也早就想好了题目。

今天下午，我又在明媚的阳光下，沿着滨海的白崖走了一个多小时，试着回到那天清晨令我感慨的情绪。

我想，无论如何，今晚我得把这些春天里纷纷扰扰的思绪分享出去，春分嘛。

2

首先，我想先明确一下，这里的友情是指女性之间的友谊，不算蓝颜知己。而所谓"伤了我心的友情"，并不是指谁伤害了我，而是指自己内在的失望和伤感，与别人无关。

友谊其实与爱情一样，充满了悲欢离合和五味杂陈的情愫，最起码对我来讲是这样吧。

就用我最早的"两小无猜"时的"友情"作为例子吧。

小时候，我最要好的朋友就是 ZH。她是我的小学同学，记得那时我们班里有三个女生学习不错，每次都是我们三个抢着回答老师的问题。除了我和另外一个女孩儿，她就是最棒的那个。果不其然，小学毕业后，她俩都考上了重点中学，只有我去了附近的普通高中。

但我们的友谊一直没有断过。

记得当时几乎每个周末，我都会去她家里玩儿。那个时候，没有电话，也没有预约的习惯，去就是直接敲门撞大运。她家是个典型的高知家庭，妈妈在杨陵农科院工作，周末才回到西安家里，父亲就在陕西省农业厅，家属院离我住的地方不远。

她家的气氛是非常安静的，甚至留给我安静得令人窒息的印象。在那些长长的周末午后，她家里的每个人都各自在房间里看书学习或者休息。我应该不算让她的家人讨厌吧，我依然记得她父母慈祥的样子，还有她个子高高的哥哥。

她的家里有一种什么样的东西吸引着我。不记得我们都是怎样度过玩的时间，有时是一起学习，或者一起去食堂打水打饭，也有在农业厅的办公楼之间穿梭玩耍，在雪天发现盛开的蜡梅花的记忆。

后来，她考上了天津大学的高精尖激光专业，而我在晚一年的时候，考上了北京广播学院。这样，即便在大学期间，我也曾有坐着火车去天大找她玩的记忆。

这样少年时代建立起来的友谊，应该是可以留存一辈子的吧？

即便在今天，我其实也是希望如此的。

然而，我们还是各自走上了不同的道路。我刚刚工作的时候，她在读研究生。我开始在电视台的时候，她已经计划着跟随在美国读博士的男朋友去美国留学了。

她出了国，我们还有联系。记得最初她在美国的时候，还向我借过钱，那一定是不得已才会开口，而我那时也真的没什么钱，借给她的那点钱也是倾我所有吧。

一晃又是六七年，我也有留学的想法了。我英文不好，是她帮着我联系了美国的好几个学新闻的大学，也收到了好几个来自美国学校的资料。

后来我选择去了英国，在留学一年后，是回国继续工作还是接着留学的问题又让我不得不选择了。

那时，我有一个追求者，是新加坡人。他曾在国内为大的国际公司工作，我们因为合作而相识了几年，他是在我留英时才提出希望我去新加坡和他一起生活工作的。年轻单身的他受过良好的美国教育并拥有完美的高管职业，只差爱情了。那时依然是孑然一身的我，决定给他和我一次机会。

都说旅行最能看出一个人的本质，我和新加坡人就安排了一次去美国的共同旅行。一共四周的美国行程，两周与新加坡朋友参团美国境内游，然后两周就是去匹兹堡投奔我亲爱的老友。那时她已经有了孩子，我不记得她仍然在读博士还是已经工作了。

遗憾的是，愉快的行程，却没能与新加坡人擦出爱情的火花，只好与看似"美好的未来"说了再见。而就在匹兹堡的那段时间，我得到了来自英国威斯敏斯特大学文化研究专业的奖学金通知，只好又回到了英国继续读书的日子。

她是这一切的见证者。可是，不知什么原因，我们的关系有了一点小小的阴影。我觉得那时的我，可能考虑别人少一些吧。那时的我，对儿童毫无感觉，除了记得她儿子的名字外，我竟然对她的儿子一点儿印象都没有。

再后来，我回国工作的十年，她也曾随先生去上海工作生活。我们联系上了，也计划过，但都未曾有机会见面。甚至在重返英国后，我也试图联系过她和她丈夫，希望他们来英国旅行重聚。

可现实是，我们好些年都不曾联系了。

这段几百字的文字，看起来轻描淡写，跨越的却是几十年的友情。

我时常会想起她，时常也有再联系她的冲动，然而我知道，有的东西也许再也捡不回来了。

出国前我曾出版了两本书，不记得在什么情况下，她婉转地嗔怨过，文字里不曾有她的影子。我暗自惊讶，我所写的是自己在做记者时的经历，而那时她在美国，是遥远的存在。我想，她一定也是和我一样在乎我们的友情，才会有这样的抱怨吧。

我们在一起时，有很多的交心，但我也清楚地看到，我们的认知有了偏差，习惯有了不同，很多东西的关注点也完全不一样。如果是现在的我再和她会面，我想这样的不同也没有什么奇怪的，也不会影响我们的关系。但是，当时我的反应曾经是怎样的呢？

当年曾为不少杂志写过专栏，现在我却只有自媒体这一个小小的平台。写这些文字的时候，我也想，如果某一天，她有机会看到这些文字，也许会因为我曾如此惦记她而释然么？甚至原谅我的"过错"？（如果我有失误的话）

我想告诉她，无论我们的路多么不同，我们的想法有多大的差异，她在我的心目中拥有永久的位置。

3

这个故事告诉我，即便是童年建立起来的信任和长达几十年的友谊，有时也会因为一件小事，或者一次小小的失误，甚至不知什么样说不清道不明的原因，让友谊蒙上一层阴影。

在电视台的工作中，因为有很多的同学后来成为了同事，那一起走过的长长的路和相处的日日夜夜，成就了我人生中另外一段最重要的友情。

来英国定居后，随着距离和时光，我知道，很多东西也会逐渐疏远，让曾经亲密无间的友情改变了原来的面目。如果真是难以避免，我的心一定会痛。

我曾为珍贵的友谊做过努力，也是一个非常念旧的人。然而，有的时候，覆水难收。就像爱情，覆水难收，再也回不到原来的位置，当初的样子。

更别提在日常的生活中，看到那么多曾经不分你我的朋友成为陌路人，真的让人难过。所以，在这样的年龄以及这样的生活状态下，想要成就年轻时那样亲密无间的友谊，真的是很难很难了。

我相信闺蜜的存在，然而对我来讲，通常意义的那种"闺蜜"——那种不分彼此的、可以分享一切的关系，从来就不存在。即便在我最亲密的关系中，我也是有所保留的。因为，我只能分享我可以分享的、应该分享的、愿意分享的。

一定有人会说，那可能是因为你受过伤害，你才不愿意敞开心扉，把自己包裹得严严实实的吧……嗯，也许吧！可是，为什么一定要对别人敞开心扉呢？

况且，越来越成熟，也越来越独立，对于友情看得就更淡更开，人也会多一分理解和豁达。

淡淡的有一种距离的人际关系，也许才是最好的吧。

2022-03-21

不够用的时间

飞一般的时间

2022年过得尤其快,说话间,就要进入下半年了。

一年三百六十五天,貌似挺长的时间,可是,如果你把它用节日和家人朋友的生日隔开,或者是用孩子们的学期、假期分段,抑或就按当下时髦的中国节气来划分……那就完全不同了。当然,最最普遍的还是那些还在工作的人,他们不得不随着工作的时间安排自己的日子。

一年的日子被这么切割和瓜分之后,加上彼此重叠(因为我们大部分的人都有工作、亲人、朋友和孩子),大部分的时间就已经是可丁可卯地被计划着走了,属于自己可支配的时间其实并不多。

人们会觉得这不是天经地义的事儿么?甚至,越计划得远，越安排得满，越被认为是某种有条理和成功的体现。

没人怀疑我们为什么要把未来的"时间"提前预支出去？谁能特别确定：未来的日子是属于你的时间呢？

我知道，感觉今年过得特别快的，肯定不止我一人。

这半年，世界发生了很大的变化，持续震惊着我们的神经。即便到了我这见多不怪的年龄，为了不影响自己相对平稳的情绪，我还是能够屏蔽的就屏蔽，不得已看到听到的信息就接受，尽量不为不能改变的事情而消耗自己。

但，我们是如此习惯用时间来界定一切，我们不由自主地被时间追赶着，没有了时间，恐怕大家都不知道如何度过每一天……

时间的概念，给了你我的人生很大的紧迫感，也许你真的从未意识到。

这半年，我尤其觉得追不上时间的脚步，最多的感慨就是过得太快了。很多时候，话到嘴边，我自己都不好意思说出口，因为我已经意识到我说得太频繁了。

不够用的时间

对我来说，最强烈的感受，就是时间不够用。

很多人觉得可笑，你不上班，孩子也大了，而且三年没回国，你不是有大把大把的时间么？

这样的问题，我也问过自己无数次。不过，我就是觉得想做和要做的事情太多，而时间却不够分配。

尤其现在，我有公众号需要更新，有书稿需要完成，每周几次的绘画课和练习，都是需要很多的时间。外加遛狗、锻炼、做家务，还要有时不时地见见朋友的社交时间，以及留给自己独处的时间。

总之，我感觉自己被时间挤压着，推搡着，活得不够从容。

我有很多书，包括很多闲书，但读的时间太少，读书大部分都是因为需要，譬如需要资料，需要查证，需要了解作品，而不是闲着就读了。还有那种随意发呆、完全没有顾虑地可以消磨的时光，偶然也会有的，而且可以清楚地意识到自己在享受，但这样的美好放松并不多见。

其实，在若干年前，我是很骄傲自己"管理时间"以及在日常生活中处理"多重任务"的能力的。譬如，在那么繁忙的记者生涯中，还写了几个专栏和稿件，出国前还出版了两本书；留学英国，四年读了三个硕士学位同时还工作养活了自己；海南地产行业工作时，在不太忙的前期合适地生了孩子……

在不工作的日子里，我绝大多数时间是坦然而享受生活的。只有偶然，被朋友们打了鸡血，会生出做点什么的愿望。而自从搬到英国，这种感受就是间歇性质的，回国受到启发鼓舞，回英就烟消云散了。

感觉自己有拖延症，为自己的闲而不安，是"新冠"爆发前的那两年。很想改变自己，就学习了非常时髦的"时间管理"课程，看书听讲座，也跟随建议试图改变自己的生活习惯，甚至动了去参加"时间管理"线下课程的念头。

学着"管理"自己的时间，早起，跑步，做笔记，归纳整理档案，把时间分成一块一块地来填满。

说句实话，把时间如此细分规划，是否提高了工作效率我不知道，但对于我这个自由散漫的射手来说，真是平添焦虑。反正不适合我，也就慢慢放弃了。

总之，在英国这些年的具体日常生活，还是让我重新认识了慢的概念。对于在"深圳速度"和"时间就是金钱"环境下成长起来的我来讲，这的确也需要一个过程。倒不是说这里的低效有多好，而是作为一个存在，意识到了慢也没有什么不好的，有的东西只有慢才可以达到，或者根本也不需要那么快。

譬如，我家的建筑和马路周边以及海岸线规划，都已有两百多年的历史，大致也没怎么改变。近年来有些临时娱乐设施，都是两三年就换掉了。而真正开始按规划进一步改造是去年才开始的。去年8月，我看见工人把石子堆砌成沟壑形，一直都不清楚他们想要做什么，直到今年春天长出来各种小草小苗才明白，他们是种下了种子。看网站说明，原来是他们计划恢复这个地方海岸线原本的植物品种和样貌，需要几年的时间才可以看出模样,而这个所谓的模样,也许看起来不过是野生的杂草丛生的样子吧。

从这个意义上来说,时光像是被拉长了的影子,变得更慢了。

记得国内地产,一个楼盘的绿化,基本都是移植已经非常成熟的树种,人们要的是效果,谁有时间等你从种子长起?

那么,"加速"到底是延长了我们的时间?还是"浪费"并缩短了我们的时间呢?

时间的陷阱

除了觉得时间不够用以外,我还是相当满意自己当下的时间安排的。

英国的夏天是最好的季节,清晨我总是在遛狗的同时,沿着海边新铺的栈道跑上几步,试图慢慢增加 HIIT(高强度间歇训练)的时长,也包括一点有氧运动。然后就在海边做一遍八段锦、一些随意的拉伸和深呼吸。这样一个小时左右就回家了。

然后不得不收拾一下,做点家务。接下来有事做事,有课上课,并没有固定时间做什么。通常也会被各种人和事打扰，时间会变得非常碎片化。

画画目前是最能让我安静的，一旦开始就很难停下来，而且特别令我专注，比写作容易专注得多。所以近来画得多而写得少。

虽然不喜欢规划，但手机日历上固定的安排也不少。加上各种随机的事，就显得很忙，家务总是堆积如山，待朋友多有亏欠，而且，喜欢清静的我，总觉自己的时间太少。

非常怀念小时候悠长的午后时光，时间仿佛凝固一般的长。而现在，闲在家里，怎么反而觉得时间匆匆不够用呢？

"同样"的时间，于我的童年和现在，完全是不同的长度。

时间真是一个相对的概念，最近恰好碰到一个朋友推荐一本叫《时间的陷阱》的书，这两天匆匆读完，里面一些关于物理等科学的章节，我的确不怎么理解，不过并不妨碍我对这本书有兴趣和思考。

作者试图从神经科学、物理学、哲学、心理学等多学科的角度，分析人类怎样产生了时间这样一个抽象的概念，并被其左右，最终陷入时间的陷阱。我认同其中的一些说法，这也正应和了我近日的感慨、好奇和思索。

这本书并没有完全回答我的问题，或者是我还没有完全理解它，它却给了我一个全新和有意思的方向去探索。

以下我只是摘录几段我认为有趣的观点与大家分享，算是抛砖引玉而已，感兴趣的人可以买书仔细阅读。

这里，我更要强调的是，时间本身是透过记忆累积下来的。如果没有时间的观念，其实也没有记忆。最有意思的是，如果没有记忆，我们也没有时间可谈。两个观念相辅相成，互相强化彼此。透过记忆的强化，时间的观念也更精确了。

时间不光强化人类的逻辑和推理的能力，有了历法也让我们开始做记录，包括历史。透过历史的记录，人类才可以把经验留下来，而可以得到进一步的学习。我才会说，时间是人类最大的发明。

人类的全部发展，都是透过时间的观念而延伸出来的。

是的，时间确实带给我们数不完的突破，包括现在科学和科技的发展。时间本来是人类最宝贵的工具，让我们有今天的局面，不光可以主导地球，还可以登陆别的星球。但同时，它本身也是我们全部烦恼的根源。

这本书主要想强调——没有时间，不光没有知识；没有时间，其实也没有"我"。

2022-07-01

女王去世，我们伤心的是什么？

对于英国人来讲，2022年的秋天本来就是一个多事之秋。最长最热的夏季之后，紧随而来的是日益严峻的通货膨胀，以及油价和采暖费用的暴涨。

而9月6日刚刚上任的新首相利兹·特拉斯，却因为伊丽莎白女王的身体状况，不得不前往她在苏格兰的巴尔莫勒尔城堡接受任命。

女王看起来与往常不同，可以说异常憔悴。皇室人员纷纷赶往苏格兰，空气中弥漫着各种猜测和紧张气氛。

在女王任命了她的第十五位首相的两天之后，在9月8日的下午，她真的离开了。

人们虽然知道，女王的那一刻终将到来。而且事实上，对这一刻的各种准备很多年前就开始演练了；但是，当这一刻真的来到时，人们还是被震惊了。

这位英国历史上在位时间最长的王室成员的辞世，引发了全球的强烈反应。很多人说,这个国家失去了类似于祖母或者母亲这样的一个角色,甚至认为这个国家失去了一位"吉祥物"和一颗"定心丸"。

到目前为止,事实证明这个比喻一点儿也不过分。因为,自1952年她继承王位以来,英国的一切都变了,而唯一没变的却是她的存在!

她不仅仅存在于硬币、纸币、邮筒以及那首披头士演绎的《女王陛下》的歌里,还存在于各个重大事件和报纸电视里;她是流动生命中的一个固定的亮点,她是一个贯穿始终、有着承上启下般"持续性"的人物。

就像2002年女王在金禧庆典演讲时所表示的,"变化已成为常态;掌控管理变化也成为一门不断扩展的学问",她认为自己承担的就是"在时代变迁中引领这个王国"的角色。

所以,她的"突然"辞世,压倒性的情绪是悲伤和感受到损失,以及对未来各种不确定性的担忧,最起码可见媒体传达的是基本统一的声音,当然也夹杂着些许的不同。

从铺天盖地的媒体和自媒体上,从皇室驻地以及附近人们不断留下的文字和鲜花里,从女王的灵柩最后一次离开巴尔莫勒尔夏宫到爱丁堡,再到白金汉宫和国会大厦的威斯敏斯特宫,从那么多前去送别的人们的眼里,你可以看出女王所得到的爱和尊重……这情景超出了很多人的想象。

这些哀伤的人们,不仅仅是皇室的拥戴者,还有各行各业的普通人,包括那些选择在英国定居的外来移民们。我的很多华人朋友都专程去现场，或者送花表达哀思，或者排队与女王告别。

国葬期间恰逢中国的中秋节，很多组织也取消了团聚庆祝，或者改为以纪念女王为主题的活动。

为什么原本高高在上的女王，让那么多普通人都感觉与自己有连接？

在连续观看了很多天的采访报道之后，当观众被问到为什么会赶来现场时，所有的回答可以基本总结为三点：

第一，感谢女王为这个国家所做的一切。

第二，送别以示敬仰和尊重。

第三，亲历这个重要的历史时刻。

英国政治学家马修·古德温说："对于我们许多人来说，七十年来，女王就是那个与过去几代人连接的纽带，包括我们的父母、祖父母、所有我们国家和社会的历史与记忆。""我们感到如此失落，"他说，"女王就是我们。"

送行的队伍里不乏年轻人，他们有的也是代表自己喜爱皇室的父母和亲人。

女王把我们与现代生活中具有决定性意义的事件联系在一起，这种联系不需要讲得太清楚，就会产生巨大的力量。

作为一个生活在英国的华人，我对女王的了解和喜爱也是随着时间的推移逐渐增加的。我觉得皇室的存在对于当下的英国，是一种活着的传统延续，为英国在世界的影响力添彩，也为英国的旅游业带来繁荣。

回想一下，在 2020 年"新冠"肺炎刚开始传播，当英国的第一次"封控"刚刚开始时，她向全国以她惯有的淡定发表电视讲话说，"我们以前经历过更大的苦难，现在都熬过来了"。她引用了那首著名的战时国歌，强调着："我们会再见面的。"

这一次的讲话我印象深刻，我也从中得到了极大的鼓励和勇气，相信很多英国人也如此。后来，她在丈夫菲利普亲王去世时表现出的隐忍和坚强，为顾全大局而做出的个人牺牲，远远超越了那些政客们的表现，而她一个人在教堂葬礼上的孤寂身影让无数人心疼。

无论是那些她身边的工作人员，还是曾经多次接触过她的名流，抑或是仅仅在她漫长的皇家责任中有过一面之交的普通人，当回忆到女王时，都对她的微笑、幽默、淡定、勤奋、自律、坚毅、宽容、自嘲以及与时俱进有着一致的评价。

许多国家的政要和领导人对女王也表达了高度评价，这不完全是出于外交礼仪，而是非常真诚的表达，仿佛是生活中的一个重要参数突然消失了。

可以说，从某种意义上来讲，是女王让皇室在不断的变化中，渡过一个个难关留存下来，甚至更加令世人瞩目。

通常，一位杰出人物的去世，世界可能会叹息，然后迅速前进。但女王的辞世相当不同，她引发了人们为一个时代的结束而升起的伤感，以及对不确定因素的很多担忧。

尤其是那些对君主制持否定态度的人们——女王的去世也引发了他们进一步的讨论和分歧。而这些争论也刺穿了充斥于社交媒体和新闻广播中的悲伤。

反对君主制度的人认为：根据基因血统来分配其在公共生活中的角色的概念，是站不住脚的历史倒退，是对民主的破坏。

有一个英国学者朋友对我说，他对英国当下人们的反应非常失望！人们为什么去为一个对国家没有"做任何实际事情"的人而悲哀？她只是拿着纳税人的钱做了一些应该的工作，而在相当长的时间里皇室都持有不用上税的特权等等，他认为人们以及媒体对此的态度，是历史的倒退。

我的另一个朋友也认为皇室是让百姓"婴儿化"的一种制度，让某人高高在上，而自己愿意屈从于他。虽然他并不否认女王和新的国王是很好的人。

当然，也有人认为女王的存在（君主制度）对自由选举产生的国家领袖是一种制衡。虽然在过去的七十年里，女王和她的政府之间几乎没有什么公开冲突，君主对政治的干涉更是少之又少。但是，她仍然是有影响力和权力去干预的。

所幸，英国拥有的是女王这样的人，她知道自己的位置和角色，分寸拿捏得非常合适。

历史学家大卫·卡纳丁曾经说过，伊丽莎白二世女王的遗产将包括转型和衰落——英国社会转变为"一个更加流动、多元文化、更世俗的社会"，以及"大英帝国缩编为英联邦"。

然而，在这个日渐分裂的世界上，女王在顺境和逆境中都被尊为民族团结的象征，世界各地的人们都关注着她的大家庭的生活、爱情、离婚和痛苦，就好像这是他们自己的家庭一样。

在许多方面，女王抛开了曾经习惯的皇室隐秘感。那些她家里的问题，比如安德鲁王子的丑闻，比如王室与孙子哈里及其妻子梅根的公开决裂，都让她变得像邻家奶奶，也有着普通人一样难念的经，让她变得更加亲民。

所以，在这个本来可能是君主制度面临灾难的时代，相反，我们却见证了王权对其地位的巩固。这不得不说是个奇迹，也深深得益于女王的个人魅力和超凡能力。

况且，无论如何，她都是一个女性楷模，是一个有着大智慧和大格局的非凡女性。

我想，我们大部分的人真正哀悼的是：

我们失去了一个在我们的生命中永远存在的人。她的离世勾起了我们对过去七十年来所发生的一切的回忆。

今天，

我们悼念女王，

其实也是为自己而哀伤。

（本文在香港《明报月刊》约稿的基础上改写。）

2022-09-18

"爱自己"也不容易

我想从很浅的层面、很小的着眼点,在这个伴随我多年的"三八妇女节",聊聊有关女性需要"爱自己"的话题。

在英国这些年,感觉整个社会层面并不是特别关注"妇女节"的存在,除了有关女性的媒体、机构和学术领域,当然还有女性主义者。

而在国内,近些年"妇女节"成为商家们大作文章的节日。不知从哪年开始,更是摒弃了"妇女"二字,改称"女神节"。多少有些"捧杀"的意味,不过是让女性自我陶醉、开心掏腰包而已。

成为"女神"哪有那么容易?!普通的"妇女"二字,都变得有些歧视的意味,更别提如何才能将自己塑造成"女神"!

其实,"妇女节"的话题只是个引子,我想说的是,如今常常可以听到女性要"关爱自己"的声音,一些心灵鸡汤也声称:只有先爱自己,才可以爱别人。

可"关爱自己",为什么还需要别人来提醒呢?

就像"妇女节"要单挑妇女出来一样,是因为女性的地位本来就不是平等的,那么,女性为什么不会"爱自己"呢?

难道"爱自己"不是人的本性么?

女性的付出天性

作为性别的一种,女性的确天生就承载着更多的责任。十月怀胎,照顾孩子和家庭,在传宗接代和繁衍生息的自然法则中,女性从来就肩负着比男性更多的义务;更何况历史的演变,赋予了女性很多其他的社会角色和重任。

从天性来讲,母爱更多的就是给予和付出。更别提当母爱泛滥时,对待男性伴侣,也会混杂很多母爱的成分在里面。

当代女性在有了丈夫和孩子后,一些人会放弃事业,回归家庭,为照顾丈夫、子女、老人而倾其一生;而拥有工作的事业女性,不得不在工作和家务中,寻找平衡。在某种程度上,我很羡慕那些选择成为丁克家庭的女性,少了孩子这一层面的各种担忧,她们会有相对多的时间来做其他事情。

我就是这样,年轻时自己一个人全身心投入工作和事业,即便进入婚姻状态,没有孩子的时候,时间也相对自由和富裕；有了孩子之后，一切都改变了。

母亲对孩子的牵挂是终身的，对孩子的付出也是终身的。人到中年，上老下小，外加婚姻和事业需要经营，女性能够花在自己身上的时间，真的是非常少的……

不是不关爱自己，的确分身乏术。

被爱和自爱

女性被束缚，很大程度上是因为我们过于依赖来自外界的爱——就是被爱。

被人爱当然是幸福的。

我们有来自我们父母的终其一生的爱（虽然不是每个人都会拥有），我们有来自异性的爱（在女人的一生中更为重要），我们有来自孩子的爱，我们还有来自兄弟姐妹以及朋友们的爱……

可惜的是，父母不能一生相伴，丈夫孩子的爱也许不会一成不变，朋友们则是你来我往……也许只有自己对自己的"爱"，才是最最持久永恒、毫无保留的，也就显得更加重要。

很多人是在失去了这些来自他人的爱之后，才意识到"爱自己"的必要性；有时候觉悟太晚，已经不知道怎样才是爱自己。自己内心的需要，在"长时间地关注他人为先"意识的淹没下，已经不容易被发现了。

也会有少数的女性，她们从来都知道自己的位置和价值，也从来都知道自己的欲望和渴求，她们活出了一个个真实的自己，看着都令人喝彩。

所以，爱自己，首先得知道自己想要的是什么，真正令自己快乐的是什么？然后，你才可以自己想办法来满足自己，或者有机遇让他人来满足自己。

真爱，是接纳不完美的自己

当然，爱自己可以是做任何令自己愉悦的事情，譬如：

给自己泡杯茶，洗个热水浴，做个美容，买个自己喜欢的礼物，吃一顿奢侈的晚餐，度一个向往已久的假期，见一个想见的朋友……

然而，直到这些年我才明白了，那些短暂的、外在的、来自他人的物欲情欲，只能是一时的小满足；而真正的来自于自己的爱，才是最真实和长久的！

无论你心中还存有多少对过去的遗憾，也无论你对未来充满了怎样的期许，这些都没关系。最重要的是：你接纳当下的你，认可当下的你，就是你可以做到的最好的"爱自己";你觉得人生值得,没人可以左右这个你认为最好的自己。

所以,你的快乐不取决于别人,这包括你的父母,你身边的男人、女人以及孩子。

认识到这一点,你才可以真正地爱自己,并且可以做到情感不受他人的影响和左右。

那么,在今年这个"自己的节日"到来之前,我做了哪些"爱自己"的事情呢?

我预定了在布莱顿皇家剧院的两场音乐剧,刚刚和先生去看了一场,下周和女儿去看另一场。而节日这天,我为我的小狗 Coco 预定了全套的美容护理,还有,先生会做我最爱的北京烤鸭吃。

节日快乐,亲爱的你们!

2023-03-08

唯有连接

最近思绪很多。

美好的5月6月,虽然日子平淡慵懒,但也处处充满令人欣喜的小确幸。

我就像过去的那种绿皮火车,缓慢而有节奏地前行,路上的风景,赶得上就下车看看,来不及错过了也无所谓。

各种事情推着我走,少有那种真正的闲情,就是过去有的那种"一边吃好吃的,一边翻看喜欢的杂志"的时光——日子慢而悠长。

这么说感觉有点可怜。不是没有时间和机会"一边吃一边翻杂志",而是没有那种所谓的"闲情逸致"。懂的自然懂得我的意思。

总有各种事件,与自己有关无关的,都多少会影响我的心绪。

其实,怎可能无关?世界上发生的任何事情,都与自己有关联。

那个看梅西球赛时闯入场内奔跑的少年,那个泰坦尼克号残骸观测艇里的五名探险家和富豪,北京的酷暑,英国的物价,俄乌的战争……

哪一样不带给我们情绪?

夏至那天,我去伦敦参加英国收藏家俱乐部的讲座,幸运的是威士忌俱乐部就在老邦德街,也在皇家艺术学院的旁边,所以就先去看著名的2023夏季展。

自从自己画画以后,看展览就与以前真的不一样了,看的角度更复杂和多样了。这里我想提到的是今年的策展主题:Only Connect(唯有连接)。

当然,这个主题真的任你想象和发挥,它可以简单也可以很深奥。但它深深地打动了我,让我浮想联翩。

正如展览负责人在序言中提到:"在《霍华德庄园》这部爱德华·摩根·福斯特(E.M.Forster)于1910年写的小说中,'Only Connect'意味着精神和日常之间的联系;而近一百年后的2005年,扎迪·史密斯(Zadie Smith)写了获奖小说《论美》。这两部小说中的主人公都很明智,而且对自我和不公平的社会都持有人道主义的观点,然而他们都不约而同地认为,人类的同理心和连接是唯一解决问题的方案。"

我举双手赞同这个观点。扎迪的这部小说我恰好读过,书中人物栩栩如生,在一地鸡毛的生活中,始终向阳,用爱、理解和连接,解决生活中种种的烦恼和不如意。

有的人相识很久，却从未真正连接过；有的人从未谋面，却有着很强的连接；有的人会因为某件事一下子提升了连接；有的人也会因为某个事实突然了断以往的连接……

有的人，无论你怎么努力，也建立不了你期待的连接；有的人，无需语言，一个眼神就有了最亲密的连接……

皇家艺术学院夏展的主题，当然每个入选和邀请的画家都会有自己的诠释，也许作品压根就没有什么连接。这需要观展人自己去解读和思考，自己去建立自己与作品的连接。

而我，在这个主题的连接下，突然有了很多的感慨。

连接不总是那么自然而然的，连接也不总是如想象的那么容易和那么困难。然而，我们必须倾其一生地努力与他人连接，包括与自己的内心连接。

这也是活着的目的，是与自己和解的方法之一吧……

2023-06-24

辑三　琐碎的生活

对自己温柔以待

惊

进入人生下半场后，尤其已经离开工作几年，又生活在英国这样的饮食和气候条件下，我的体重曲线基本上呈斜坡状稳步攀升。在没有控制的情况下，平均一年两三公斤的增长到了终于不能容忍的地步，关键是我的精力和健康都受到了挺大的影响。

必须借力于营养师，就是在我自己折腾了一段时间而收效甚微的情况下，才下定决心的。

开始咨询时已经是疫情期间，原本面对面的咨询只能通过视频来进行。然而我的体重在前几个月有所下降后一直徘徊不前，令营养师也觉得我是块"硬石头"。

除了用排除法，检测了维生素是否缺乏、体内重金属污染程度、肠道菌群的补充等等，我们还尝试了一些"偏方"，譬如"土豆减肥"、远红外桑拿辅助等等，结果也是反反复复。稍微放松一下，体重立即反弹，结果有些令人失望。

减肥虽然不是我的终极目标，但也是目标之一。尤其是距离目标只剩下三公斤了，努力了四个月还是没有达到。

在前不久的视频会面中，我对营养师说："干脆我采取辟谷的办法吧，给身体一些刺激。"

还是在北京的时候，也就是2014年初，我第一次参加培训尝试了辟谷。之后的六七年当中，我每年都会辟谷一到两周的时间。虽然辟谷的目的不是为了减肥，但禁食肯定会很快地让人瘦下来。

可营养师一直觉得我的"停滞不前"在于心理因素，我的身体为什么更倾向于保持一个偏重的位置？她总在问我：想一想你为什么总想回到过去的体重？或者，你的无形的潜在压力可能是什么？因为压力是很多人都忽视的导致体重上升的主要原因之一。

在已经过去的七个月当中，我总是比她要求的更进一步。一开始，她只是建议戒掉零食，没多久，我就要求自己开始了间歇性断食；后来当她进一步让我采用身体震颤、干刷等辅助微循环、加速代谢的方法，而我已经开始每天坚持行走最起码一个小时了；唯一没有做的，就是HIIT（高强度间歇训练），因为我实在感觉没有体力做，而且也不喜欢做。

最近的一个月，体重曲线虽然有波动，但起点和终点几乎是一致的，显然又是失败的一个月。但营养师却希望我不要每天都量体重，每周一次甚至一个月一次就好。反而她建议我量一量三围。每天都量体重，会给自己更大的压力。

我总是比她要求的提前一点点，多一点点，却没有得到应有的回报。

所以，此次当我提出用断食为自己加码时，她说：我觉得，你不应该对自己更加苛刻，恰恰相反，你应该对自己更温柔些。

我的内心一下子被触动了，难道我对自己不够温柔、不够善待么？

人有时候真的很难看清楚自己。

醒

我对营养师所说的那些压力和可能的心理因素，的确不以为然。

虽然我按照她的要求写下一些问题，也尝试回答这些问题，但我不觉得我有什么特别的心理因素想做一个胖子，或者觉得胖一点更安全。至于压力，那肯定是有的，虽然现在不工作，但来自生活方方面面的烦恼是在所难免的。

只是经过这些年的不断反思和自我调整，我自觉已经解决了很多的心理问题，现在的我基本上感觉良好。

但这一次，她的一句"恰恰相反，你应该对自己温柔些",的确让我反思。

我们是如此习惯坚强——我们的教育让我们坚强,我们的家人让我们坚强,我们在竞争中生存,我们不成功只能责备自己不够努力、不够吃苦、不够有能力。甚至在减肥的路上,也会有人说你减不下来是对自己不够"狠"……有时候我们可能真的忘记了如何才可以对自己温柔。

不相信,你问一下周边的朋友:怎样做才是对自己温柔呢?可能不少人会支支吾吾地答不出来,或者是回答一些其实是依赖他人才可以获得的快乐。

记得有一次我临睡前做冥想(Mindefullness Practice),引导语提示我能否看见小时候的自己,如果见到她,就给当年的自己一个紧紧的充满爱意的拥抱。我认为那一刻特别治愈,我给了童年的我一个长久而温暖的抱抱,告诉她一切都会好的。

"对自己温柔以待",也是正念(Mindfullness)的一种训练,是改善习惯性压力(Chronic Stress)的解决方法。有人认为,我们通常以为的"锻炼、睡眠、吃好"并不能解决慢性压力的问题,而是需要通过这些"正念"的训练才可以做到。

习

经过一番研究,我发现西方对于"关爱自己"的方式方法并不特别相同，西方的建议都很具体和琐碎。所以，我根据自身经验和观察，结合中国人的特点，总结出以下"对自己温柔以待"的建议：

首先明确两个条件：

第一，每个人都值得被温柔以待。

无论你是年幼的宝贝、白发苍苍的老人还是身负重任的中年人，无论你是男人、女人、中性、双性或者是变性人，无论你是貌美如花还是普通如草，无论你是坚强的还是脆弱的，也无论你是成功的还是平凡的……所以，不要把自己排除在外。

第二，这里所说的"温柔以待"，是指自我同情、自己给自己爱护。这是自己可以掌控的，而不是来自他人的温柔。

你可能会说：给我一座房子吧？给我涨工资吧？这样我就快乐了。但是，这些快乐都是不可控制的，而且也没有一劳永逸的快乐。唯有自己对自己的持续关注和温柔，才真正可以舒缓这个世界不可摆脱的失落和痛苦，让自己拥有开心满足的一个个瞬间。

那么，怎样才算是对自己温柔以待了呢？

1. 真实地面对自己。

你的真实想法是什么？

忘记那些"因为，所以"，忘记那些"别人已经怎样，所以必须如何"，忘记那些我"应该"……你的内心是怎样的？如果没有那些"如果"，你会怎样？

我觉得中国传统文化特别不容易"做真实的自己"，如果连真实地面对自己的需求都做不到，那你该如何善待自己？

2. 学会拒绝。

流行的说法是："到了我这个年龄，再也没什么可以顾忌的，终于有了足够的勇气说不。"实际情况是，直至目前，我也没有完全做到说不。很多时候，出于各种原因，我们不得不做自己不想做的事情。

其实，哪个年龄都应该学会舍弃、拒绝，不要勉强自己做不想做的事情。越早学会说不，越早成为快乐的自我。

3. 尽量不要为别人做不必要的"牺牲"。

譬如为孩子放弃工作（除非必须），为帮助朋友承担责任，等等。如果你开心和愿意这么做，那就做好思想准备，不求任何形式的回报。

4. 不要负重前行。

当你已经有很多的责任在身，不要再自找更多的责任，或者为了友谊和亲情、面子被迫添加更多的责任。

5. 选择积极向上可以给你正能量的朋友。

如果一个朋友总是带给你烦恼，不能够提供滋养并带来快乐，那就远离他吧！

6. 不要总是自我批评。

不要对自己过于苛刻，要求过高。倾听内心的声音，学会温柔地和自己对话。你是如何规劝和开导朋友的，试着用那样的声音对自己说话。

7. 不要后悔。

对于已经过去的事情，无论是什么，都不要不停地后悔自责，设想"如果……"，就会"有不一样的结果"。放下，以宽恕和同情的态度对待自己。

8. 允许事情没有按照你所期望的方向发展，接受结果。

世上很多事情不为我们的意志所左右，接受那个结果。我发现接受是最好的平静自己、放下我执的方法。

9. 拥抱小确幸。

如果说，以上八条是从心灵上爱护自己、温柔以待的话，那么生活中有很多的小确幸你可以一点一点地给予自己，不要小看这些小小的快乐，所谓的大处着眼、小处着手才是最最实际的。

譬如，你应该倾听身体的声音，哪怕是很细小和微弱的声音。

如果你不舒服，就放下手头的事情，让自己休息。你可能没有你想象的那么重要，也没有什么事情会让天塌下来。

让身体告诉你，你需要的是什么。

让内心告诉你，你想要的是什么。

可能是一个放满花瓣、喜马拉雅浴盐以及你喜欢的精油的热水浴。

可能是你想了很久又不太舍得买给自己的礼物。

可能是一个什么小吃，得去你一直嫌麻烦、要等待机会才顺路去的餐厅吃。

可能只是片刻的宁静，只有你一个人。

可能是久未谋面而你一直想见的朋友。

也可能是一次说走就走的旅行，哪怕就一天。

……

我相信，这个名单是无穷无尽的，因为每个人每一刻的需求都会不同。

实际上，我觉得我已经开始对自己温柔以待了，花时间花精力去看营养师，并把这个过程分享给大家；而现在，无论什么原因，原谅自己的"不能"，不是说放弃，而是缓缓，不需要急于求成。

我知道，我做的还远远不够。我会不停地努力和尝试，卸掉包袱，温柔待己。

希望你也一样。

2020-09-22

遛你遛我

养狗是因为禁不住女儿几年来的软磨硬泡，我就一个孩子，也非常想给她一只小狗作伴。最初的确是想领养，可程序烦琐，找一条合适的狗领养也得等待时机，家里的条件也不是一下子就可以满足。后来，还是买了一只小奶狗，取名Coco。

培训小狗吃喝拉撒非常的烦琐，当然小狗的可爱，为女儿赚足了眼球。女儿的确也是尽心尽力，陪它上了两届的狗狗培训班，周末也常常带着小狗参加社交活动。一年之后，小狗长大了，新鲜劲儿过了，女儿的学业也忙了起来，除了周日，她基本也没有什么时间带狗狗外出活动，这遛狗的任务，自然而然地落在了我们大人的身上，尤其是我的身上。

这只狗，从寻找它开始，就花了很多的时间、精力和金钱。现在，对我来说，遛狗和照顾它的日常，已经从不得已的行为，演变成了一个令人愉快的享受的过程了，成为我日常生活的一部分。

疫情期间，狗狗起了很大的作用。那些不让、不能如常出门的日子，遛狗就成为天经地义的活动。

那时，由于担心健身房可能增加感染病毒的风险，我们都取消了多年的健身卡。走路成为我首选的运动，我争取每天都能够走一个小时左右，有时和狗狗一起，有时就是单纯地快走。

Coco需要锻炼，我也需要锻炼。所以，这遛狗和走路就真的成为最佳搭档。

我住的地方，走路的选择只有三个方向，前方是大海，下了台阶，就可以在海边遛狗；向左则可以沿着海边的白崖去Rottingdean（小镇）方向；向右呢，也可以沿着热闹的布莱顿海边一直走到Hove Lagoon（水上运动）；只有向后上坡，才可以离开海景，去赛马场，然后顺着Southdown的缓坡看看周遭的绿草和羊群。

当然，我指的都是不用开车就可以出门的那种日常行走。

时间久了，难免觉得有些单调，有一种没地方可走的失落。所以我会随着天气和心情的不同，顺路购物或不购物、听或不听收音机、有没有狗友陪伴等做细微的调整，来增加走路的趣味性。有时候，我们也会开车专门去一些地方走路，变换风景。

说狗狗是最好的陪伴一点儿也没错。无论我去哪里，走多远，它永远都没有任何意见。有时它会调皮一下，在一个喜欢的地方多花点时间；有时走远路累了，它也会拒绝继续，或者想接着玩儿不愿意回家……但只要你蹲下身子，抚慰一下它，表扬一下它，它就会继续跟你走。我的经验，如果你对着它发脾气，它反而不知道该怎样做了，也达不到你想要它怎样的目的。

譬如，今天就是向左沿着白崖走，本想最起码走到 Rottingdean 返回，应该基本上就是十公里了。但我走到 Ovingdean 就不想走了，从白崖下的海边绕回来，这样大约只有七公里。又觉得长度不够，只好拐进了布莱顿游艇码头，想着如果沿着码头的边缘走一圈，不仅可以从不同的角度看看大海，也可以凑够八九公里。哎，走得多了，有时候就会产生执念。

谁知还没走到码头的一半儿，就被告知垂钓区狗狗不得入内，只好原路返回，再从码头中间的商业区穿过。我最起码有一年多没有来过这里看游艇，尽管用了多年的健身房就在码头，每次都是直来直去的，并不曾在码头里闲逛。很久不见，反而觉得码头新鲜而且漂亮。

前一段时间，我还在白崖偶遇直升机海边救援。据说是有人乘坐橡皮船遇到危险，人落在黑石滩上。我好奇地看了几乎整个过程，有点不懂为什么非得动用直升机？感觉人就可以直接跳到黑石上去救援的呀……问了现场的工作人员，人家回复说：有时候用直升机反而更简单一些，还有，也许被救援的人已经受重伤了呢。然后，他看了看 Coco，来了一句："你的狗真棒。"直升机掀起的风浪和噪音这么大，而 Coco 一直很镇定……

Coco 总是遇到各种赞美，我已经习以为常了。在我看来，它只是一只相貌普通的可卡布（Cockapoo），我没有见过它的爸爸（迷你贵宾犬），连照片也没有，它的妈妈是一只漂亮的可卡犬（Cocker Spaniel）。Coco 比起其他可卡布来说，更具有妈妈那种可卡犬的特点。不过英国人很喜欢它毛发的颜色。特别神奇，随着年龄增长，还有在夏天的时候，Coco 的颜色会变得更浅。

英国人对狗的喜爱程度比对人强很多。即便羞涩、不善言谈或者不苟言笑，见了狗，也会露出笑容或者和狗交流几句。当然，也有非常不喜欢狗的人，尤其当狗打扰到他们的时候。

总之，我和我的中国狗友一致认为，当我们去比较偏远的小村落走路时，我们的狗狗会充当"大使"的角色。一个遛狗的人，突然出现在荒郊野外，总会让别人多少有些安全感的，不觉得自己的领地被"外人"侵犯。

当我想要热闹的时候，出门就往右走。沿着海边，经过布莱顿栈桥一直往 Hove 走过去，这一路都非常繁忙，所有的海滨娱乐餐饮都在这一带，主要景点也都在这里。唯一的问题是，天气好的时候，人可能会太多了！因为布莱顿火车站直着走下来所到的海边就在这一带，来游玩的人们就直接来这里晒太阳啦!

有时,我也会在傍晚的时候,去走走布莱顿著名的小巷。白天热闹的小巷,傍晚时几乎没什么人,而光还在,橱窗还在,热闹的气息还在萦绕。

其实,周边这几条路线,我还是最喜欢向后的这条。背向大海的方向,上坡路过皇家萨塞克斯医院再一直上坡,这一段,走起来还有点气喘,心率可达每分钟一百三十次。有时可能遇见赛马,可以远眺海景;因为在 Southdown 的边缘,还可以看见不少的羊群;前两个月是野生黑莓成熟的季节,可以顺路采些黑莓回去做果酱。返回路上还可以沿着高尔夫球场和公园走,景致比起单一海景相对丰富和有趣,Coco 更可以自由自在地在绿茵上跑来跑去。

这也是人们喜爱住在布莱顿的原因之一:背靠 Southdown,面朝大海,热闹的城市和乡村都近在咫尺。

对 Coco 来讲,它应该最喜欢在海边玩儿吧,去得最多的就是海边。每天清晨,它都会拽着我下台阶去向海边,我们从小训练它在草地上大小便,所以它只有到草地或者是海边的卵石上,才愿意方便。在它追逐球的过程中,我们通常就把早餐吃了。

其实,最让它开心的事,应该是遇见其他的狗狗吧!它最好的朋友是一只和它同样品种的黑色可卡布,它们见了面简直亲热得让人受不了。

在一天两三次日复一日的遛狗中,我结识了不少经常碰面的遛狗的人们。我们交流的通常也是狗，或者天气，但也仅此而已。

夏天的布莱顿是热闹的，海边总是有不少游人。而现在，夏天已经过去，喧嚣的海边恢复了往日的宁静……很多时候，在这样有风的蒙蒙细雨中，只有几个遛狗的本地人在海边，可我喜欢这种走在属于自己的海滨的感觉。

难道，我已经成为一个风雨无阻的走路兼遛狗的所谓本地人了吗？

在英国，也许这样的天气才是生活的本质和常态吧。虽然，布莱顿据说已经是英国晴天最多的一个城市了。

是的，起床后的第一件事，就是带着 Coco 去海边遛一个小时，无论什么样的天气。下雨穿雨衣，Coco 也有自己的雨衣；刮风穿连帽衣；寒冷的冬季，那就把自己裹得严严实实。天气最好的时候，就是那种阳光灿烂、无风无云的早晨，我会趁机在海边做个冥想，或者做个八段锦，Coco 就在海边随意捡自己喜欢的东西啃啃，四处闻闻海洋带来的丰富气味……这恐怕是最最惬意的时光了。

每天遛我的小狗 Coco，我是不是也应该感谢它？

如果没有它，我会走这么多路么？如果没有它，我的路途会这么有趣么？

2020-10-15

我的喜马拉雅猫 Lily Billy

我喜欢动物，但以前都停留在喜欢毛绒玩具的水平上，从来都没有想过要养任何宠物。

我收集过不少玩具羊、熊、猫、狗，只要可爱就都喜欢；女儿继承了我的爱好，对于毛绒玩具一样痴迷，见了就走不动。所以慢慢地家里就有了很多，因为说服我买新的相对容易。

现在我不仅有了真的猫，而且还有了真的狗，这初养宠物的酸甜苦辣，随着时间的推移都已经成为过去，而剩下的只有爱和欢喜！

我的猫 Lily 马上就七岁生日了，我以前没有给她庆祝过生日，但我决定从今年开始，必须记住这个日子。或者我俩一起过生日，因为都是射手座，因为她已经真正地成为我们的家庭成员了。

Lily 的到来，应该是偶然吧？

女儿从喜欢画狗,到买各种狗狗玩具,再到正式提出养狗,真的是一个漫长的过程。当时,我们已经考虑了一段时间去领养机构领养一只狗,也曾看到了心仪的选择,但各种原因导致都没有成功。女儿希望养狗的心情越来越迫切,而我们的内心却一直犹犹豫豫。

也许,先养只猫是权宜之计,毕竟养猫比养狗要容易得多。

可能是在万能的朋友圈表达了这个心愿,Lily 的妈妈也是我的朋友给我留言说,如果我们真心要养,她愿意将她收养的 Lily 送给我们。她还附上一张 Lily 的照片,对这只猫我没有什么特别的感觉。

2018 年 3 月的最后一天,Lily 来了,带着她的全部家当。我的朋友说,可以先试一个月,如果不能接受,再还回去。

别看 Lily 也是朋友从领养机构收留的,她可是一只有身份证明的纯种喜马拉雅猫。她的家谱,可以追溯到她的曾祖父母的父母那一辈。这么一只根红苗正的纯种猫,是怎么流落到动物收容中心,我不得而知。反正,她的不一般,是在后来的生活里慢慢地体现出来的。

喜马拉雅猫既不来自喜马拉雅地区,也不是因为产地寒冷而长着厚厚的长毛。这个名字据说是因为它和喜马拉雅兔长得像。我也查了查,一个兔子一个猫,真没觉得它们长得像。

喜马拉雅猫是波斯猫和暹罗猫经过精心繁育的后代,而且已经被认证为自成一派了。她既有波斯猫的外形,圆眼睛圆头，小耳朵长毛，也有暹罗猫的重点色（就是毛发的顶端带点颜色），Lily 就有这样红色的重点色，耳朵尾巴尤其明显，看上去并不是纯白的颜色。

家谱上她名叫 Spring Daisy Girl，直译为"春菊"，真是有点土气和复杂的名字。好在猫从不在意别人怎么称呼它们。我的朋友叫她 Lily，而我们逐渐地开始叫她 Lily Billy，有点昵称的意思。

总之，我不太在乎她的出身。作为一只猫，在近三年的时间里，她不仅早已适应了我们家，也用她的乖巧和独特的个性，赢得了我们每一个人的心。

赢得人心的意思是说，没人再嫌弃她的长毛粘得到处都是，也不再抱怨随时随地都需要清理浮毛；愿意为她而改变，譬如撤掉了大部分的地毯，沙发上总是披着几块各种质地的毯子；允许她吃我的各种植物，也允许她上床睡在枕边；等等。尽管她经历了小狗到来时的暂时失宠，也经历了会再次被收养的风险（小狗要来前，担心他们不合，曾经试图为她找新的家），但是，现在如果询问家里的任何一个人，没有一个人会同意让她离开的。

而这一切，都是因着她自己的魅力和本事呢。

11 月 5 号（周六）是 Lily 的生日。一大早，女儿还要上学，匆忙中，我举起在老地方等饭吃的 Lily，一起给她唱了生日歌。懵懵懂懂的她也没有什么表示，默默接受了祝福！然后，我给她倒了一小碗牛奶，放了她的猫粮。计划下午有时间再去超市，买点新鲜的鸡肝做了给她吃，算是生日的特殊待遇。可后来天一直下雨，家里也有工人在忙，只好把冰箱里的剩鸡胸肉，撕了点给她吃。

没有卡片，没有蛋糕，没有礼物，没有拍照片，对她而言也就是普通的一天。但是在我看来却有本质的不同，第一次记得她的生日，该是永远地记住了。今年她七岁，明年八岁，后年九岁……有生之年，就这样相伴啦。

人和动物一样，无论长什么样儿，小时候都是最可爱的。狗狗来的时候就是小奶狗，赚尽了大家的眼球和疼爱。而 Lily 来的时候已经四岁多了，没见过她小时候的样子，有点遗憾。成年的 Lily 已有自己的生活习惯了，换了环境和主人，似乎她也没有流露出特别的悲伤，或者表现出死去活来的样子，而是选择躲藏起来，默默观察巡视，警惕和谨慎地对待一切。

Lily 刚来时，我们更多地是忙着外在的东西。

以前没养过动物，健康卫生状况是最令人担心的。除了带她去兽医处做了检查，没过几天，我就斗胆给她洗澡给她剪指甲了。后果可想而知，胳膊和手上被她抓出深深的血痕。她的指甲又细又尖，那纯粹就是来伤害别人的啊。

而且，她的柔软的双层长毛，总是粘在各种质地的表面。客厅的大地毯，她最喜欢在那里打滚，而且也喜欢抓，过道里铺的三个防滑隔音地毯，也总是黏着非常明显的白毛，还有沙发、钢琴、桌子表面，更别提屋角到处是一团一团的灰尘与猫毛卷起的毛球。

不能忍受就得改变。

首先，我们买了戴森专门为吸动物毛发而设计的吸尘器，同时把刚刚买的自动吸尘器收起来了，因为根本吸不了地毯上的猫毛。后来，我们还是放弃了地毯，把它们都收了起来，因为我实在做不到保持地毯的干净，而且 Lily 对地毯还是有破坏性的。再后来，钢琴、沙发等表面被各种面料覆盖起来，有客人时再统统去掉。这种改变真的是一步一步慢慢来的。

Lily 的口味也很特别，喜欢各种生肉，每次做饭只要切生肉时，正在椅子上熟睡的她会立即醒来，期待好运降临。但是她对鱼无感，不是不吃鱼，而是没什么特殊爱好。她更喜欢的是鸡肉，喝鸡的汤汁，吃鸡肝。以前我偶尔买些有机鸡肝自己吃，也分给她吃，她那呼哧呼哧吃的样子太享受了。今年，由于营养师建议我规律性地吃点鸡肝，她吃的机会也更多了起来。

她虽然馋，经常趁没人注意的时候，上桌闻闻这个嗅嗅那个，但她从来不乞讨，也从来不催促，而是静静地看着，静静地等待。有时，当你忘记喂她，她会守着空饭碗很长时间；有时，她也会拒绝吃她不喜欢的东西，执着地等待着更好的。最令我钦佩的是，对于爱吃的东西，她从来不贪嘴，吃够了就离开，不管盘中还剩多少。

Lily 叫起来声音很特殊，传统的喵声她不会，也没有抑扬顿挫，而仅仅就是发个声。她白天大部分时间在睡觉，到了晚上，她会突然精神起来，有时抓些什么小东西就以为是老鼠，便大声叫起来，仿佛告诉我们她抓到了什么。当然，像对待孩子那样，我们也总是表扬她很能干，多么赞！

有时，大半夜的她会在客厅和过道以极快的速度疯跑起来，或者自己吓唬自己……我总觉得她睡那么多觉也不怎么胖，这奔跑就是她的 HIIT 运动吧？果然有效。

有时我想，Lily 既不会猫叫，也不喜欢吃鱼，那她还是个猫么？难道她骨子里还是一头猫科的老虎、狮子？或是其他的什么转世？

其实有了她，我才开始关注其他各种各样的猫。即便是在外面见到的小野猫，或灵气或乖巧，都是特别让人心疼的样子。我觉得，猫很少有不好看的！

而 Lily，眼角总是有黑色的眼泪流出来（这是波斯猫类的特点），一天擦上个五六次都不嫌多。她自己也常常感到不舒服，去找什么尖锐的东西自己擦拭。所以，我专门给她备有牙刷，要反复刷才可以把鼻子眼睛周围的东西刷掉。可过不了多久，就又脏了。

我喜欢给她拍照片，有时眼睛鼻子周围脏得特别不好看。不过，拍得多了，朋友们慢慢开始觉得她好看起来，可能是顺眼了，也可能是我总拣好看的照片发；而且，Lily 被认为是一张有着哈巴狗一样的愁苦样子的脸，在当下的审美当中，也许沾了点光。

然而，无论从什么角度来讲，Lily 都不是一只多么漂亮的猫。即便在喜马拉雅的品种中，她也不是特别好看的那种。在网上查的图片中，波斯猫或者喜马拉雅猫都有着完美的又鼓又圆的蓝色眼睛，憨憨的并不愁苦。

然而，这并不妨碍 Lily 自己对自己的认知。也许她根本不觉得自己丑或相貌平平，也许她有自知之明。反正，她心态平和，不媚不谄，该高傲时就高傲，该撒娇时就撒娇。

她永远有自己的独立和尊严，从来不听使唤。本来她打算要靠近你，结果你一招手，她反而犹豫了，站着想半天，转身走开了。所以猫摆不了姿态供你拍照，你只能随时抓拍，看见你拍她，她要么闭眼休息，要么转身把屁股对着你。

朋友说 Lily 有一副厌世脸，习惯了她的我，竟然看不到这一点。我只是觉得她像是一副心事满满、藏着一肚子的话欲言又止的样子，她看着我时，就是这个样子，有点哀怨，有点深情，不禁让我想，难道是前世的情人化作一只猫陪在我身旁么？

2020-12-08

金秋十月免费的午餐

现在本是英国赏秋的好时节，可最近好天气却没几个。加上"新冠"疫情的二次爆发，德国、法国即将再次开启全面封控措施，英国预计也会很快出台更严厉的封控政策。

一时间真是没什么令人振奋的好消息。即便这样，秋色还是在那里，依然很美。

朋友拉我出去捡栗子，可那两天，天气特别不好，我因为头一晚没有睡好觉，脑子昏昏沉沉的，特别不想动。朋友说："只有今天不下雨，一想起那些栗子躺在地上被雨水浸泡，我就好心疼。"于是我响应了她的号召，穿起雨鞋，带上园艺专用手套，心想就算是踏秋和遛狗吧，就随她去了。

谁知，在美丽的森林里走路，加上捡栗子的兴奋，几个小时后回到家，我竟然神清气爽了，更别提吃上烤栗子以后的那份满足！

中国人喜欢吃栗子，吃栗子的历史也很悠久。相信谁都吃过街边的糖炒栗子吧？或者用栗子做的美食，譬如板栗烧鸡和板栗烧肉，现在炒栗子的方便零食也很受欢迎。可是在城市里生活的人们，见过栗子树的可能并不多，更别提采摘或拾捡过栗子的。在英国这些年，经常听说有人在公园里捡栗子，可自己从来也没碰上过。

英国的甜栗（Sweet Chestnut）原产于南欧、西亚和北非，它应该是罗马人引入的。栗子树在英国的森林和灌木林中随处可见，尤其是在英格兰南部的部分地区，因为这里仍有大面积的灌木林。以前真的没注意过，也许不在栗子成熟的季节走路，看不见落在地上的栗子，也不会想寻找哪些是栗子树。

甜栗树枝繁叶茂，可以高达三十米，它的树干直径可达两米，寿命也长达七百年。甜栗子是雌雄同株的，这意味着雄花和雌花都在同一棵树上。昆虫授粉后，雌花发育成有光泽的红褐色果实，果实包裹在绿色的带刺外壳中。甜栗树长二十五年左右才开始结果，这些花也为蜜蜂和其他昆虫提供了重要的花蜜和花粉，而红松鼠则以坚果为食，大量的飞蛾也以树叶和坚果为食。

记得有位中国朋友捡了几颗栗子回家准备吃，可她的英国丈夫却说，你为什么要和松鼠争抢食物？他的态度非常鲜明。

甜栗子富含维生素 C 和 B，以及镁、钾和铁在内的矿物质。它们的淀粉含量与小麦相似，是土豆的两倍。甜栗子可以烘烤、蒸煮，并在各种食谱中运用。罗马人把甜栗子磨成面粉来食用，在欧洲很多国家都有将其作为食物的传统。

虽然英国的甜栗树分布很广，但关于甜栗子的传说却很少。可能因为它是引进品种，而且并不是作为食物引进而来的。甜栗木类似于橡木，但更轻更容易操作。年幼时它的纹路是直的，但老树的纹路是螺旋状的。它可以用于木工和制作家具。在英格兰东南部，种植甜栗树主要是为了木材。

栗树通常不会被选作食用花园的一部分，除非你是一个有耐心和有远见的人。如果你提前几十年考虑，或者是为了你的孩子种植，那么这就应该是一个很好的投资。

一棵嫁接的树长到十年时可以产出十公斤的果实，而由种子长成的树则需要 25—30 年，甚至更长的时间才能开始结果。更重要的是，你至少需要两棵树来授粉。

我随便搜索了一下，中国种植的栗子树基本是作为农作物来收获果实的，似乎只需要五年就可以产出，而且都是种植已经矮化的栗子树便于采摘。

古希腊人把甜美的栗子献给了宙斯，它的植物学名字 Castanea 来自希腊色萨利镇的 Castonis。在那里种植栗子树就是为了它的味美坚果。

甜栗子很容易识别，看起来就像个小刺猬。唯一可能与它混淆的就是马栗子（Horse Chestnut）。我家附近就有一棵马栗子树，近来先生遛狗时总是捡一些回来，慢慢地堆积了不少。我问要那么多做什么，说是可以逗狗狗玩儿。相比之下，马栗子外壳没有尖利的刺，里面的果实通常只有一个（或两个），所以又大又圆，外壳非常坚硬。而甜栗子通常有

3—5个坚果，各有棱面，在顶端还有一小簇皮毛，有点"顶戴花翎"的意思。它们的叶子也是完全不同的，马栗子的叶子有点像手掌张开的形状。

在我看来，它们是很容易分别的。据说，很多人一开始会把马栗子当成栗子来吃，关键是马栗子不可以吃，有微毒，一定不能随便尝试。

烤栗子散发出的美味香气，是秋冬季节的时令享受，可野生食物在英国并不像在欧洲其他地方那么受欢迎，真是一个遗憾。有人说，英国人更乐于收集马栗子来玩儿（老一辈的英国人用马栗子玩游戏，年轻人已经很少见了），而不是去捡甜栗子来吃。我不得而知，反正我们采栗子的那天，走路的人们似乎没人来捡掉在路上的栗子，就像英国人对乡村到处都是的黑莓视而不见一样。

不过，英国的街头热烤栗子还是有的，栗子酱、烤栗子都是圣诞节的时令食品。的确，在这个季节，超市里已经有卖新鲜的生栗子了，一个小网兜里装着很大很大的栗子，通常都来自别的国家。

然而，这怎么能够与自己通过劳动得来的野生栗子相比呢？

当超市在售卖这样的栗子，以及一网兜一网兜的各种坚果——带壳的核桃、杏仁、榛子、松子，你知道圣诞节就要来了。英国人只在圣诞节的时候，象征性地吃点或用这些带壳的坚果增加节日的气氛。

所以，当今天我们足够幸运，可以去栗子树下随意拾捡这些坚果，和松鼠一样享用美味，如果你可以采到更多一点，那就也像松鼠那样储存一些，等待圣诞的到来吧……

捡栗子的那天，我们从停车场走到丛林深处那条铺满栗子的小路和斜坡，大约走了四十分钟吧（边走边赏秋景），捡栗子时得弯腰弓背，也坐不下来，因为满地的栗子球会很扎人，而且，还得小心随时坠落的成熟的栗子球，如果真的掉在头上、脸上，人也会受伤的。同行的狗狗都怕扎了脚，站得远远地观望。

还是挺累的体力活，当我们拎着栗子往回走时，突然下起了暴雨，我们都淋了个落汤鸡。不过我们不仅不觉得扫兴，反而感到暴雨让此行变得更加有趣了。

等到回了家，把栗子处理干净，摊开平放。无论是蒸煮还是炒烤，每个栗子都得切上一两刀，划个口子，然后趁热剥皮。第二天又得花时间继续，搞得手腕都要疼了。栗子酥只做了几个，虽说好吃，但真的来之不易。

新鲜的栗子特别不容易保存，在室温下据说可以保存一个星期。我选了些大点儿的冰冻起来，准备圣诞才拿出来吃。就是那么个意思和期盼。

我现在多少理解了英国人为什么不爱捡栗子，怕麻烦的确是原因之一吧？捡的时候很辛苦，回来做的时候也很麻烦，虽然不花钱，但是耗时耗力，也应该不算是免费的午餐了吧？

2020-10-30

今天你读书了吗？

世界读书日

今天，是英国的"世界读书日"（World Book Day），如果正常上课的话，孩子们会装扮成自己喜欢的书中人物去上学，而且学校在这一段时间都会有书卖，有的学校还会邀请作者来做讲座或者举办一系列的读书活动。

以往的这个时候，我都会应女儿的要求为她买她要装扮的人物的服装，还要给零花钱让她买书。这两年孩子大了，也不是特别愿意引人注目，就不再想穿什么戏服了。

说起来有趣，英国的很多习惯、节日都和别的国家不一样，倔强地坚持着自己的特色。在英国，读书日被定为每年3月的第一个星期四，2021年的读书日就落在了今天的3月4日，这个日子也得到了全球一百多个国家的认可。

其实，联合国教科文组织（UNESCO）早在 1995 年，把每年的 4 月 23 日定为世界图书与版权日（World Book and Copyright Day），也就是世界读书日，来鼓励大家多读书。尤其是让更多的年轻人领略到阅读的快乐，同时也号召大家尊重知识、保护知识产权。

那么，他们为什么会选 4 月 23 日这一天呢？这一天是西班牙著名的文学作家塞万提斯（Miguel de Cervantes）逝世的日子，也是英国大文豪威廉·莎士比亚诞生与逝世的日子。而且在西班牙，4 月 23 日也叫"玫瑰日"，这一天女生要送给男生一本书，男生要送给女生一束玫瑰花。在西班牙的加泰罗尼亚地区，这一习俗自 1929 年一直沿袭到今天。

西班牙人以这样浪漫的方式纪念他们伟大的作家——塞万提斯，而联合国教科文组织制定世界图书日的灵感正是来源于此。

然而，4 月 23 日也是基督教的重要宗教节日——圣乔治日（St Georg's Day），英格兰为了纪念圣乔治的遇难，将这一天定为英格兰的国庆日。而通常这一天中小学校的复活节假期也已经开启，为了避免冲突，英国就将 3 月的第一个周四定为世界读书日。

这样看来英国坚持自己的时间也是可以理解的，毕竟节日的内容才最为重要。

英国的读书日活动

在英国,不论是在地铁里、飞机上、咖啡馆里,随处可以看到在读书的人,甚至街头的流浪汉也会静静地捧着一本书,让你怀疑他的人生。

尽管如此,英国国家读写素养基金会(Narional Literacy Trust)表示,2020 年只有约 25% 的儿童(儿童占总人口 26%)每天读书,而就在五年前的 2015 年,这一比例是 43%。可见,读书日把重点放在孩子们身上,用各种有趣的方式培养他们的读书兴趣,真的是特别必要。

该基金会每年都会与英国国家图书代金券有限公司(National Book Tokens Ltd)一起,向全国儿童提供高达 1500 万英镑的图书代金券。英国几乎十八岁以下的所有儿童,都可以通过图书代金券,以 1 英镑的价格购买该计划提供的独家图书,也可以用来购买 2.99 英镑或更高的全价图书或有声图书。同时,孩子们也被鼓励互相分享他们的故事,获奖的孩子会得到奖品。企业负责人还被鼓励允许员工在 3 月 4 日早点回家,这样他们就可以和自己的孩子们一起读书并分享故事。

当然,英国还有各种机构组织的读书活动,今年由于疫情,很多都改为线上虚拟的了。

今天你读书了吗？

读书的人恐怕是越来越少，尤其是当教育变得非常功利的时候，你也许在相当长的时间，只读与功课有关的书，根本无暇读其他"没有用"的书。可是，当你今后有了时间，也许你已经没有读书的习惯了。

很庆幸，我的家人都是爱书和爱读书的。先生在买书方面从不吝啬，对自己、对孩子简直是非常舍得。而我在英国买书反而比较谨慎，因为英国的书比较贵。

我最喜欢消磨时光的地方就是布莱顿的书店，在店中咖啡馆一坐就是几个小时，即便是路过歇歇脚，也心存看书和支持书店咖啡的两个理念。

在店中翻看一些好看的画册和书籍，查查资料，喝杯英国茶，吃一个杏仁可颂，是我最思念的一个爱好。尤其前几年，每周日我都和女儿在中文课后，一起在书店吃午饭，看书，喝茶，真不知道等一切恢复正常，这个习惯还捡得回来么？我对特别喜欢的、感觉值得拥有的书才会购买，但对于女儿每次的讨要，都是毫不吝啬。

英国的图书市场有一个非常良好的循环机制，就是买书的人还是比较多的，各个节日以书作为礼物也很常见。多如牛毛的慈善二手店里都有图书，我常常在这里寻找喜欢的书，价格非常便宜，1—2镑就可以买到价值8—9镑的书。我经常可以淘到崭新的新近出版的小说，当然也有很老旧的。这些书都是别人读过之后捐赠给慈善机构的，再次售卖得来的钱会用于各种慈善。等我读完，这些书也会再次捐到慈善店，这样多次循环产生的价值可以用作善款，想想都觉得好。

我自己也常常捐衣物和很多书给慈善店。前两年我们整理书籍，清理出很多很多的书，先生还去自己挑选的专项书店捐赠了最大一部分的关于新闻媒体的书籍。慢慢的，我买的书总是多于我读的书。

直到前年一位朋友建议我买Kindle，因为Kindle上读到生词可以立即点击翻译，这样就大大提高了我读英文书的速度，还可以潜移默化地学习英文。我觉得在理，本不喜欢电子书的我终于下了决心。谁知买到之后一直没有启用，英国就开始了"新冠"疫情。一天，为了安抚在家上网课的女儿，我把还没有用的Kindle送给了她，并购买了年卡。她倒是非常享用，又读又听，阅读速度惊人，依然常常还需要购买阅读范围之外的书。

后来担心她的眼睛，她爸爸依然买些实体书给她读。小时候，都是我为她读书讲故事，现在都是爸爸和她一起做睡前阅读。她目前的兴趣是暗杀小说。

平日，我非常喜欢在走路的时候听收音机。最近，我开始听樊登读书，一是一些想读的中文书也买不到，二是听听非常流行的讲书，就是把一本书的精华讲给听众。我发现听时都很明白，听完留存记忆的却不多。也许是因为我一边做事一边听书，不能够特别集中精力？也有可能书还是得认真读才可以消化吧。反正，作为粗读还是非常有价值的，也是一种选择书的好方法。

最近在BBC广播里收听了美国前总统奥巴马自己读他写的传记，我总是在远足的时候收听，因为精彩，时间也过得很快，那段时间正值美国大选，这本传记尤其增加了我对白宫政治的一些理解，值得推荐。

其实，我并不是反对新的读书形式，但的确觉得读书甚至是读文字的人越来越少。人们的注意力变差，需要的感官刺激却要很全面，可留给想象力的空间呢？

而且，虽说民以食为天，可一本书的价值和很多食品，譬如一壶茶、一杯咖啡、一块蛋糕的价值真的是相去不远……我自己写东西自己清楚，一本书会凝结作者的多少心血和人生阅历，可人们总是在买书的时候犹犹豫豫，而买一杯咖啡却理所当然地眼睛也不会眨一眨，感觉很不公平。这样一想，又觉得二手书市场的存在也一定会影响书的价值吧？

英国的图书市场，书的定价已经比其他国家高出一些，而国内的图书定价不低，据说买书折扣压得很低。

我不担心自己，我只能是越来越喜欢读书或者听书。可下一代会怎样呢？书的实体店越来越少，而且很多盈利点不在书籍本身，不知这样的大趋势对他们的影响会产生怎样的结果？

莎士比亚说过：书籍可以滋养全世界。

我觉得，在疫情的当下，尤为如此。

2021-03-04

春天、野韭菜和食材的最高境界

如果说年底前,你立下的新年决心还没来得及认真地执行;接下来的中国春节又给了你足够的理由,没有开始将计划付诸实施,那么,春天来了,你真的再也没有借口了。

"一年之计在于春",从小知道的至理名言,真的理解它和有体会却是到了现在。古人的说法太准确了,春天是生发的季节,是行动的时候,即便你是只需要冬眠的动物,也该苏醒了。

大自然和你的身体都已经准备好了,你的心也开始萌动了。

春天,我想要怎样度过?

运动、写作、整理、期待的旅行……事情一样一样地列在了一个无形的名单上,而我蠢蠢欲动,已经开始觉得忙碌了。

不怕说出来没出息,我自己一直心心念念的一件非常具体的事,竟然是和吃有关,那就是去踏青和采摘春天的野韭菜。

采摘野韭菜符合一切你对春天的想象。阳春三月，空气中弥漫着春的气息，选一个有暖阳的日子去踏青，去寻找野韭菜的栖息之地。当你找到了几个有野韭菜的地方，今后每年的春天，你就可以轮换着去采摘尝鲜，像是去自家的后花园。

野韭菜（Wild Garlic 或者 Ramsons）是一种野生的草本植物，味道非常像韭菜和大蒜的混合，却比大蒜和韭菜更加柔和一些。它还有一个有趣的名字，叫熊葱（Bear's Garlic），显然是熊也喜欢的食物。

野韭菜一般生长在树林山坡的背光处，或者是河岸的阴凉之地，生命力非常旺盛。3月，宽宽的幼叶刚刚长出几片，花蕾还没有完全冒出，据说，这是叶片最嫩，味道最鲜美、最强烈的时候。如果你不确定，就摘一片叶子将它搓揉，一股蒜香味扑面而来，那肯定是野韭菜了。

中医的传统说法是，春天主生发，五色中对应的是青，也就是我们常说的绿色。所以春天我们要多吃各种绿色蔬菜，尤其是在春天大地生发时首先长出来的绿叶子。

当然春天的野菜应该不少，而好认又味道可心的，真的非野韭菜莫属。我采摘野韭菜的历史也不长，也就两三年。往年摘得比较晚些，叶子都长得要大很多，而且开了花的野韭菜更容易确认，也不容易错过，因为它们是带着蒜香的植物呀。

记得读过这样一句话，食材的最高境界是：本地（local）、当季（seasonal）和有机（organic）。

虽然我们生活在一个一年四季都有许多食物的年代，但我们还是应该优先考虑吃当地的季节性食物。

水果和蔬菜尤其如此，它们敏感不容易保存，可又新鲜而营养丰富。如果不需要经过特殊处理来长途旅行的话，没有各种中间环节，当地的食物就会减少不必要的浪费，价格也应该更便宜些。同时，吃季节性食物是增加营养多样性的一种方式，它鼓励我们全年都随着季节改变食谱和膳食。譬如，冬天的食物更适合做热汤或炖菜，而夏天的食材更适合做凉凉的沙拉。

食用本地食物，也让你作为一个消费者拥有更多的权利，来监控你的食物来自哪里以及它是如何长成的。

而尽可能吃有机食品，我们就会间接地减少在种植食物时使用的能源、杀虫剂和除草剂，这对我们自身的健康以及自然环境都有好处。

这样看来，野韭菜是不是满足了所有的条件，成为春天的最佳食材？当地、应季、有机而且免费，这就是春天大自然给我们最好的礼物。

春天的野菜应该有不少，但是好认而又味道可心的，真的非野韭菜莫属。

一般华人朋友喜欢把野韭菜做饺子、包子、馄饨、馅饼等等，今天恰逢春分，"昼夜均而寒暑平"，在这样的一个春天的节气里，我特意用野韭菜做了几样简单的美味分享给大家。

野韭菜青酱(Pesto)

意大利传统青酱(Pesto)的核心就是绿叶子、橄榄油和果仁,我的绿叶子当然就是野韭菜。150 g的野韭菜可以做整整一果酱瓶子留存,外加一小碟子可以配意面和涂抹面包。

所有食材的用量都不是绝对的,橄榄油根据你喜欢酱的浓稠酌情添加或减少,南瓜子可以用松子、杏仁或者核桃等代替,多点少点问题不大。海盐可以用普通盐代替,帕马森奶酪也可以用你喜欢的干奶酪代替,柠檬可以只加几滴,而我用了半个柠檬的汁水。

值得提醒的是,野韭菜洗干净后需要晾干,或者用厨房纸抹干,这样存放时,不容易变质。

野韭菜切小,可以将全部食材放入料理机搅拌,也可以把橄榄油逐步加入(取决于你的料理机类型)。喜欢有颗粒状的就少用点时间,喜欢细腻质感的就一直搅拌至满意程度。

我的野韭菜成品配方:

野韭菜	150克
橄榄油	250毫升
炒熟的南瓜子	60克
海盐	3克

黑胡椒	3 克
帕马森干酪	50 克
柠檬	半个

以前我不怎么喜欢吃意大利面,用自己做的 pesto 拌意面,完全改变了我的看法,挑剔的女儿也连吃两次野韭菜意面。因为野韭菜是生的,所以青酱的味道还是比较浓郁和刺激的,也会有蒜的后味。所以需要去上班和会见朋友的人要择时解馋呃!这样的一瓶,放在冰箱里一周时间也没有问题,当然,尽快吃完再采再做,一次不要贪多。

野韭菜盒子

传统的鸡蛋韭菜盒子是很多人喜爱的美味,但是,不是需要和面做饼么?今天给大家演示一下我的快手韭菜盒子。原本随意试一试,谁知道效果出奇的好。

所需食材:

鸡蛋	2—3 枚
野韭菜	150 克
虾皮少许	(可以没有)
熏豆腐干少许	(可以没有)
墨西哥卷饼(Wraps)	三张

用几分钟的时间炒鸡蛋虾皮，加入野韭菜、豆干和一点盐翻炒出盘，放入卷饼中间，像折叠信封一样用卷饼把馅儿包裹整齐，放入热的电饼铛，烤至两面微黄即可。（如果没有电饼铛，在平底锅里双面煎应该也可以）

　　用卷饼的效果简直不能再好，电饼铛将卷饼烤成薄薄的一层，凸显了野韭菜和鸡蛋的大馅儿，简单省事，好吃健康。当然，你还可以选择更健康的全麦卷饼。再花几分钟配上一碗简单的 miso 豆腐野韭菜汤，一顿美味的午餐十几分钟就搞定了。

　　当然，野韭菜还可以用其他做法来延长保存的时间。以前我就做过只用洗净晾干的野韭菜、橄榄油和海盐，用搅拌机搅拌，封存好放在冰箱里，随吃随取。因为有橄榄油，可以保留几个月甚至一年的时间。

　　采摘野生的天然食物，而且取之有道，再自己动手把它们变成美食，这样的过程和愉悦，不是去一趟米其林餐厅可以替代的。

　　就像踏春和采摘野韭菜，把我们与春天和大自然更紧密地连接在一起，让我们不仅心怀感恩，而且对未来的每个季节都充满了期待。

　　这的的确确是一种雅兴。

2021-03-20

接受，是人世间最有治愈力的法宝

这一两个月，很难集中精力将各种想法成文。

不知道为什么，平时的思绪总像是脱缰野马，而一旦坐下来打开电脑，那些想法一下子就像是凝固了一般，像躲猫猫一样地消失，不能流淌成文字了……

为什么就不能做一个思想的记录者呢，只是将如潮的思绪转码成文字？我不停地问自己……即便朴素如我的文字，每每落笔也是要经过很多的犹豫和反复的推敲。

叹自己不是天才那是肯定的，给自己一个"笨鸟先飞"或者"勤能补拙"的解释也未尝不可。然而，这是我自己的公众号，是所谓的自媒体，为什么就做不到随心所欲地写呢？

唯一的解释，就是追求完美吧，或者是把写东西本身太当回事儿了。

疫情对每一个人的影响都是巨大的，以一种看得见或看不见的、意识到和没有意识的方式。没有禁足就没有足够的勇气开始写，虽然它在时间上对我的影响很小。从积极的角度来理解，应该说是禁足让我更加理直气壮地宅在家里，花更多的时间研究自己的身体，解决身体上出现的各种问题。

从第一篇公众号文章首发，到今年6月中旬就要一周年了。这个公众号带给我的充实感是不言而喻的，而其中所花费的时间和辛苦只有自己知道。唯一令人遗憾的是，一篇文章被大家喜爱，转发一百次以上，阅读量最多才达到几千，可见被阅读之难。

不过，喜欢的读者是真的喜欢，我也因此结交了一些新的网友；如今朋友们有机会见面，大家对我也多了一个注解：很喜欢你的公众号文章呃！

很多人说，做短视频吧？现在没人读公众号了。的确，不做公众号就不知道它有多么难，但我更知道自己需要的是什么，喜欢的是什么。写东西是我从小的喜爱和梦想，我早已过了追风的年龄，况且，我喜欢公众号的形式，因为它随意、灵活，自己可以用任何自己喜爱的方式编辑，发表自己想写的东西，最起码在我感兴趣的领域里，我是自由的。

所以我会继续。我也有很多的选题计划，无论是写什么样的内容，都是在写作的路上，这样就好。

不过，写起来费力我也就认了，可最近几个月，来自身体的各种不适才是我最大的挑战。

足底筋膜炎的爆发是在3月底的一次长距离徒步之后，当然在这之前，已经断断续续地有些症状了。右脚跟着地的疼痛加剧，加上左膝盖的不适（已经确诊为轻度骨关节炎），上下楼梯和走点远路就已经不好了。

朋友总是问：是不是走得多了？怎么说呢？我走路和锻炼的强度真的不大，但膝盖和脚跟的问题，应该是几年前就已经有了点迹象，但没有重视，不去修正。禁足期间，在认定徒步是最适合我身心的运动，而且将它作为我长期的目标之后，这些问题才开始出现。

生活像是跟我开了一个玩笑，一下子让我有点懵。难道因为写了个公众号，身体就不停地给我出难题，让我一个个地研究和分享么？

当然我看了全科医生，也做了检查，验血透视，目前在等待专家门诊，我也开始尝试针灸和艾灸……不过预感告诉我，解决问题可能还得靠自己。

这两个月，很多晚上我一般都在调研中西不同的处理方式，甚至是偏方。有的视频和文章都是反复看，每次会有新的解读。经过最初的因为疼痛而居家休息，不敢运动，到最近开始积极地运动来加以修复，一切都在向好的方向发展。

过去的几个春天，我都有眩晕症发作，去年竟然犯了三次。今年春天，我特别担心，会不会像去年那样再次发作呢？就在前一段时间，偶然有那么两三次，我感觉有了眩晕的征兆。而我总是淡定而小心翼翼地赶紧躺下，用意志力祈祷，争取不晕。幸运的是眩晕的感觉很短，并没有持续下去。

尤其要为自己点赞的是，我没有因为这些"突发"的问题而懊恼和焦虑，而是特别坦然地接受了；除了积极应对以外，没有任何怨天尤人和紧张焦虑的情绪。

我们常说，成长是痛苦的，似乎一般指的是青少年。现在我却体会到，想要从容地变老，也未必一帆风顺，可能需要经历这样那样的不适，以及这样那样的考验。

似乎还嫌不够，除了所有以上的问题，我的体重在最近这几个月也达到了历史新高。虽然，相比其他健康问题，体重已经不在首位，可过于沉重的身体对膝盖和脚跟的恢复都不利。

嗯，即便你很努力，也做对了很多事，结果也未必向着你期待的方向行走。何况，体重上升的原因，我也能猜出个八九不离十。这期间，我也学习了如何提高意志力的问题，结果是：我还需要努力。

这一年多来，我看到了不少的生生死死、分分合合以及身体上的磕磕绊绊，各种各样的情绪也是起起落落的；但是，心底里的那份宁静却一直都在。有时，连我自己也佩服自己，历练成精了哈！

这种岁月赋予我的相对舒服和从容的心理感受，当然不是一蹴而就的。我曾为孩子而焦虑，为自己而不满足，为朋友的远离而伤感……可现在，这一切的一切，都变得可以理解，可以接受了。

接受，是人世间最有治愈力的法宝。接受自己，接受家人，接受现实，接受不完美的一切。

接受让自己不再偏激，试着穿别人的鞋子走走；接受也让自己不再与自己对抗，拥抱内心里的那个最真实的自己；接受，也让我不断地意识到，完美的人生永远是在别人的眼里。

目前，英国虽然从疫情中恢复过来，几近正常地生活，但世界还没有。世界从未像当下一样，如此紧密地连接，可又被如此粗暴地切断。还需要多久，我们才可以像以往那样自由自在地行走？

世界如此不同，可变化是在不知不觉中的。就在我写这篇文字的时候，收音机里正在讨论接种疫苗是每个公民的责任和义务，还是可以自由选择？我不由得笑了起来，想起如今走在外面，有人戴口罩也有人不戴，一切似乎自然而然，可谁还记得当初，"戴或不戴口罩"也是经过全英大讨论的呀！

就如同我在疫苗接种的时间安排上选择完全相信政府，在 NHS 通知打完第一针后，我静静地等待十二周后的第二针。周边有很多朋友因为各种原因都提前打了疫苗，也有不少朋友们因为不相信政府而提前打了第二针。我作了调研，有说第二针间隔十二周效果更好，也有说间隔四周才是正常的，我真的不知道该相信谁？直到看见 NHS（英国国家医疗服务体系）官网说，计划将第二针的间隔从十二周提前至八周，我才修改了预约时间。

怎么说呢？我觉得只要政府的初衷是为了绝大多数人的好，我就理解和支持，因而更愿意选择相信和服从大众利益优先的决策。

也许这会被认为有点傻？我只知道，这样做更简单、更快乐。

在漫长的禁足之后，朋友们逐渐地开始相聚在一起。久违的面对面的新鲜感，的确为我们带来了快乐。

而我清楚地意识到，重逢的每个人，在我的眼里都多少有了点不同……

我为自己的变化而感到欣喜……

2021-05-27

你也可以岁月静好

我们常常听到"岁月静好"几个字,用它来形容生活宁静、满足安好。据说,这是女性朋友们使用最频繁的一个词,可见谁不希望岁月静好呢?

这几个字,实际出自民国时期有着很多褒贬不一头衔的胡兰成,在他与张爱玲的倾城之恋后,结婚时胡兰成写下了婚书:"愿使岁月静好,现世安稳。"

张爱玲曾赠给胡兰成一张照片,背面写着:"见了他,她变得很低很低,低到尘埃里,然而心里是欢喜的,从尘埃里开出花来。"可见张爱玲对胡兰成用情至深。

他们的爱情虽然浪漫,可这段感情并没有给张爱玲带来岁月静好,带来的却是一地鸡毛。说张爱玲遇人不淑也好,或是胡兰成滥情也罢,他们期待的、我们艳羡的岁月静好,其实不那么容易。

动荡岁月,花信年华,想要静好何其之难!

我是一个喜欢分享的人，常常在社交媒体上发表心灵感悟，记录美好的瞬间，或者日常生活里的小确幸。所以，也总是有朋友赞叹：

你的心态真好！

你的生活真美！

或者简单总结一句——岁月静好。

当然，我所表达的都是真情实感，即便是偶尔的"凡尔赛"，也是因为按捺不住内心的喜悦吧？

然而，我的岁月真的静好么？

首先，我处在一个比较容易岁月静好的年龄。

生活的阅历和积累，已知的现实和可以预期的未来，让我对一切趋于理解，心态基本稳定，不易起波澜。反映在日常生活中，就是比较容易满足和喜悦吧……

在这样的随心所欲、不被局限的基本色调下，我的大部分时间比较安静平淡；本来我也是一个对环境敏感的人，容易感觉其中的喜悦，也容易被感动。加上喜欢分享，我的岁月静好就很容易被放大。

我以前也见过很年轻的小朋友，天天练习书法，与朋友品茶，做着普通的工作糊口，过着看似"老年人"的生活。那时，我在他们身上看见了我所没有的岁月静好。他们反而是在有了孩子之后，放弃了静好的岁月，重新开始去打拼世界。

我分享的绝大多数是美好的感受、美丽的瞬间，偶尔也会有抱怨，那些伤感、迷惑、低沉的日子，只有靠自己慢慢地吞咽和化解。当然，肯定也有表面只喜欢抱怨，但美好的日子和瞬间都独自偷享的人。

相信绝大多数人都和我一样，更愿意分享美好的一面，不是没有凌乱和不堪，而是被隐忍和忽略了。

谁愿意听你的诉苦和牢骚呢？我们都需要正能量！

分享本来就是自由的选择，谁也没必要什么都分享。只不过开心的时刻大家更愿意分享而已。

所以，你的"岁月静好"就成了"别人眼里的风景"。

其实，关起门来，谁没有一地鸡毛的时刻？

我们完全没有必要羡慕别人的生活。尤其在自己情绪低落的时候，去跟人家的满心喜悦相比。我们所需要的，是感受别人的喜悦和快乐，让那份愉悦感染自己。

譬如现在，在我敲字的时候，正是欧洲杯八分之一决赛英格兰战胜德国的当晚。我完全不是球迷，是朋友圈的分享让我打开了电视，看了最后一段精彩的比赛。也正是朋友圈各个球迷的分享，点燃了我的激情，他们把兴奋和快乐传递给了我。

嗯，今天是个好日子！嗯，我是否也该观战下一场英格兰的球赛？我不由得这么想。我真得感谢大家的分享带给我这样额外的快乐。

什么都是说起来容易，做起来难。我们都知道，社交媒体其实是带给很多人焦虑的一个原因，尤其是年轻人。别人的"岁月静好",很容易让有的人产生比较、嫉妒、自怜、怨恨等不健康的情绪,让自己心生压力。所以学会欣赏别人的美好分享,表达祝福就好,别人的幸福是别人的,不用和自己产生联想。如果真的做不到这一点,最好的办法就是不去关注。

远处的风景都好,远处的风景最有吸引力,尤其在你可望而不可即的时候;"近臭远香",在各种各样的人际关系中,这也是一个几乎被印证的定律。

我们都有这样的体验和感受,只是身在庐山,有时不自觉地忘记了自己也懂得的道理。

把焦点聚集在自己身上,聚集在自己周边的具体事物上,发现美好的一切,让这些小确幸环绕自己。

也许真的只有岁月,才可以改变自己吧。

短到刹那,长至一生,谁的岁月都一样,都有高高低低、起起落落的时候。

岁月静好的片刻或者是阶段,放到人漫长的一生来说,弥足珍贵,那也是用无数的痛苦和磨难修来的福报。

所以,不必羡慕别人的"静好";在你羡慕的当下,你的"静好岁月"就在路上,它正在向你走来,只要你愿意欢迎它,拥抱它。

你的生活就在刹那,由无数你愿不愿意也得面对的琐碎和无奈组成,而静好的岁月只在你的心里,也只在别人的眼里,就看你想要怎样的生活。

你的心里"静好"了，在别人的眼里，也许你就是那远处的风景！

2021-06-30

为什么总是在我悲伤的时候下雪？

我们是如此执着于"快乐"的教育，所有的节日都是祝你快乐，似乎唯有快乐才是幸福的模样；甚至，我们有时只希望自己爱的人是"快乐"的，将他们的快乐凌驾于自我之上，只要"他们"快乐，我怎样都可以。

当我意识到自己不快乐的时候，我很疑惑；而当这个不快乐的情绪持续的时间稍长时，我更加怀疑自己，也更加焦虑。

我到底怎么了？为什么不快乐？是什么让我不快乐？

而且，去讨论自己的不快乐，甚至把它落入笔端，更是一个难题。谁会在意你的不快乐？谁会愿意读你的不快乐，让负面情绪影响自己？

去年8月，我有一段时间非常不开心，是那种由身体不适引发的悲观情绪。我思考了很多，用了很多方法排解自己，也酝酿很久想要分享自己的体验，最终没有成文。

好在那段日子终于过去了，心也豁然开朗，当时的痛苦也就逐渐淡忘了。

对于一个习惯于一年至少回国一次（甚至两三次）的人来讲，三年没有回国，没有见到自己的亲人和朋友，没有品尝地道的美食和回到自己曾经熟悉的环境，显然是痛苦的；除此之外，客观上没有直航、隔离时间长、手续过程的复杂和烦琐，以及疫情在家乡城市的控制情况、父母所在养老院的规则……一切的一切，都让回国这件事充满了令人后怕的变数。

我的家乡西安就在春节前实施封闭式管理，当下的上海也正在经历，试想你正好"幸运"地赶上这一切——

这是最令人沮丧的原因之一吧。

我一直持有的是中国护照，去其他欧洲国家最近变得不怎么容易。所以，三年多来，我们只是在威尔士、苏格兰、英格兰转转，没有迈出英国国门一步。不过，不能去欧洲对我不是问题，不能回国的确是个问题。

英国漫长的冬季和稍显寒冷的天气，外加自己身体的各种不适却又查不明白的原因，还有家里剪不断理还乱的日常琐事。

更不用提战争以及天灾人祸给人们带来的焦虑和影响。

情绪真是个奇怪的东西，即便在英国禁足期间，我的情绪也没有如此低落，体会的反而是一种积极向上的坚韧和为此而做好的各种准备。我利用这个机会学会了做很多的美食，我的公众号也是在这个时期诞生的，我还通过向营养师咨询，研究了不少健康问题与大家分享。

现在，英国完全恢复了正常，可国内对疫情却丝毫不松懈，这种反差带来的对于未来的不确定性，让人情绪非常糟糕，我有时甚至很难集中精力写作。

于是，我计划一个人出门几天，换个环境，跳出自己的日常，给自己一些独处的时间（Me Time）。

其实也不算完全的独处。我和朋友一起住在她的家庭旅馆，白天她忙自己的装修，我外出游玩。那几天气温十几度，天气出奇的美好，我去看巴斯的建筑和古董店，打卡一些特色书店咖啡馆，我们还一起看了音乐剧，吃了美食，当然也聊了大天，这些让我的心里一下子灿烂起来，如梦幻般回到了春天。

计划中还在伦敦待两天，主要是因为去年订好的音乐剧因为疫情推迟到了今年的春天。我还顺便去看望了婆婆，为杂志做了一个采访。

就在结束采访准备回朋友家拿行李的最后一刻，我觉得还是应该给女儿买点礼物，她想要新的套头衫和运动裤，我就顺便去了最繁华的牛津街，在优衣库碰到合适的，还高调地用视频和她通话选了颜色。付完账出门前掏手机导航时才发现手机不见了，到处翻找都没有踪迹，我借用保安的手机拨打电话时就已经处于关机状态了。

从印象中的视频电话到发现手机不见到再打自己的号

码，大概也就十几分钟的时间吧，显然手机是被盗了。

我的脑中一片空白，眼泪不由自主地流了下来。我第一想到的是刚刚结束的两个小时的采访录音不见了；第二想到的是里面存有的几万张照片和众多视频不见了；第三我每次都是借助谷歌导航才能找到朋友家，这可怎么回去呢？

保安是个热心人，劝我：那些手机里的东西都可以找回来的，而且你也有保险吧？他肯定觉得奇怪，我这么大一个人，丢了手机还犯得着流眼泪么？

在稍微冷静一下后，我终于记起了先生的手机号码，然后让他挂失报警，又记下朋友的电话和地址，就直接去拿行李了。

虽然店员说可以查找监控录像，我却真的无心恋战。那天是母亲节，我原本是要赶回家吃晚饭的，手机的丢失给似乎完美的一切罩上了阴影。

那天返程的火车是摇摇晃晃的周日慢车，每一站都要停下来，显得归途尤其漫长。不能刷手机了，我一边吃买的沙拉和甜食，一边发呆。我翻出出门时带的一本书，这几天也没机会读，现在真的可以安静地翻看了。

我在想，这个手机才用了不到一年的时间，是我去年的生日礼物，丢了真的非常可惜。那正好借此机会不要手机试试看，也改改一天到晚黏在手机上的毛病。

晚上八点多终于到布莱顿火车站，出了站台，看见先生在寒风中等我。假期一结束，就变天了。他走起路来一瘸一拐的，原来昨天他找东西时从梯子上摔了下来，伤着了膝盖；回到家里，小狗 Coco 戴着头罩，我不在家的时候，他们带 Coco 去做了绝育手术，恢复得不是特别好。女儿说它又拉又吐，已经看了两次兽医了。

我拿出了给女儿买的衣服和糖果，她开心地试来试去。看着她快乐的样子，似乎是母亲节作为母亲唯一的安慰吧！

灿烂的巴斯之旅像是一场梦，但梦毕竟得醒来，回到的现实仍然是一地鸡毛。

我当然知道，逃避不是解决的办法，事实也再次印证了这一点。

我其实是不喜欢做家务的，也做得不好，看得出先生在我回来之前还是努力打扫归纳了一番，但我心里却在想，明天第一件事是打扫卫生吧！

我泡了一个暖暖的澡，洗去旅途的疲惫。

我想，如果你出门旅行了，回来之后，感觉还不好怎么办呢？实际上，我连这个也没有多想，就累得睡觉了。

记得女儿小时候，我给她读过一个绘本，讲的是认知情绪。所有的情绪都是可能而合理的，有时不一定非得有一个原因。

我自己为什么忘记了？

有趣的是，最近喜欢朗读一些东西，听到别人读仓央嘉措的《问佛》，非常喜欢，就打印了出来，想着在旅途中有时间就做个视频。我当然没有找到时间做这个，诗却读了很多遍。

原来，冥冥之中，我一路带着这两页纸，反复诵读，不仅仅是为了录下来这首诗，而是带着这些问题，去体会仓央嘉措的回答么？

> 世间为何这么多遗憾？
> 人为什么这么多烦恼？
> 无常又是什么？
> ……

"心不动，万物皆不动；心不变，万物皆不变"，痛苦烦恼的起因都在自己的内心，我们太习惯于向外寻找原因和理由，我们总认为，找到了外在的原因，一切问题都可以迎刃而解。殊不知，我们的内心才是那把可以开启门的钥匙！

回家几天后，我翻出了国内号码用的老手机暂时用用。里面存有的一百多张前几年去西藏的照片一下子被"发现"了，我用它们做了视频，终于完成了这首诗的诵读。

我尤其喜欢这句，并用它做了标题："为什么总是在我悲伤的时候下雪？"

雪上加霜——就是这一段时间我内心的写照。

对我，倾诉解决不了问题，出走也解决不了问题。

一切的外在都可能是理由，但大部分的外在你却无法改变，有的即使改变了也解决不了内心的问题。

所以，那就接受，然后把它交给时间。

就如，当我能够完成这一篇内心独白时，我的心已经轻松了，已经豁然开朗了，就如仓央嘉措的回答：

> 一切自知，一切心知，月有盈缺，潮有涨落，沉沉浮浮方为太平。

2022-04-11

Are you all right？

　　英国人说话婉转、不直接是出了名的，在"说话听音"上和咱中国人有一拼；而且普通英国人特别不喜欢冲突，你很难在大街上碰到吵架、打架和各种争论的，当然在特定场合，譬如足球比赛的现场，所谓"足球流氓"的现象还是有的。偶然，在外面听到一个人大喊大叫，一定是那个人有点精神问题，路上的行人也少有去理会的。

　　每当和中国朋友聊起英国人的种种"问题"，我都禁不住想起发生在自己身边的这个故事，想起来就觉得好笑。

　　我先生是土生土长的英国人，我们结婚后就住在布莱顿海边的一个联排别墅，那是一座渔民居住过的有两百年历史的小屋，他们叫 fisherman's cottage。房子虽小，却十分可爱，门前有个小小的前庭和玫瑰花园，坐在楼上经常可以看到游客对着我们的小房子拍照。但是，除了邻居家的猫猫会在院子里闲逛，偶然也会有人在家门口撒尿！我猜测一是因为我们家的花园是敞开的，而且车位是凹进花园里的，还有一排冬青树围着。撒尿的人比站在巷子里更隐蔽，不容易被别人看见。二是布莱顿海边的公用洗手间的确太少，这样的情况在海边也时有发生。

我心里当然觉得这是个问题，可我一个女性怎么也不好意思对撒尿的男人表达不满，跟先生说了很多次，也没想出什么好办法去制止。有一次，我又看见一个男人准备在那里撒尿，先生正好也在家，我赶紧示意他出门阻止。

先生倒是很快地走了出去，只见他走近那个男人，说了句"Are you alright?"（你没事儿吧？），那个男的一边用手抖着自己的撒尿工具，一边对我先生说：对不起，我真的憋不住了！然后先生也没了下文，而那个人就直接走开了。

我挺不高兴的，并不是希望他骂别人一顿，而是觉得他最起码应该去质问一下那个人，告诉他在别人家的花园里撒尿是不对的。而他的一句"Are you alright?"，似乎更像是关心他而不是表达不满。

英国人似乎都不是特别愿意直面冲突。

想想也是，英国人的安静、礼貌、注重隐私，常常让他们处于一个不自在的"尴尬境地"，在他们生活的方方面面都有体现。那种宁愿绕道走也不想和邻居碰面打个招呼的人还是挺多的，更何况去挑战这么尴尬的场面。我估计，如果不是我逼着先生出去面对，可能他也不会出去，而是想着如何改造花园以避免这种情况的发生。

大家一定都记得《诺丁山》这部经典的英国电影，休·格兰特所扮演的主人公面对来书店的各种奇奇怪怪的人，虽然讨厌，但也从未指责过；即便室友坏了他的好事，即便亲朋令他尴尬，他也没有直接抱怨过。

你说英国人木讷也好，说他们绅士也好，反正在我看来，他们就是不喜欢直接的冲突和直接的对抗。英国人的这个特点只是他们"英国性"（Englishness）的众多特性之一，譬如：他们会避免直接回绝一件事情。当被邀请参加一个活动时，英国人可能会用委婉的方式来回应，他们可能会说"我会考虑一下"或者"我有安排，不确定能否参加"。

他们也常常使用模棱两可的语言，尤其在讨论敏感话题或有争议的问题时，倾向于使用含糊的语言来避免直接对抗。他们可能会说"这是一个有趣的观点，但我有些不同的看法"或者"我不完全同意你的观点"。他们会间接地表达意见，可能会说"我不确定这个主意是否适合我们"，或者"也许我们可以考虑其他的选择"。

英国人的幽默感也是他们的特点之一，所以用幽默来化解冲突和紧张气氛也是他们的选择。他们可能会通过开玩笑或者自嘲来缓和局面；虽然不是每个人都擅长幽默，但每个英国人都试图展现自己的幽默。

这些例子都显示了英国人在交流中更倾向于使用委婉、含蓄的语言来表达自己的意见，所以最初我会感觉他们从未给你一个明确的回答；或者他们会把事情的正反几个方面都罗列一番，让自己的答案消失在这些可能性里。

如果你不够了解英国人的这个特点，也许就会忽略他们真正的表达；刨根问底地要一个直接的答案，会将他们置于一个非常尴尬的境地，或许就此留给他们一个"愣头青"的印象。

在生活中，这样的习惯可能会令人烧脑，我先生就是这样。无论我们讨论什么，他都会将各种可能性摆出来。是的，我也知道这些可能性，但我想要知道的是他的意见和选择。然而，这个要求让他做到就很难很难。当然，先生的特点只是一种，还有一种情况是，英国人虽然没有直接回答，其实他的答案已经有了，这就要靠你对英国社会和英国人有相当的了解，你自然就会解读他们的答案。

我们知道，一个国家国民的特性，是由这个国家的历史文化和传统习俗等等众多原因而决定的，早年我也曾经读过几本英国人写的关于英国人特性的专著，我尝试用自己的理解简短地从以下几个角度抛砖引玉地分析一下：

英国文化讲究礼貌和尊重他人的感受，总是避免给他人带来困扰或冒犯。所以，他们更倾向于通过对话和妥协来解决问题，而不是通过直接对抗来解决分歧。

英国曾经是一个社会等级严格的国家，为了维持社会秩序和尊重他人的地位，英国人倾向于避免冲突，维持社会和谐。即便现在，各个"阶层"之间也有很多的"行为密码"和没有写在纸面上的"规则"，虽然大城市的外来人口越来越多，这种行为规则越来越淡化。但是在英国人之间，"英国性"依然广泛存在。

还有，英国有着长期的非暴力传统，这在一定程度上影响了英国人的行为方式。他们更倾向于通过法律和理性的方式来解决冲突，而不是采取激烈的对抗手段。

所以，英国人很少在公众场合抱怨，不是没有怨言，而是他们自己相互开句玩笑抱怨一下就过去了；很多中国朋友说，当你对英国人凶起来的时候，他们就傻了。的确，他们不是特别知道该怎样处理你的"过激"反应（这个所谓的"过激"在中国的很多场合也属于正常），唯一可以做的就是不直接与你争执，不然下一步就是让警察来解决了。

2024-07-30

辑四　在路上

How to be Merry？

当下

明天就是大年三十了,没有什么像样的装饰品,就把去年朋友写的两小张福字贴起来,意思一下。我一再嘱咐自己,下次回国,除了吃的,一定要带回喜欢的、有品位的春节装饰,而且是那种年年都可以重复使用的。

我有两年多没有见到我的父母了,当然通过视频我们总是见面的。父亲的生日在2月8号,前两天刚刚过去。说起来就又要回到大前年的2018年,那年母亲在英国住了几个月,我回国接她送她跑了好几趟,就决定2019年不回国而在2020年的春节回去,正好与家人一起庆祝父亲九十大寿。

去年春节前,我的机票早已订好,两只装满礼物的大行李箱也整装待发……可人算不如天算，父亲得了一次严重的流感住院，他没有精力和心情过生日；而且国内疫情越发严重，我犹豫再三，在家人的劝阻下还是取消了行程。

随后的 2020 年就如大家所感受到的，在磕磕碰碰中转瞬即逝，疫情也在世界蔓延。到了今年父亲的生日，不仅中英两国依然断航，即便在家乡西安，父亲所在的老年公寓因为管理严格，姐姐也只能是隔门探望，送去生日蛋糕和食品，是公寓的管理人员们一起为父亲唱了生日歌，也算欣慰。

今年的春节，母亲和父亲各自都在养老公寓，姐姐不能够接他们回家团聚，这让我心里很是难受。还有很多无法言语的家事，譬如父亲的生活近来发生了很大的变化，就这样隔山隔水的，我无法安慰和陪伴。别说通不通航，即便通了，国内近一个月的酒店隔离，加上返英如今也需要十天的隔离期，回家的路越来越难，也越来越长……

2018 年的一个决定，导致了两年多的不能相见，甚至将会更长。也就是在这两年，孩子大了，我有了想回去待一段时间陪伴父母的想法，尚未实践，就遇上这样的疫情"生活方式"，错过父亲的九十大寿，也错过母亲八十岁的寿辰。

倒不是说后悔当初的决定，而是更加印证了那句"想了就要抓紧去做，不要等待"的说法，享受你当下拥有的才最重要。

接受

自去年入冬以来,英国的疫情越来越严重。听到很多相识的人都相继中招,我们比过去更要谨慎许多。

尽管喜欢独处,尽管家事做不完,尽管有狗狗猫猫的陪伴,尽管也给自己找了事情做,譬如研究养生和健康,还写了个公众号……但是这么久不能随心所欲地生活,难免情绪会有霉点。

自己是这样的,很多朋友也是一样。所以,与朋友分享自己是如何扭转情绪低落的经验,已经酝酿了很久。

我通常都是这样做的:

1. 列出所有让自己不开心的事情,分析一下原因。

这是一个看似简单却又非常重要的技巧,当你把不开心的事写在纸上罗列出来的时候,有的情绪就随之化解了,也许你已经会感到其实它真的不值一提。

那些生活中的琐碎事情,尤其是反复出现令自己不开心的,就需要重点寻求解决方案;而那些突发事件,譬如新闻中的"坏消息"和生活中的"坏消息",看是不是可以回避。

仔细观察这些信息或事件是如何影响自己的情绪的,然后看看自己可不可以改变或疏导,如果不能改变,就想办法避免，如果不能避免，就努力去接受它，化解它。

生活中，我很少看电视，尤其是新闻。来自世界各地的坏消息以及持续不断的疫情播报，真的非常影响情绪，我都是尽量避免。灾难、恐怖以及过于悲情的影视作品，也会让我失眠。所以我喜欢的艺术类型非常有限，不过，比起情绪的愉悦，不看会失去什么呢？

2. "接受"是可以化解一切的良药，百试不爽。

接受一个人、一种态度、一个结果；接受自己，包括自己的优点、缺点，接受自己的不适、病痛和各种情绪；在自己力所能及的范围内，尽量给予但不求回报……

这些都可以扭转自己的"不良"情绪。当你接受一个特别讨厌的人的行为甚至是这个人时，你会发现他立即没有你原来认为的那样讨厌了。

没有任何情绪是"接受"二字不可以化解的，这是我的经验。

当然，使自己释怀和开心的方法有太多种了，可以是非常具体的，也可以是非常抽象的。譬如：对自己温柔相待，用喜爱的杯子喝水，吃喜欢的东西，泡个热水澡，买个奢侈的礼物，去见不常见的朋友，等等。但真正解决问题的还是接受，接受别人，接受自己，接受发生而不可更改的事实，接受命运赋予自己的任何结果……

这样的想法消极么？我认为，对于斗士来讲，似乎有点消极和被动；但对于情绪来讲，却是非常地积极和主动。

Be Merry

Merry 是快乐和愉悦的意思，大家最熟悉的用法就是"Merry Christmas"。同时，Merry 也是人的名字，中文译作梅丽。

我认识了二十年的老邻居就叫 Merry，遗憾的是，她就在上一个星期刚刚去世了，不是因为"新冠"，而是帕金森症引起的身体衰竭。

我非常难过，那时正在想上面这个话题，"How to be Merry?"一下子就跳了出来，挥之不去。

这句英文有两个意思：一是如何变得快乐，二是如何成为梅丽那样的人。

梅丽是一个优雅的高个子女人。我们搬到布莱顿时，买的第一个小屋就和她在同一条小巷里。那时她就独居一人，后来的几年里，我们变得很熟，但我也没有问过她为什么离婚，为什么没有再婚，只知道她的父亲曾是画家，儿子也在搞艺术，而且还出版过一本小书，做过装置艺术展。

就像她也从未问过我，你为什么定居这里，为什么当时不生孩子，为什么不工作，等等，我们之间有亲密也有距离。

但她对于住在小巷里的家家户户都非常清楚，而且大家也都以她为友。她的朋友很多，一个人的日子总是安排得很满。她总是春风满面，打扮得艳丽得体，一丝不苟。住在那里的几年，我们那几户常住的往来很多，周末总是轮番聚会，快乐无比。

后来我们回国工作，再回到英国已经是 2014 年。我们搬了家，就在不远处的几条街外，所以依然是邻居。这两年她的健康越来越不好，大前年圣诞节，我先生还可以去接她过来吃饭，前年圣诞她已经不能出行。眼看她一天天衰弱，每次去看她，说不了十分钟的话她就已经累得要睡觉，我的心里特别不是滋味。

她总让我想起自己的父母，担心他们的健康。

最令人难忘的是，认识她二十年，从未见到她抱怨过任何事情，儿子过去很少来看望她，她也从未说过一句不是。儿子有时节日来看她，她总是开心地告诉我们，"我得和儿子一起吃饭"。去年某天去看她时，她告诉我说"To be old is not fun"（老了可不好玩儿了），这算是我记得的唯一的一次抱怨吧。

梅丽离开我们的前一天，我先生顺便过去看她。她儿子说，妈妈可能不行了。第二天早晨十点多，我便过去看她，她儿子说，看护正在给她换衣服，需要二十几分钟。说话时，医院的人过来送病床（我猜测由于疫情，医院已经人满为患，没有床位，但可以提供病床），看着忙乱的周遭，我只好先离开去超市购物，返回时由于买的东西多，就没有进她家，心想第二天再去。结果当天下午，她就走了。

我们是第二天才得到的消息，我当然很难过，但也没有懊恼未见最后一面。因为，我知道她与她最爱的儿子在一起。

应该是前年夏天，她的儿子在晨练时心脏病发作，差点没有醒来，后来一直住在这里养病。去年疫情，他因为美国签证的问题不能前去和女朋友在一起，梅丽因祸得福，在最后的时光得以与儿子朝夕相处，得到照顾，我真的替她高兴。

她儿子还没来的日子，梅利会去社区练习瑜伽，会见朋友，否则就是在家里看书，看电视。每次去看她，她都是穿戴漂亮，一个人也认真地吃饭，要么捧着一本书，要么坐在窗前凝视花园。我们都曾许诺一旦她需要，可以打电话求助我们，但她没有麻烦过我们一次。

我喜欢和敬佩她的独立和自爱，一个人也活出了自己的姿态，没有抱怨，充满了风趣和善良……

我希望我老了之后，活成她的样子。

在春节的日子提到她，是因为，她不让我觉得她的离开是一件悲伤的事情。其实，看到她的身体一天天变弱，她的离开就是人生最自然的结果。也许她遭遇了病痛，但我从未听她提过一次哪里不舒服。她是一个普通的女人，在我，她却活出了最高贵的淡定。

现在，每当我遛狗路过那条小巷，路过她的家门口，我都会觉得她还在那里……

生离死别是悲哀的。我们日常遭遇的痛苦与烦恼，和生离死别不能相比。然而，与 Merry 这样的人分别，她都会让痛不是那么地痛。

所以，Be Merry。

2021-02-11

别人家的孩子

当我的朋友Lucy告诉我,她的儿子Shaun要和同学一起横渡英吉利海峡时,我赞叹了几句,并没有细想。而当我再次看到他们在社交媒体发布的消息以及为慈善机构募捐的链接时,突然想起了中国的长距离游泳健将张健横渡英吉利海峡的事。

那是在我刚到英国留学没两年的2001年,我的同事们随着中央电视台的大批人马来英国直播这一挑战。这样一联想,我意识到这两个十七岁的少年即将要做的事情,是多么勇敢和具有挑战性。

可以说我是"看着"Shaun长大的。我们是隔街邻居,从北京搬过来的那一年,就在夏令营里遇到了他们一家。我们的孩子小时候经常一起玩儿,游泳,弹琴,聚餐。他真的是最最典型的别人家的孩子,你可以想象到的一个好孩子的所有品质,随便挑选,拿出来都可以用在Shaun的身上。

无论在我们家还是他们家，我都喜欢听他演奏一曲。他钢琴八级，萨克斯八级，各个学科门门是优，还是铁人三项比赛的爱好者，游泳、骑车、跑步全部都是自觉训练。他懂社交、有礼貌，还喜欢学中文，参加学校很多社团活动，还利用假期辅导学生以及做其他的事情赚些零花钱……哈哈，典型的全面完美型。

在做了简单的调研后，我的触动更加真切。他们不是年龄最小的，但应该是历史上第一对在校学生横渡英吉利海峡。虽然他们是别人家的孩子，但是敢于选择有如此难度的事情，横渡海峡来挑战自我，以及为 Yong Minds（为青少年精神疾病所创立的慈善机构）慈善募捐的真情，深深地打动了我。

前几天，在他们训练完后，我采访了他们。我相信朋友们的转发和支持会帮到他俩实现梦想，也能帮助那些受精神疾病折磨的年轻人。

缘起和挑战

Shaun 和 Eren 是布莱顿公学 12 年级的在校学生，去年 11 月的某一天，在排队午餐时，Shaun 问 Eren：你想不想和我一起横渡英吉利海峡？

Eren 一直就是一个游泳爱好者，也曾想过横渡英吉利海峡，不过他认为那应该是成年后某个时刻的事儿，没想到就这样在 Shaun 的提议下要提前实现了。随后，他们也问了其他几个朋友，但很快都得到不会参加的答复。

虽然没有其他同学的响应，他们却得到了学校老师的支持。因为就是在前两年，学校有两位老师也成功地横渡了英吉利海峡。老师们不仅认为他俩可以胜任挑战，而且答应提供给他们所有宝贵的一手经验和具体支持。

试问一下，如果你的孩子有了这样的想法，你会怎样呢？你会找一大堆理由阻止么？你会花时间和精力陪练么？你会为他们花费一笔不小的费用来完成这项壮举么？

我想，也许大部分的家长都不会支持吧？从安全和风险的角度，从时间和临近毕业的学习角度来讲……所以，我也应该给他俩的父母一个大大的赞吧！

快速普及一下：英吉利海峡是分隔英国与欧洲大陆的法国、连接大西洋与北海的海峡，长 560 公里，最狭窄处又称多佛尔海峡，宽仅 34 公里。英国的多佛尔与法国的加来隔海相望。

横渡英吉利海峡所面临的困难是：距离长，水温低，天气变化引起的风浪大，以及每隔六小时左右在大西洋与北海之间有来回各一次的海潮。这其中最大的障碍，则是来自海水的冰冷。

据悉，失败者当中，约有 80% 是因为体温降得过低而不得不中途退出。而且，英吉利海峡是世界上最繁忙的海运通道之一，每天会有八百多艘各种货运船、游艇通过。

中国的张健当年横渡英吉利海峡用了 11 小时 56 分，长度是 33.8 公里；单人横渡的平均用时是 13 小时 33 分，接力横渡的平均用时是 12 小时 46 分。

从去年 12 月开始，这两个少年就已经开始在海水中训练，每周最起码两次，每次在海中的时间是半个小时。冬天的海水非常冰冷，加上海风，他们回忆说，在最冷的时刻，他们也曾一度怀疑自己，真的要继续么？不过很快，迎接挑战的决心以及支持 Yong Minds 的愿望取胜，给了他们更强的力量和信心。

之所以选择这家慈善机构，不是因为他们自己受到困扰，而是在他们身边就有因为封控而引发的精神疾病在困扰和折磨着和他们一样年纪的青少年，他们希望这一举动可以真正帮助到那些遭受病痛折磨的年轻朋友。

也幸亏是从冬天就开始了训练，现在的海水温度逐渐回升，他们也在一两个月前，把在海水中训练的强度从半个小时增加到一个小时。

在今年 7 月底他们真正要横渡海峡时，他俩将会接力游，一人在海水中游一个小时，另一人则在船上保持体温和能量补给，再接力下一棒，按照规定，不可以穿保暖泳衣。

我原以为两个人的接力赛应该容易些，他们说其实不然。两人的接力甚至比单人游更难，因为每次上船，体温刚刚恢复就又要下海重新适应海水的温度，加上在船上更容易有晕船现象，这样反反复复地上船下水反而增加了适应难度。

我在英国海峡游泳协会的官网上看到的接力游更多的是由五人以上队员组成的。按该协会数据，大约已有 8215 人参加了 1062 次的接力游，可见一般是多人参与此类横渡海峡的行动。

内驱力

我特别好奇，在布莱顿公学这样的私立学校，竞争非常激烈，他们横渡海峡的举动，周边的同学和朋友怎么看呢？

他们说：同学和朋友们都说我们"疯啦"（crazy），不过没人认为我们是为了其他什么原因，大家都非常明白横渡海峡的难度，以及花费的时间和艰苦的训练。如果只为了作秀或者漂亮的履历，那完全可以选个其他容易的项目去完成。

"横渡英吉利海峡，是一个体育爱好者的终极目标和巨大挑战，我们现在不去做，将来也会去做，我们不过是选择了现在而已。"

Shaun 一直喜欢铁人三项，小时候在新加坡就获得过该年龄组的全国冠军。平时，经常可以看见他沿着白崖骑行，或者一大早去学校游泳馆训练，或者和妈妈一起跑步。而Eren也来自体育爱好者家庭，父母都喜欢运动，祖父是塞浦路斯有名的足球运动员。Eren平日里擅长短距离游泳，这次横渡他也需要调整自己的训练方式，增加长距离的耐力训练。

Shaun的理想是从事科学研究，Eren的理想是做一名医生，两位年轻人都只是将运动和音乐作为一种生活方式而已，而这样的爱好就已经可以走得这么极致，不能不让人觉得后生可畏。

有次和一群妈妈们聚会，大家谈论着Shaun，都非常想了解：他这么优秀，到底是因为什么？

他的天分？他的努力？他追求完美？他的家庭？他的野心，成功成名？

她的妈妈Lucy经常说，她从来都不用督促和监督Shaun，一切都是他自己要求和安排好的。作为妈妈，她有时候反而是劝说孩子不用太过追求完美，适当轻松地面对。

我也不止一次地和Shaun聊天，问起他的自律和内驱力。他说，朋友们也经常问他这个问题，他也说不清，只是觉得，自己的人生就是由一个一个的阶段性目标串起来的。当他努力完成一个目标，取得一个成果，下一个目标又来了，所以他就一直在努力的路上。

我觉得，答案似乎已经很明确了，不是么？

并不是说，父母和环境不重要，学校和老师不重要，而是，真正令人不同的或者说区分人和人的，是那个来自心中的力量——内驱力，是那个既有远大目标又能吃苦耐劳的人。

我喜爱和敬佩这样的年轻人，当然，他们是少数哈。不过，这也不妨碍我们自己设立一个小目标，如何才能够培养孩子的内驱力？

当我坐在两个充满活力的年轻人之间，面对面采访时，我心中默默地为他们祝福。同时，我也希望你们可以给自己的孩子讲讲他们的故事，不是比较，只是将一个身边人的故事告诉孩子而已。

2021-06-15

在路上——苏格兰高地

1

那天,先生告诉我他计划了一周的苏格兰旅行,我内心腾地雀跃了一下,好久没度假了!没有问为什么是苏格兰,也没有问去苏格兰的哪里,就这么佛系,反正出门就好!

接下来他给了我三个住宿的选择:一个是酒店公寓,一个是山脚下的度假屋,还有一个是家庭旅馆。我粗略一看,就选了哪里也不挨着的度假屋,一个是好看,一个是评论也不错。再下来,就是临出发前的各种安排和准备,包括猫猫和花草,我只是查了一下威廉堡(Fort William)在苏格兰的位置,仅此而已。

再然后,我们就上路了。

所以,我不是那种可以提供旅行攻略的人,因为能够提建议的一定是做了充分的研究，并实践证明是最好的选择，或者可以为他人提供前车之鉴的经验。而我，觉得怎样都是好的，况且，我喜欢的地方和旅行方式不一定是大家都喜欢的，随意性太大了。

话说，自2019年开始，我就没有踏出过英国国门。原本那年夏天临时起意，想去巴黎和来自国内的朋友会面，然后在新年前后和家人去法国度假。这个美好的计划被法国使馆给予的仅仅一周的吝啬签证摧毁了，我一直持中国护照，去欧洲并不方便。一气之下我就不去了，取而代之的是在威尔士过了新年。当然，2020年的回国计划因为疫情也没有成行。

一晃就到了现在，心情是可以想象的。

我们从英格兰的南部海边到苏格兰的西北高地，路途挺远。我又不开车，更没有权利指手画脚。坐在车上，常常会有一种且行且珍惜的感怀。我们在英格兰的边界城市卡莱尔的市中心住了一晚酒店，第二天出发不久就进入了苏格兰。竟有点小激动，弄不好今后再来，也要算是出国了呢。

2

如果让我选择，我似乎更愿意再去爱丁堡，虽然我已经去过几次了。那条斜斜的长街，那些黑黢黢的建筑，那不容错过的城堡,还有很多很多的艺术品店铺……

其实多年前,我和先生就驾车去过苏格兰。那应该是在2011—2012年还没孩子的时候。我俩竟然都回忆不起去的是苏格兰的哪一部分,反正不记得有这么多的湖。而我的记忆碎片里,有遇见小鹿的兴奋;有在河谷里看见非常圆滑的大石头搬了两块放在车上的费力;有路过一个酿酒的地方,花五十英镑买了一只很大的橡木酒桶的印象……记得这几样东西把车的底座压得很低很低,为的就是搬回去放在我们小小的花园里。

那时还是年轻吧,看见的和关注的东西和现在完全不一样,对苏格兰的记忆也是模模糊糊的。反而是在1999年与凤凰卫视拍摄《欧洲之旅》的英国部分时,去参观了苏格兰的威士忌酒厂、设计Tartan(苏格兰格纹)的皇家老牌服装店、爱丁堡的城堡等等,印象深刻。再有就是在海南工作时,陪领导访问过苏格兰。我们去参观了高尔夫的故乡——圣安德鲁斯以及老球场。那次是我生完孩子后第一次出差,还给女儿买了苏格兰格纹制作的精美小熊。

而此次的苏格兰西部高地之行,真的是第一次。

3

很多人说,苏格兰高地是欧洲风景最美的地区;很多人说，只要你来过高地之后，就会永远忘不了这里。我会用我不全面的直观感受告诉你是不是真是这样。

以前没有来过格拉斯哥，本着到此一游的想法，在我的坚持下，我们开着车在格拉斯哥城区绕了一圈。先生喝了杯咖啡，我在Waitrose超市购买了食品之后，我们就奔向被誉为苏格兰高地的门户，也是我们的驻地——威廉堡。

沿途美景就此展开，首先遭遇的就是美丽的罗梦湖（也叫罗蒙湖）。罗梦湖很长，感觉真的是路过了很久才走完。沿途各种景点和水上设施，在合适的地方，总有一排排的车停靠。

我们也忍不住停了下来，先生和女儿以及Coco都下水游了泳。我试了试，水一点儿也不凉，比海水暖多了。

我恍惚间，觉得眼前的景观有点熟悉，像是意大利的湖区，又像是瑞士的某些地方。在接下来的几天，各种各样的、大大小小的湖，一个接一个地路过和遭遇，记不清那些本来也不怎么会发音的名字了。

我们的住处在威廉堡的外围山脚下，路上可以远眺英国最高山峰——本尼维斯山（Ben Nevis）。找驻地的时候稍微花了点时间，距离也比想象得远，不过这一切都是值得的。

我们的房东，男主人是法国人，曾经在希尔顿酒店管理层多年，女主人是苏格兰人。四年前他们买了这块地，从头开发。目前除了他们住的大宅和我们这栋别墅外，还有四个平层的木屋分布在周围。

4

应该说，还在苏格兰旅行的时候，我和先生就已经计划再次回到这里啦。坐在家里，回想苏格兰的假日，真的如梦境一般。而这个梦一般的假期的特殊性，和天气有着很大的关系。

通常，苏格兰是比英格兰还要低上几度的地方。所以，我们准备的都是稍厚的带帽抓绒衫和防风防雨的外衣，我只带了一件半袖T恤和一条短裤。度假前的这个阶段，我们每天都在海里游泳，正是来劲儿的时候，其实有点舍不得离开布莱顿。但想着也许可以在湖中继续游泳，临行的前一天，我还跑去体育用品商店买了保暖泳衣。

然而，所有关于苏格兰天气的想象，后来证明都是错的，最起码此行是这样。高地热的时候感觉都不想出门，只有在太阳要落山的时候，觉得才可以外出活动。我带的大部分衣服，都没机会穿。直到返程的前一天，终于下起雨来。我们在雨中坐船游了尼斯湖，心中觉得有些舒爽，也庆幸这一路遇上难得的好天气。

经过这么多年，我觉得我终于理解了英国人对于天气的痴迷（obsess）。正是因为英国不冷不热，阴雨多过晴朗，秋冬多过春夏,对于任何极端天气和变化,英国人都充满了不适应和辩证的理解。

渴望阳光但又受不了炎热;下雨抱怨自责,不下雨呢又担心花园的植物、吃草的牛羊;一边享受圣诞的火炉,一边又期待水仙花盛开的日子……就这样,在内心渴望、有限的承受力以及博爱的普世价值观之间,来回"斗争",并陶醉其中。

这一两年,感觉这种影响已经逐渐体现在我的身上了。具体表现在我对于冷的耐受力增强,对于热的忍耐度降低。即便这样,和家里那两位相比,也仍然不在一个维度上。

我们原以为越北上越凉爽,谁知第一站就给我们来了个下马威。

先生计划是中途在卡莱尔(Carlisle)市中心的一家老酒店休息一晚,但是酒店没有空调。进入房间就觉得闷热,我们打开门窗透气,还要了风扇,就外出吃饭去了。

卡莱尔是距离苏格兰最近的一个英格兰的"边境"古老城市,傍晚七点多的市中心空旷安静,除了几家餐厅里一些游人用餐外,几乎没什么人。我们一直闲逛到近九点才回到酒店,主要是外面凉快些。估计房间的温度有三十摄氏度左右吧,我洗澡之后觉得稍好点儿,就直接睡着了。第二天一睁眼,他俩都说没有休息好,热得睡不着。

清晨酒店的餐厅静悄悄的,人们来去匆匆,没有看见任何人抱怨酒店太热睡不了觉。也许大家都知道,这样的情况实属偶然,并不多见吧。

从苏格兰返回的途中,情况正好与来时相反,一路大雨。到了傍晚,我们在雨中来到离高速路不远的小村 Tebay 的家庭旅馆休息一晚。我们到达时,古老的石头房子就在刚刚出现的彩虹之下,分外令人惊喜。

因为下雨,房间显得阴冷潮湿,好在客厅里生着火炉,我坐在那里烤火上网,也试图把潮湿的鞋子烤干。

这不是一个旅游景点,而是一个真正的居家村落。主人两口子以这个家庭旅馆为生,有两个孩子,外带照顾一个养子。聊天期间,我们了解到这一年疫情对他们生意的影响是非常巨大的。

此行的这三个住宿地点:一个市中心的老牌酒店,一个途中的家庭旅馆,一个算是有些奢华的度假屋,各具功能各有特色。

我当然最喜欢的是度假屋了。那些天虽然很热,可苏格兰高地晚上十点左右天才暗下来。每到晚上九点,山坡上云雾开始聚集,房间里一下子凉爽和潮湿起来,到了第二天清晨,云雾会随着太阳再逐渐散去,而且天天伴着溪流的哗哗声,特别贴近大自然。

如果,我们赶上了阴雨天,会影响心情么?以我被英国文化熏陶了的心态,应该不会了吧?阴雨是常态,炎热是幸运,况且最后还凉爽了两天,我心中窃喜了一下,堪称完美!

5

经常看到朋友们相约几家一起度假,特别羡慕,觉得孩子们有伴玩儿特别好,但我自己从未做过这样的选择。因为觉得度假应该是最放松和自由的,与朋友们在一起难免会顾虑到方方面面,牺牲自己的随意性。

别说是与其他人,即便我们一家子,有时我也会想一个人待着。尤其家里有一个青春期的少女,很多时候她有自己喜欢的事情做,有自己的朋友聊天,高兴时一切都没问题,不乐意时那就是一切都逆反着来。

女儿也是在骑马的兴头上,特别不情愿和我们一起出门。为了说服女儿开开心心地出行,爸爸提前安排了可以去骑行的几个马场,还定下了骑行的时间。所以,我们的度假旅程在很大程度上也得围绕着女儿骑马这个主题。

我们到驻地威廉堡的第二天,就前往一个叫 Trekking Centre 的马场,他们的骑行线路也是著名的旅游景点——雪滩(Silver Sands Beach)。女儿骑马的这一个半小时里,除了跟拍一些花絮,我们就在沙滩上带着 Coco 散步。原本以为可以游泳,谁知宽阔的河道全是无边的沙滩,中间细细的水流很浅,特别适合晒太阳和小孩子们嬉水。

这是连着莫勒（Morar）湖的莫勒河的中段，从地图上看，湖很大，河也弯弯曲曲的又细又长，一直深入大海。天很热，之后我们又去了小镇马莱格（Mallaig）逛逛，本想吃点东西，但没看上什么好的餐厅，就离开了。

从威廉堡可以乘坐老火车直达这里，也算是一个旅游项目，还可以看看电影《哈利·波特》取景的著名桥洞，可惜我们没有看到，也没有刻意寻找。

开车从威廉堡到这里要一个半小时，一来一回就三个小时。其实，第二天先生安排的另一家骑马地点还要远些，但是骑行路线比较有意思。我已经很累了，天气又热，就决定自己在家里休整一天，反正我也很想在驻地附近走走。

幸好我没有去，由于马场联络不畅，不接电话，不看邮件，他们那么远跑去却没有位置，白跑了一趟，非常遗憾。为了补偿女儿，爸爸专门带她去吃了麦当劳。遗憾的是，那里离古城因弗内斯（Inverness）不远，这是我想去看看的一个地方。如果我去了，又不能骑马，很可能我们就会直接去那里游玩。可我没去。后来又觉得没有必要专门抽一天时间，就这样错过了我想去的地方，留给下次吧。

这次的旅行，爸爸又要让女儿开心，又要让我满意，也是尽力了。在独处的时间里，就像平日在家里的时候一样，我总觉得时间溜得很快，还没有来得及做什么，一天就过去。

两次单独在家，我有点时间可以画画，还完成了公众号文章，也跑步探索了附近的山地和每次进出必经的森林，给自己做了健康的餐饮，当然也为他们准备了晚餐，真的没有闲着。

然而，即使这样，独处的时间的的确确让我的身心宁静了片刻，做了自己想要做的事情，是非常值得和必要的。

这次旅行时间蛮长，我们还访问了其他好几个小镇，本来还计划有一个续篇，放得久了就没有完成。苏格兰的美食，相比威尔士要好很多，关键是在外饮食和自己做相结合，就没有那么单调。

苏格兰高地和湖泊相结合的景致，真的不让人厌倦，所以即便长途驾车，窗外的风景总是令人惊喜。加上格外美丽的天气，一家人带着狗狗，松弛有度，不赶时间和路程，真的算是一次完美的旅程。

2021-08-11

一本"最喜爱的赞美诗"

那束温暖的光

刚刚过去的周一,阳光灿烂,晚霞很美。

说句实话,布莱顿这些天的晚霞都很美,而且每天都美得不完全一样。这样的天气,让我们的久别重逢被渲染上了一层神秘的色彩。

那天他们从伦敦开车出发,中午到达。午餐叙旧后,我们沿着海边走到 I360 观光塔,吃了冰激凌,喝了咖啡后小憩。因为她的腿不舒服,我们走得很慢,其实也坐下来好几次。

往回走的时候,已经是落日余晖。他们一步一回头地看晚霞,最后干脆驻足盯着落日坠入海平面。而我则用手机捕捉住了月牙和晚霞在一起的画面,明亮的月牙在晚霞的斑斓中一点也不黯淡,它们相互映衬,还有间杂其间的最纯净的湖蓝。

回到家里,我做了晚餐,餐桌上又是叙旧,相互补充彼此记忆中的残缺,当然也问了很多我们不曾了解的问题。

餐后我们回卧室休息,留他们在客厅安静地待着,毕竟他们年纪大了,我自己都会觉得累,别说他俩。

第二天早晨,我早早起来遛狗并准备早餐,待女儿上学后,他们才过来吃早饭。

清晨的阳光从窗外毫不吝啬地洒入客厅,在木地板上留下斑驳的窗影。窗外的大海是蔚蓝色的,桌上的一大束百合散发着迷人的清香,收音机里的古典音乐恰到好处地流淌。

一切都那么美。

我把一条当年在海南买的本土名牌、一直留着没用的白色珍珠项链拿了出来。芭芭拉(Babara)有一双蓝色的眼睛,是喜欢珍珠项链的那个年代的人(其实我也喜欢)。她本来也戴着珍珠项链,这条白色的大颗珍珠项链应该非常适合她。

我知道,对于一个英国人来说,这礼物可能有点过分,可我想好了如何表达。我说:"我很感恩当年你曾给过我的温暖,这么多年,你们帮助过很多很多其他的人(不仅仅是学生);我知道我代表不了其他人,当然一条珍珠项链也代表不了我的感恩;不过,这个心意,你了解就好。"

她非常开心,说会经常戴着它的;然后她说也有一个礼物给我,就回房间里去拿出了一本小册子。起初我以为是笔记本，后来又以为是本诗集，她解释后，我才知道是一本《圣经》赞美诗的节选。她说，这是她度假时在礼品店里看到的，买的时候并不知道打算送给谁，这次她带来了，也在看是不是合适送出去。

我们静默了，那时都有些情绪化。过了片刻，第一次，我们谈到了宗教。

我问："难道做一个善良而懂得感恩的人，还不够么？"

她试图回答我。

我谈到先生的父亲是犹太人，年幼时家人培训他期望他成为神职人员，可他年轻时崇尚社会主义，从事了报业，到了晚年才又开始对犹太教产生兴趣；而先生近年来一直信奉的是佛教，我也常常用佛教的哲理来化解心中的疑惑等等，可现在他也因为父亲而开始学习希伯来语……

我们谁都没有试图说服什么，或者强加什么，而是很温柔地呵护着那个特别美妙的片刻。对他们，也许是上帝的亲临；对我，那是一束温暖的光照了进来……

感恩就要说出来

芭芭拉和安东尼（Antony）这对和中国有缘的夫妇，就这样在十几年之后又出现在我的面前了。

不是说二十年前我们有多熟络，有多了解，而是记忆中的那一份温暖一直留存着。先生看我又是大扫除为他们准备房间，又是数次去买食物为他们备餐，不禁问我，当年他们怎样帮助了我？

1998年我来英国留学，去的是卡迪夫大学的新闻系。因为曾经一度很犹豫是否要来留学，也就没有继续全职补习英文。即便没有英文成绩，卡迪夫大学竟然无条件录取了我。我就这样来了，结果当然是上课听不太懂。

那时很多同学都去参加当地教会组织的活动，一方面了解当地文化，一方面练习英文，我也一样。

在卡迪夫仅仅待了一个月的时间，我就转学去了伦敦的威斯敏斯特大学。我一定是和教会的什么人提起过，不记得是谁给了我芭芭拉的联络方式，因为我的校区就在哈罗（Harrow），而他们住在附近。不过，他们夫妇完全不记得我们是如何相识的了。

在哈罗校区的那一年，陌生的环境，语言的隔阂，郊外的沉寂，阴郁的天气，学习的压力，孤独寂寞，等等，应该是那一年的主色调。所以，被芭芭拉他们偶尔邀请去吃个晚餐、参加个教堂的活动，也许就是那一抹亮色吧！

那时和我同时租住在一个英国家庭的中国女孩Tina，记得也去过他们家。

我们的交往就是如此，后来我又读了一个学位，校园是在伦敦市中心。离开了哈罗区，我们的联系自然也少了许多。我记得也许在我计划回国前夕，芭芭拉曾专门带我去汉普敦宫（Hampton Court Palace）游玩，那个炎热的午后和修剪整齐的法式花园还有门卫，留给我很深的印象。

我们再一次见面应该是在 2003 年我回国工作前吧，我邀请他们夫妇来访。记得那时我很想生孩子，她还给我提出养猫养狗的建议，据说可以培养慈悲的母爱，增加怀孕的几率。但是，我们有记忆的偏差，他们以为见过女儿小的时候，我却觉得不太可能。

而此次相见，真的是偶然。

前不久，一位也写公众号的校友小妹妹在朋友圈里突然发了一张她和芭芭拉夫妇吃早餐的照片。我惊喜万分，就要了联系方式，才有了这次的会面。

我虽然知道他们夫妇与中国的特殊缘分，但这次还是好好地重温了一下。

芭芭拉年轻时曾在中国台湾工作十三年，后来在新加坡出版了一本名为 Maid in China 的书，有中英文版本，但我没有读过。此后她回到英国，结识了现在的丈夫安东尼，夫妻双双又去中国福建的某所师范大学教书五六年，在上世纪九十年代末回到英国（就是我留学的时代）。芭芭拉曾在哈罗公学教过中文，夫妻二人一直都从事教授英文、中文的工作，当然还有教堂的事务。

这次芭芭拉来访，我也是第一次才知道她和布莱顿的渊源。她的母亲曾住在布莱顿，而她则是在布莱顿的酒店举办的婚宴。

所以，此次来访，不仅仅是与我相见，对他们，也是怀旧之旅。在我家待了一晚后，我陪他们夫妇去了当年他们结婚的教堂，还碰见了在那里工作的相识的人。本来还计划和他们一起去芭芭拉曾经教书的美丽小镇，可惜因为我没休息好，坐在后座晕车难受，只好与他们吃了点东西后告别，自己坐巴士回家，让他们继续怀旧之旅。

2014年我来到英国后，一直想有机会回到哈罗看看过去的学校，当然还有他们，但只是想想，没有行动。

他们离开后的当晚，我想起我曾经看到我和芭芭拉的合影，就在卧室的两只大箱子里。两箱子的照片，只用了一分钟就找到了那几张当年我们在花园里游玩的合影。

如果有上帝，我相信这就是上帝的力量。

我想，其实有时人也不需要了解那么多。就像我们，十几年没见，见了面就如同不曾断线的风筝一样，可以立即找回那种亲密感，也可以重新开始了解，没有抱怨。

这难道不是超越任何宗教的美好么？

我们需要感恩，更需要表达自己的感恩。

我很开心我们的重逢。

就像照片里的晚霞，永远没有真实的美好；而语言，也一样，永远替代不了感情的美好。

2021-10-16

艺术家开放日以及陶艺家 James

缘起

周日下午,我把挂在自己家里墙上的四幅画作以及两幅自己装裱的朋友的书法小品,外加两个装满五十套卡片的小箱子,让先生帮忙和我一起送到艺术家朋友 James 家里,并帮着把画挂在 James 预留的位置上。

弄完这一切,我觉得一阵轻松。从 7 月开始,我们为这事儿忙活了好一阵子了,接下来就等着在圣诞前三个周末的开放日来现场帮忙了。

James 带我看了最先挂好的奚志农的六幅摄影作品和介绍,非常完美。临走,他又让我把拿来的一小箱子的卡片带回去,说没准你的中国朋友会直接从你这里买。

我知道,他希望我可以向我的中国朋友卖这些卡片,当然也希望大家来看看所有艺术家的作品。

前不久，James 高兴地给我打电话，说收到印刷的卡片了，他非常满意印刷的效果，让我去看看，然后就把所有卡片交给我，让我想办法包装漂亮。我在网上搜索可以装下六张卡片和信封的盒子，又分别两次跑到实体店看包装，除了纸袋子，没有什么合适的东西用作包装。我只好先将三百张卡折叠好摆平，然后用重物压着放了两天，就不那么占地儿了。最后还是 James 设计了专门的内页介绍奚志农并网购了透明包装（原本我们是不情愿用不环保的包装的），我又一个一个地分类装好，贴上价签，还是发现信封配得不够，这两天还得再去买。

我到底是怎么卷入其中的呢？就是因为一句话、一个主意。

7月的一天我去取让 James 制作的下午茶点架，说起他正在筹备的圣诞季艺术家开放日。与往年不同，他为今年的开放日设定了一个主题："赞美野生动物，支持环境保护。"参展艺术家的作品都是相关主题的，也将会把作品售卖费用的 10% 拿出来捐给相关的慈善机构。

而我，一下子就想起我的朋友奚志农，他所做的一切就是 James 想要支持的。我找了奚志农相关的英文资料给他看，James 激动起来，说如果能有他的作品参与就太荣幸啦。我再和小奚沟通，得到了他的完全支持，这就是开端。

原以为不过是让小奚拿出摄影作品支持就可以了，可实际操作起来是非常烦琐的,各种双向沟通和确认,以及自己需要在过程中不断学习和了解。再想想,我只是代表了三位中国艺术家(还有我的画家、书法家朋友李晴和艾涓),而James要面对的是另外七八个在他这里做展览的艺术家,以及很多很多倍的行政工作。我真的没什么可以抱怨的,只能接着。

我之所以不厌其烦地陈述这些琐碎的工作,是想说明,看似不起眼的一件事——在自己的家里做开放日的展览,所牵扯的精力和时间,并不亚于在任何地方做展。

艺术家开放日

Open House(开放日),在英国大家都熟悉。学校、机构、博物馆、建筑等很多地方都有开放日,其目的是打开大门,欢迎大家参观、体验、了解。

我原以为AOH(Artist Open Houses,艺术家开放日)是英国独有的现象,布莱顿只是参与其中的一座城市。然而我错了,布莱顿才是艺术家开放住宅运动的发源地,目前也是同类活动中规模最大的城市。

早在1981年,布莱顿五道区(Fiveways)的艺术家Ned Hoskins认为,布莱顿艺术节(Brighton Festival)缺乏视觉艺术的位置，便向公众打开了自己的家门，让大家参观欣赏自己和朋友们的作品。随后，该地区的艺术家就成立了"Fiveways Open House"。

在布莱顿这个充满创新和艺术气息的城市，这个想法被证明是非常受欢迎的，第二年很多本地艺术家纷纷效仿，艺术家开放的场所也越来越多。

你能想象么？在布莱顿2021年6月的艺术家开放季，全市有超过一百位艺术家的住宅和工作室敞开大门，在马上要开始的圣诞季，也有四十多家在圣诞前的三周开放（James说，往年圣诞比今年都多，今年一定是受到疫情的影响）。

这样，在布莱顿这样一个有着近三十万人口的小城市，每年有超过两千名艺术家和创作者直接向公众展示和售卖他们的作品，期间展出的艺术品种类繁多，从绘画、版画、陶瓷和纺织品到摄影、雕塑、工艺品、珠宝等等。

布莱顿真的是个年轻而多元化的城市，我直接或者间接地知道、认识的从事写作、绘画和表演艺术的人真的很多，随便就会被艺术撞个腰身。

当然，如今的AOH是2004年由一组艺术家成立的，他们从最初制作宣传册，把开放日地点按区域编排成路线，再到如今包括网站、公关、营销、分销的一条龙服务，已经发展得非常完善了。

尽管现在AOH已经成为布莱顿的一个重要节日，但它最初创办者 Nederland Hoskins 的理想依然存在，那就是：艺术是为每一个人而存在的，普通人也可以拥有原创的艺术作品，而开放日打破了那个存在于普通人与画廊之间的无形障碍，拉近了艺术家和普通人的距离。

本地陶艺家 James

我和 James 是住在同一座建筑的邻居，也正是因为几年前去看他的 Open House，才慢慢相熟起来。他是典型的英国人，有礼有派，谈话间时不时地幽默玩笑一下子。说是熟，也不是那种意义的熟，因为我们很少问及彼此的过往生活。

第一次参观他的家，就被他的作品吸引，我尤其喜欢他的基督系列，他把白色的陶瓷人物放在从海滩捡回来的漂流小木板上，非常有创意。去年，他为慈善机构做了一批挂在圣诞树上的白色天使，我也买了点装饰圣诞树。

为了这篇文章，我特意采访了一下他，也了解了一些以前我所不知道的背景。

他约五十年的职业生涯，一半时间在皇家空军，是个飞行员；一半时间在教堂做牧师，直到几年前心脏病发作。但他死里逃生，幸运地返回到这个世界。然后，他从牧师的角色里抽身，捡起陶艺这个他小时候的爱好。

显然，这个爱好让他乐此不疲，而他的艺术创造力，我觉得也是不断地变化和创新的，他的作品质朴、天真，简单而有感染力，常常令我暗自佩服。

他讲话的时候，经常会停下来喘会儿气，有时也需要闭起眼睛仿佛要努力地回忆自己在说什么。他说，他的部分大脑和心脏都受到损伤，一切都需要做笔记记下来，不然他也许记得我来过聊过，但聊些什么内容他可能完全不记得。每当他这么说时，我都不知道要回应些什么，只好在心里默默地想，我得把这个事情完成好，尽量不要给他再多的负担。

把自己的家开放给公众，我觉得是需要勇气的，尤其是注重隐私的英国人。我自己的卧室我都不愿意让清洁工打扫，也不喜欢别人整理自己的东西，更别提让陌生人进来随便转和随便看了。James却说，他喜欢结识这些本地艺术家，通过这几年的开放日，他们慢慢地变成了朋友，相互支持、陪伴和鼓励。也许他过去的职业场所——军旅和教堂，都有一种社区的意味（sense of comunity），所以他很习惯和也很喜欢社区活动，很习惯别人来参观自己的家。他说，很多人也许不一定喜欢艺术，但是比较好奇，喜欢参观别人的家和花园，所以也增加了普通人接触艺术和艺术家的机会，总之都是好事吧。

其实，英国人的确有两面性的。他们一方面注重隐私，一方面又很开放地出租家里的房间，即便从经济层面来讲，中国人一般也很难理解。

谈到本地艺术家的生存现状，他说，虽然他不了解全貌，但是他的参展艺术家的现状就是一个缩影。这里有刚刚成名、有了国际影响的画家，也有学院毕业、才走上社会的新生代；有拿艺术作品的收入补贴家用的，也有不需为金钱发愁、把艺术作为爱好的。对于他来讲，这一年的两次开放日，已经够他忙活一年的了，而每年他都琢磨出新的作品。他有退休金，虽然并不富裕，但他做陶艺赚到的钱，可以承担持续的开销，也就相当满意了。

这一两年的疫情以及动荡的社会，让他感到：不能依然风花雪月地如往常一样做圣诞前的开放日了。当看到他喜爱的希腊度假胜地的熊熊山火让普通人失去了家园，他感到痛心，他说，这就是此次主题的灵感来源。他必须为我们的地球做些什么！

拯救濒危野生动物、支持保护组织是最初的想法，后来又演变出保护环境、拯救地球以及对于难民的人道主义帮助三个主题。他得到了艺术家们的绝对支持。

通常，开放日的组织机构 AOH 的运作费用，是所有参与艺术家与开放家庭共同承担的，有的开放家庭纯粹扮演的是画廊的角色，甚至收取一定比例的成交价。但 James 此次连手续费都是自己承担，他唯一的要求是，参与者将收入的 10% 捐赠给相关领域的慈善机构。而奚志农的作品比较特殊，因为远在国内，在这里印刷和制作的所有费用，是我和 James 一人一半来承担的，而所有利润（如果有的话）则是全部捐给"野性中国"。

James 做的所有这一切，除了对陶艺的热爱，就是帮助别人。而我呢，只想支持 James，也想向我的朋友奚志农几十年来所做的一切表达敬意。

不少英国人都有支持"本土经济"的意识，这个 local 可以是本地的商业、艺术和各种机构。我在家门口的有机商店购买食物，在附件的慈善点捐赠衣物，购买书籍，参观开放日的艺术展，购买一些自己喜欢也许没用的东西，虽然价格不便宜，但是支持的初衷始终在心里。相信很多周边的朋友都有如此的习惯。

2021-11-17

为 2021 温柔地画一个句号

1

作为一个写着公众号的小温,我怎能不在这 2021 年的岁末说点什么?而且,说点什么才能不辜负越来越多的订阅读者?

其实,我的内心里是想写给大家一点温暖的东西的,就像是,即便在最清冷的圣诞节也会有温暖的瞬间,给你我继续的勇气。

我需要,相信你也一样。

为此,这一个星期,尽管在圣诞假期里,我还是不停地在脑海里滑过一个一个可能的选题;然而,都没有落笔。我可以听见,时钟不停地滴答滴答地催促着我。

写东西对我来说,非常直接,有就是有,没有就是没有。如果没有写的冲动,也会找点资讯类的有用的东西来分享。

有时候，即便是这样的分享，我也是需要有想要分享的愿望和冲动的，这样以灵感和冲动促成的写作其实挺费劲儿的。

今天，在朋友圈里看到一个老同学在感慨：都这个点了，怎么没有什么人出来总结2021，展望即将来到的2022？

还真是这样，整体感觉比较安静和沉默。2021年，对我来说，过得如此匆匆和潦草。我使劲回忆，一下子都想不起去年元旦是怎样过的？除了苏格兰的假期，也想不起什么特别有意思的事情。

其实，翻一下朋友圈，就能看见流水账的日子是怎样过的。我们可能都更愿意分享喜悦和成功，把悲痛、伤感或坏的消息留给自己吧。所以，如果日子趋于平淡，似乎没有什么好说呢，不是么？

总之，我也没有心情总结自己的2021，唯一让我为自己骄傲的，就是留下了三十三篇原创公众号文章，还有其他四篇来自朋友的贡献。

这也是一种坚持吧。

2

最近，没有谁像我一样，徘徊在疫情的两个极端里。

我生活在英国的海滨小城布莱顿，而我的家乡西安正经历着中国式严格的考验。这总让我想起一部书名——《一半是火焰，一半是海水》，尽管故事的内容我早已记不清楚了。

国内朋友都知道，西安从 12 月 23 日零时开始，实行越来越严格的疫情管理方式，至今已经八天了。这个人口近 1300 万的古都，因为疫情按下了暂停键。

全民进行核酸筛查，12 月 28 日这一天，新增感染病例 151 例。后来两天数据已经持续下降，出现了拐点。

而英国的疫情每天都是在破纪录，昨日新增病例已经超过了 18 万，死亡人数新增 57 人。奥密克戎（Omicron）变种已经占英格兰所有病例的 90% 了，在过去的七天中，英国有超过 91 万的新增病例。

英国刚刚过去的圣诞节却一切照常，新年期间也不打算有任何封控措施。政府关于聚会也建议暂停，但不强制，全凭自觉。

这反差，让我不知道该说些什么。

我的父母各自生活在他们的养老公寓里，我在家属群里时不时可以看到他们的影子。能够经常看见他们的生活，对我来说就是莫大的安慰。

父亲耳朵不太好，基本上听不清我的话，但是以前姐姐去看望他的时候，我们就视频一下。他非常不喜欢养老公寓，主要是因为不自由，管理太严格，进出都不能随意。可是，他是在 2020 年底入住的，也是在疫情严重的时候，而这一年，疫情时紧时松，养老公寓的政策就是一会儿可以探访，一会儿只能隔门相望。况且，在这一年他还失去了老伴。

每每想到在他最难的时候，我却不能去陪伴和安慰，心里就特别难受。

当下，西安采取封控措施，我只好打电话给公寓管理人员，约好时间和父亲通一个视频电话。前天父亲看起来精神还不错，反正也听不见我说什么，他就自顾自地给我介绍情况。

他说他每天都坚持画画，还有每天都测试核酸，他不喜欢参加养老院组织的锻炼项目，而是每天在睡前和起床前各按摩一个小时。他说，本轮疫情主要是海外输入，才害得大家都不得安生。我们断断续续聊了近一个小时，他还是说等疫情好些，要搬出去住，其实主要的原因是嫌太贵，他的退休金不能支付全部，他不想给我和姐姐增加负担而已。

我默默地咽回了想要说的"明年无论如何都要回去看望你们"的想法，有机会再说吧。

昨天我也和姐姐视频了。因为姐姐正好接她外孙过去住两天，赶上了封控，外孙已经在她这里一个多星期了，没有见到自己的妈妈爸爸；现在姐姐的女儿在家隔离，也正在想办法接孩子回去。我们聊到父亲，她说幸亏前一段时间父亲想搬出去住最终被劝回，不然现在这种状态下，她真不知道该如何照顾老爸？他该如何在社区网购各种生活必需品？

好在，姐夫提前为新年备足了年货，他们都不愁吃的。

倒是小区里有的年轻人，平日都靠外卖，家里食品不多，所以在群里喊着谁有吃的卖。

3

我一点儿也不为他们担心，因为他们逐渐习惯了。

朋友圈里，有西安的同学、朋友，他们也都在感恩政府和防疫人员以及志愿者，也都在秀挨家挨户送到的蔬菜……

所以，在我有限的资讯里，我看到的是悲壮、感恩、同仇敌忾的气氛，我不担忧。最终，人们活的是精气神，不是么？只要大家齐心协力，有决心不服输，愿意忍受暂时的不便，也没有什么不好的。

我生活的地方靠海，相比伦敦本来就清净。即便说是英国人不在乎，我还是亲身感受到了这里不同的气氛，商店的人少了，节日聚会的人也少了很多。最起码我自己就没有呼朋唤友地聚会。

我认识和知道的朋友中招的很多，我的艺术家邻居双双感染了，他们圣诞节全部在家隔离；先生的朋友到布莱顿和孩子们过圣诞，也被感染了，只好独自在家隔离。感染病毒的数字是巨大的，没人那么紧张，他们开玩笑说，这不过是一场重感冒；但是持谨慎态度的英国人也不少，并不是像年轻人那样的无所谓。

一个世界，两种态度。可我们一样都得先后告别2021，一样都得先后跨入2022。

如果你还能感受到文字的温暖，也还能感受到我无比复杂的心情，那就让我们一起，温柔地为2021画个圆圈，无论那是怎样的2021。

明年我们继续陪伴和分享，希望一路有你！

2021-12-31

当我画画的时候,在想些什么?

1

最近的英国夏日炎炎,一大早起来遛狗,也可以出一身汗。这种长夏的体验,印象中还是第一次呢……

"酷暑"之下什么也不想做的感受,小时候有过。就是待着什么也不做,喝喝冷饮,吃吃可口的东西,混过漫长的时光。

现在发现,待着什么也不做,竟然很难。虽然我有什么也不想做的念头,可脑子里晃过一千件要做的事情,待也待不住。

要么收拾房间,要么做吃的,要么出去闲逛,要么在社交媒体上发发自己的状态,即便去海里游泳消暑,也得想办法游个数字出来,看看消耗了多少卡路里。

况且，以上所罗列的已经属于"闲事儿"，"正经的"还都排着队呢！

难怪现在的人们如此热衷冥想，甚至花钱专门给自己时间，训练自己什么也不想、什么也不做呢……

原来，我们在长大的路上，丢失了自己天生都会的、待着的本能了……不仅自己不能待着，也见不得别人待着……

2

去年我开始学习画画，本来就是画着玩儿，最近发现花在画画上的时间越来越多，也买了不少画画需要的东西，甚至把原来作为客房的单人间改成了"画室"。

随着学习的深入，我去书店也会翻翻画册，在社交媒体上也多是浏览画家的内容，YouTube 上更是看了很多课程。

本来画画是没有目的地消磨时光，现在似乎被越来越认真严肃地对待了！

难道我想成为"画家"么？分析一下自己对画画这件事的认知过程，还是挺有趣的。

是小时候的爱好么？

应该不算。小时候没人培养过我，或送我学过绘画。谁小的时候，没有涂过鸦呢？不过，当年的父母可不像现在的我们，把孩子的涂鸦都留下来，期待给未来成才的儿女留下印证。

父亲喜欢写字画画，是耳濡目染的熏陶么？应该也不算吧，父亲也是这十几年才多花些时间专门画画的，我小的时候，他也是没有心情画画的。但是，我以前无聊的时候，的确是喜欢涂上几笔，完全没有章法的那种。

开始真正拿起画笔，更多的是为了支持朋友吧。疫情期间，朋友刚刚开始做绘画教程，参加课程本身就算是我对她的支持吧，不管人家是不是这样认为……谁知就这样慢慢地坚持下来了。

就这么简单。

开始画画以来，我最大最大的收获，其实是画外的——它打破了以前画画和画家本身对于我的那种神秘感——因为不了解而产生的神秘感。现在自己做了，才知道有多难，才知道成为画家的可能性。

就如世上所有的事情一样，都是时间的积累，加上悟性天赋，才有所谓成功的可能性。可是，没有所谓的"成功"（被权威认可，被市场认可），就不能成为画家了么？

我浏览过很多画家的社交媒体，说句实话，越浏览越有压力，因为我觉得很多很多的人都画得特别好，特别有自己的特点。

而我自己则差得太远太远，因而，又觉得应该选择一个"捷径"——就是试图选择或寻找一个自己的风格，然后专门练习这样的风格，这样就可以"加速"自己的成长……

这样，就有了所谓世俗的"目标"，就多了一点点的烦恼和焦虑……

可是，这样杂七杂八的念头，在画画的当儿，其实是不存在的。就像以前喜欢烹饪一样，画画时还是非常专注的，杂念相对少。

所以，在画画的时候，其实是不想什么的。

画画的专注，带给我静心；而静心带给我的，是身心的愉悦。既然失去了小时候的闲待着的本能，那就多画画吧。

这也许正是我喜欢画画的原因吧！

3

一次在刷 Instagram 时，看到了这样的两句话：

> 一个艺术家，不需要总是向别人证明你在创作。
> 你不画画的时候，并不意味着你没有在创作。

这话显然是来自艺术家本身，表达了一个艺术家的苦恼和挣扎，以及对当下流行做法的抗衡。在这样一个人人都在努力表达自己的年代，埋头苦干、潜心创作的人尤其艰难。

即便你是一粒金子，渴望在大浪淘沙中闪闪发光，抑或你是一匹千里马，期待得到伯乐的垂青，被发现和成功的几率真是小之又小……

在五花八门张扬自我的自媒体中，一个普通的不善此道的艺术家会感觉落伍，也会感到一种无形的压力和焦虑。

当然我指的不是自己，我也不敢称自己是艺术家，但作为一个刚刚拿起画笔不到两年的实践者，感受却是一样的深刻。而且，我认为这种感受也适用于一切的艺术创作，譬如写作。

我常常有一肚子的内容想要分享和付诸文字，可有时候在很长的时间里，却没动笔写下一篇相关的文字。

正如上面所说，没有作品的时候，并不意味着我没有在创作。的确，我一直都没有停止过思考，有时一些段落、一些字句已经反反复复地在脑海里敲打了，只是还没有落笔写下来而已……

懒惰么？拖延么？也是，也不是。

持续两年的公众号输出，的确逐渐成为一种压力。我本不希望写作成为我的压力，而是一个分享和释放自己的窗口。然而"定期输出"的所谓规则渐渐地成为一种"负担"。

我既没有赚钱的动力，也没有涨粉的压力，虽然，这两个指标都是正向和积极的。而且，如果这两样都发生的话，当然也是令人喜悦的。

然而，现实是残酷的。一切真正的创作者的道路都是艰难的，甚至是寂寞的，挫败感和满足感几乎并肩而行。

但我真的不想像那些所谓"专家"说的，让内容和形式垂直统一，辨识率高，以吸引更多粉丝，还有很多其他规则。

我的内容一定是随心而走，天马行空；我的格调一定是符合自己的意愿和审美。选择从来就是双向的，我决定这么做的时候，其实也就是选择了你，我的读者。而那些相似的灵魂，因为同样的感受和触动而来，因为同样的共鸣而来，这样不是更纯粹、更好么？

4

目前，画画对于我来说，还处于上瘾阶段。

我愿意花很多的时间琢磨，我希望有专门画画的空间，我喜欢购买相关的用品，我也喜欢自己完成的作品。而且，我总觉得时间不够用，不能全身心投入到画画的空间……

最最关键的，在画画的时候，时间很快，空气宁静，我很专注也很享受，就像冥想一样。对我，烘焙和画画带给我的快乐，就像冥想可以达到的效果一样。

但在画画的过程中，我的确有很多力所不及的地方，譬如基本功以及色彩的掌握，但是我试图绕开自己的薄弱环节，不断尝试不同的技法，去实现自己想要的效果。

我完全体验到了，画画永远不像你在社交媒体里看到的那般轻松潇洒和一蹴而就，我敢打赌，为了拍视频，那一定是练了多次甚至拍了多次的结果。

就像我的"栈桥"系列，起初我是想尝试肌理画的，因为看了很多视频和画作，感觉相对简单，装饰效果很强。结果费了九牛二虎之力，我却完全不喜欢出来的效果。后来我又想办法除去部分肌理，加上一层又一层的修改，最终的画作看上去很厚重，肌理若隐若现，别有一番韵味。

总之，和写作一样，除了临摹作品，如果是自己的创作，那一定是从灵感、立意、素材、构图、色彩，到最终的修修改改的全过程，完全不亚于写作。

好在我可以画画，好在我也可以写作，把内心的思绪用这样的方式表达和分享出来……

2022-07-13

在路上——阿尔巴尼亚之旅

没想到有一天会去阿尔巴尼亚

对出生于1970年代之前的中国人来说,阿尔巴尼亚从来都不是一个陌生的国度,在特殊的时期,它曾是中国唯一的朋友,大家还能说出它是"山鹰之国",是"欧洲社会主义的一盏明灯",似乎也真正地诠释了"海内存知己,天涯若比邻"的意义。然而,离得那么远,我除了记得《第八个是铜像》的阿尔巴尼亚电影名字之外,这个国家一直仅仅是一个遥远的存在。

那也就是为什么当我先生提议去阿尔巴尼亚度假时,我并没有因为对这个国家毫无概念而提出异议。这个曾经的社会主义国家,我倒挺想去看看的;更何况,先生选择阿尔巴尼亚的一个重要原因,是中国人不需要签证。疫情前,我有过不愉快的申根签证经历，所以特别不想去费那个劲儿。

有猫有狗的家庭出门都很难，何况这也是疫情后我们第一次全家出国旅行。当然我们还有一个选择，就是我去办个申根签证，然后我们带着狗开车去法国度假。特别幸运的是，很快猫和狗都有可靠的朋友愿意出手相助，照看它们。

这样先生就定了行程，我也花了些时间在网上看看攻略，没想到虽然阿尔巴尼亚在中国还是"小众路线"，早些年它却在欧洲借助《孤独星球》（Longly Planet）的推荐，跃然成为一个新的度假旅行目的地。

大多数推荐来这里旅行的理由是：这个直到1992年才对外开放的巴尔干半岛国家拥有希腊般清透的爱奥尼亚海，崎岖的巴尔干阿尔卑斯山脉，宁静的奥赫里德湖，堪比土耳其的鄂图曼小镇，以及被列为世界文化遗产的古希腊古罗马遗迹……而且，低廉的物价与友善的人们，更是美上加好！

首都地拉那

从英国的盖特威克机场（London Gatwick Airport）出发，经过近三个小时的飞行，我们降落在阿尔巴尼亚唯一的国际机场"地拉那特蕾莎修女国际机场"。对了，就是那个著名的获得过诺贝尔和平奖的特蕾莎修女，虽然她父母是阿尔巴尼亚人，她小时候讲阿尔巴尼亚语，可她却出生长大在马其顿，十八岁后去了爱尔兰，后来就一直在印度生活工作直到去世。

机场以山为背景，让今年没怎么过过夏天的来自英国的我们，对扑面而来的热浪还依然可以感觉到一丝凉爽。机场不大，各个功能似乎正好够用，第一印象良好！

订好的出租车来接机，举着写有先生名字的牌子。我们就在机场一出门的地方，买了三个沃达丰（Vodafone）的本地电话卡，二十一天使用时间还有足够的流量，这样大家就不怕走散了。

有点堵车，司机的英文很棒，我们问了很多问题，他都给出了中肯的建议。大约近半个小时我们就到了位于市中心的酒店，这个小酒店隐藏在闹市的居民区，距离斯坎德培广场（Skanderbeg Square）步行也就十几分钟。一分钟就可以走到大街上，附近有药妆店和英国的汉堡王，门口还有小卖部可以买水和其他食品。酒店的早餐是欧洲风格，简单又面面俱到，有德国、希腊、英国的风味早餐。我最喜欢酒店的是，早餐咖啡厅延展到户外的院子里，不仅招待酒店的客人，周边的居民似乎也在这里会朋聚友。

首都地拉那（Tirana）以斯坎德培广场为中心，可以参观的著名建筑，包括地拉那国际大酒店、国家歌剧院、国家银行、埃特姆贝清真寺、钟楼、市政厅、国家历史博物馆、国家美术馆，都位于广场周边。

国家历史博物馆（National History Museum），是阿尔巴尼亚最大的博物馆，展示阿尔巴尼亚从史前时代到中世纪，从近现代文明到共产主义统治时期，再到当代的发展历程。我们是在第二天早晨步行来到广场的，烈日炎炎之下，博物馆里竟然没有空调。也许参观的人本来也不多，馆里显得空旷而闷热，除了远古时代的文物之外，还有一些受希腊罗马影响的雕塑，二楼三楼很多都是图片展。

修建于十八至十九世纪（1789—1823）的清真寺在 1960 年代的无神论运动中幸免于难，是地拉那当时建造的八座清真寺中唯一幸存的一座。它作为地拉那最古老的建筑，是国家级文物保护建筑，我们匆匆转了一圈，女性需要披上工作人员递给的头巾才可以入内。

在广场附近我们只看了博物馆和清真寺，然后就在一个看起来时髦的餐吧里品尝了阿尔巴尼亚餐。三十六七度的夏日，我们一下子还不太适应，在附近走走，又顺路看了一个堂皇的东正教教堂，就在旁边一家时髦的书店咖啡厅喝本地啤酒和咖啡，以及店主妈妈做的私藏冰激凌。

就在东正教教堂的对面，是"树叶屋"——秘密监控博物馆（House of Leaves–The Museum of Secret Surveillance），这里展示的是霍查时期政府对人民的监控，很多霍查语录看似熟悉。说句实话，里面故意弄得阴森森的，让人不是那么愉悦。

本来我们还想看看美术馆周围的那座共产主义时期废

弃的金字塔纪念碑（Pyramid monument），以及霍查留下的地堡，都因为太热，感觉累就放弃了，赶紧回酒店凉快会儿。

说句实话，各种攻略里的地拉那一日游基本就这些地方，如果时间宽裕，还可以去近郊乘缆车上国家公园徒步，登高俯瞰地拉那市容。

而傍晚凉快下来后到酒店周遭溜达溜达，体会这座城市的活力和市井生活，反而更让我着迷。

我们就是在去吃晚餐之前在周边随处溜达，正好撞上了地拉那的集市。这也算首都的一个景点，有各种阿尔巴尼亚的时令果蔬、特产、旅游纪念品，周边还有很多的餐厅，不仅仅是接待游人，这里更是本地人生活的地方吧……

不知为什么，走在地拉那的街头，我常常有一种恍恍惚惚的穿越感，仿佛我是走在国内的北京、上海或者西安，当然不是在高大上的摩登街区，而是背街小巷和城市里的老旧城区；在这里我看见最多的是鞋店、眼镜店、服装店、电子产品店，街角的报刊方便店，倒更像是国内的某些小城市。这里的商店都开到晚上9—10点，也让我觉得像在国内。而且，这个城市谈不上整体规划，所以很多建筑都是左一下右一下，歪歪扭扭见缝插针。遍布的换外币小店告诉你，这里的游客一定很多。

作为欧洲经济发展较为落后的国家，上世纪九十年代才刚刚打开大门，一切也才刚刚起步，这种感觉我们经历过，一点也不陌生。而让我喜欢的，也是让很多人喜欢的是，这里的人们似乎平静祥和，热情友好，作为一个旅游城市，一点也不急功近利。

我们在地那拉也就停留两晚一天半的时间，吃了几顿阿尔巴尼亚餐。菜单大同小异，带馅儿的茄子和辣椒，各种羊奶酪做的沙拉，以及像印度菜一样稀糊烂炖的羊肉，菠菜奶酪饼……这是主旋律，有希腊和土耳其菜的影响。总之，两天见识就足够了。而相伴我们整个行程的是，黄瓜和番茄。你会发现，无论哪个酒店的早餐，都有生切的这两样蔬菜。

有惊无险的旅程

我们是在网上订好出租车，从地拉那到吉诺卡斯特（Gjirokaster）大约有两百三十公里，需要三个多小时的车程。一大早我们在咖啡厅里吃完早饭，差不多十点前就把所有行李拿下来在大门口等车。司机因为找不到地方，英文又不够流利，我们就请酒店的前台服务员和他沟通。小伙子非常热情，说还有十几分钟，就又把我们的行李搬进了酒店，还给我们点了咖啡。这样出租车来的时候，他们又把行李搬上车，我们匆匆告别，然后就出发了。

一路上，司机和我先生聊得很热烈，他借助英文翻译软件不停地回答先生的提问。他说，英国的最低收入每小时十磅多一点，而他却要花几十个小时才能挣到这些钱，我没有核实他说的是否正确，但是他表示很向往英国的生活，他也有亲戚在英国做生意，只是他很难得到签证。

路上我们看到很多新的现代化别墅楼房，有的在路旁，有的掩映在山脚下。他说那都是出国赚了钱的阿尔巴尼亚人回来盖的房子，当然我们也看到了不少烂尾楼，不知什么原因没有建成。

中途我们有一次咖啡休息，三个多小时之后，当我们的车开始攀爬颠簸的石路时，我知道我们到达了目的地——被誉为"石头城"的吉诺卡斯特。

吉诺卡斯特是阿尔巴尼亚南部的一座古城，位于杰拉山脉和德里诺河之间的山谷中。2005年，它作为保存完好的奥斯曼城镇被列入联合国教科文组织世界遗产名录，以其传统的石头住宅闻名，但更以其城堡闻名。

我们的车就停在市中心的"旅游问询处"对面这座小家庭旅馆前，可以远眺著名的城堡。迎接我们的女士热情地帮我们搬行李，可她不讲英文。突然"悲剧"了，女儿的行李箱没有出现在视野，我们猜测就是落在了上一个酒店。我们真的太大意了，完全信任了酒店服务员，并没有检查所有的行李。

忙乱中，我们也没有多理会司机，先生马上联系上一家酒店，而我才意识到这家酒店的房间非常小，我们的行李都不太容易有地方打开。我希望可以换一个更大一点的房间，通过"旅游问询处"服务员的翻译,她说房间都订满了,没有可能换房间。

我们计划是在这里住三个晚上,每天为女儿都安排了骑行,女儿的行李里主要是她骑行的用具,没有马靴、安全帽和她所有换洗的衣服,怎么办?

我们全家已有四年没有出过国门,除了我今年回国两次外,我明显感觉到先生对于旅行的生疏和谨慎。好在行李就在酒店大堂,而他们的建议是我们花钱雇个出租车把行李运过来,花费一百八十英镑,我们来时的租车费用是二百二十英镑。

我几乎想要放弃这件行李了。最终我和酒店商量的结果是,如果他们能够找到比较便宜的方法就将行李运过来,不然就把行李寄存在酒店,等我们返回地拉那机场时,他们将行李送到机场。

下午终于传来了好消息,酒店说行李可以快递到吉诺卡斯特,第二天中午就可以送到这里,而且他们承担费用,让我几乎不敢相信这是真的!因为阿尔巴尼亚的交通并不是那么发达。在阿尔巴尼亚旅行不是乘公共汽车,就是租车自驾或者私家车旅行,再不然就是出租车,他们的公路也最多像一级公路那样,没有高速公路。如果你是背包客,乘坐公共交通是可以的,也非常便宜。但是据说公共交通并不是特别准时,所以这行李的运送速度的确让我惊讶了。

我以为我是借着中阿两国人民的友好情谊和沟通技巧才

有了这个结果；可先生说，如果不是他唱的白脸，酒店也不会这么配合。谁知道呢，反正结果是好的就可以了……

其实我们从出发的那一天开始，小插曲就没有断过。首先在盖特威克机场的时候，我们看错了登机口，亏得先生发现了，不然我还傻坐在那里；第二次是在阿尔巴尼亚入境的时候，父女俩走英美申根国家特别通道，而我只能随大流排队。我把夹在护照里的BRP卡掉在地上了，幸亏发现得早，返回寻找时工作人员捡到给我了。还有就是女儿发现她将iPod的盒子放在出租车的车门格里……总之，这些小插曲惊而不险，我们的心态也都属于不急不躁的，没太影响我们的心情。

啰唆这些细节，是觉得它可以折射出阿尔巴尼亚虽然基础设施欠缺，英文普及率不高，旅游服务水准有待提高，但我们所遇到的人是淳朴善良的，他们也希望把事情做好。

吉诺卡斯特城堡

安顿好后，傍晚我们就熟悉了一下美丽的小城。从酒店出来几分钟就走到了最中心的几条街道，很多游客说着各种语言，我可以分辨的是德语、意大利语，还有非英国英语，其他就不知道了，一看就知道这里是很多人选择的一个旅游目的地。

咖啡店、酒吧、甜品店、餐厅、纪念品店比比皆是，不得不说，旅游纪念品的开发还在初级阶段，千篇一律，也很粗糙。不过，这里的建筑，以及生活在这里的本地居民，赋予这里一种独特的气质，我们是游客，他们是主人，而我们和他们共享这座古城，特别地自然和谐。他们没有游客和居民分开购物的场所，我们喝咖啡的地方也是他们喝茶、喝咖啡的场所。

傍晚，炎热的天气稍稍凉了一点点。我们就慢慢沿着上山的路去城堡，没想到六点多还可以买票进入参观。

吉诺卡斯特城堡最初建于十二世纪，在阿尔巴尼亚多位领袖统治下曾多次扩建，其中最大规模的建设就是在奥斯曼帝国统治时期。今天我们看到的大部分建筑都是在十九世纪最初十年完成的。

1930年，这座城堡被佐格国王改建为监狱，关押他统治期间各种抵抗力量的成员。在1968年前它一直都是一座监狱，同年，第一届全国民俗节在城堡举行，然后每四五年举办一次。上一次是在2015年，我们参观时看到的这个颇有现代感的舞台就是专为民俗节建造的。

城堡还是很大很壮观的，从一头走到另一头，如果不是远山背景的不同，颇有登古长城的感觉。城堡中陈列着一些大炮，这是一个军备博物馆，里面还有部分区域曾经是监狱，需要单独买票，我们不感兴趣，就没有参观。城堡里有一架洛克希德T-33流星喷气式飞机,这是一架美国间谍机,于1957年被拦截后迫降在里纳斯机场,现在陈列在这里。

在城堡上走走停停,你可以想象这里曾经盛世的模样。不过,对我来说,对于历史的兴趣远远少于对于大自然的欣赏和膜拜,我们看着夕阳把远山的侧峰染成金色,让我忆起人们去西藏膜拜那金色山峰的一刻……

下山时,沿途有妇人在售卖纪念品。我们所经过的任何一处房屋,似乎都已经被改造成旅店,难道整个古镇都可以敞开家门欢迎游客住下来么?想想,我们的酒店房间虽小,但位置是真好又方便,也就认了。

在吉诺卡斯特通常停留一晚或者两晚就够了,如果你是在滨海城市萨兰达度假,不少人把这里作为一日游的目的地,因为车程并不远。除了城堡和古城街巷,这里还是阿尔巴尼亚共产党领导人恩维尔·霍查的故乡,也是电影《宁死不屈》的故事发生地和拍摄地,有一个重建的故居可以参观;阿尔巴尼亚当代著名作家伊斯梅尔·卡达雷(Ismail Kadare)也出生在吉诺卡斯特,他的小说《石头城纪事》通过一个小男孩的视角讲述了二战期间这座城市的生活,他的故居也可以参观;还有几座当地典型的豪宅供游人参观。

然而,我们是典型的松散随意性游客,不是非要踏遍景点的那种类型。到达的第二天中午,虽然女儿的行李已经快递到了,但她还是放弃了骑行,因为天气太热了,大中午在光秃秃的山上恐怕会中暑的;预约转天一大早七点的出租车，二十分钟到骑行的马场，爸爸等着她去骑行两个小时，而我就在酒店门口走廊里，休息画画。

酒店房间除了两张床以及摊满地的行李箱，也没有什么其他空间可以落脚。我把昨晚自制的两瓶冷泡茶（一瓶绿茶、一瓶岩茶）从冰箱里拿出来边喝边画画，茶水味美之极，不是这么热，还没有机会做冷泡茶呢。酒店不提供烧水壶的确是个遗憾，当会一点英文的前台小姑娘瞪着大眼睛告诉我没有水壶时，我怀疑是真没水壶还是她不理解我的意思。懒得啰唆，好在两步路就是一个烘焙店，咖啡冷饮蛋糕冰激凌都很美味，旁边就是一个本地人的咖啡店，一杯咖啡100列克，茶才50列克。

列克是本地货币，我们还是换了不少本地货币，买一些小东西比较方便。当然，欧元在这里完全没问题，都可以使用，基本上汇率是1欧元相当于100列克，而欧元和英镑也差不多有10%的差异。去过阿尔巴尼亚的几个地方后，觉得吉诺卡斯特的物价非常亲民，也许因为这里是本地人生活的地方吧，地方也非常小。咖啡基本上1—1.5欧元，好的餐厅人均15—20欧元。而到了海滨，物价基本和英国差不多了，这是后话。

上午在这里画画，不会英文的女士打扫房间时和我聊天，我们手语加英文单词，竟然也聊得热闹。她一高兴端出了两杯山茶给我喝，显然烧水壶还是有的，给不给客人用是个问题。她的存在令人宾至如归，抵消了房间狭窄带来的不悦。

吉诺卡斯特也是以阿尔巴尼亚传统饮食为主,我们多少都有点疲惫,希望换换口味。在从地拉那开往吉诺卡斯特的旅途中,我们路过了一处大家都停下来休息、接矿泉水的地方,路边有不少餐厅。这个地方有一条大河穿过,我们猜想一定有新鲜的河鱼。

第二天下午,我和先生约了个出租车,大约二三十分钟,再次来到这里吃饭。

这个叫"冷水泉"(Cold Water)的地方,位于塔帕雷奈(Tepelene)以南几公里处,就在塔帕雷奈—吉诺卡斯特国道右侧。据说自古以来这里就是旅人休憩的地方,源于德里诺斯山谷上方的几处泉水清凉甘甜,可以直接饮用。周边覆盖着橡树和灌木丛等天然植被,水声、绿荫、鸟鸣,十分惬意。我们选择了路边一家似乎本地人很多的餐厅,然而菜单上并没有鱼。语言沟通还是个问题,我们只好看看别的桌面,点了几个菜,也点了其他人都点的苏打面包。

吃完饭,我们去河边那个看起来比较现代的新酒店 Uji Ftohte Tepelene 转转。出租车司机说这个酒店住宿餐饮很贵,一点儿不奇怪,这个酒店选了最美的地方。沿着酒店的台阶下到河谷,处处都有可以饮用的自然泉水出口,河面宽而浅,水面清澈见底,非常适合带着小孩子的家庭度假。

当我们在等出租车返回时,我才发现路边有一个大大的水箱,里面全是漂亮的淡水鳟鱼。这些鱼是可以卖的,也可以让餐厅加工烤来吃。完美错过！其实也一点儿不后悔，我感觉吃活鱼也不是特别舒服……

必须提到的是，我爱上了阿尔巴尼亚的"国茶"——山茶（Mountain Tea）。对于一个不喝酒不喝饮料的人来说，还有什么可以喝的呢？只有茶啦！

在地拉那的酒店里第一次喝到了这种茶，我注意到在那里吃早餐的当地老人都是一人一杯山茶，就开始特别喜欢这个茶的蜜香味道。

这种生长在地中海东部山区的植物，在英语中被称为牧羊人茶；在意大利，它被称为阿尔巴尼亚茶或希腊茶；在阿尔巴尼亚语中被称为山茶。它于5月至7月在阿尔巴尼亚及邻国海拔1500米以上的山区开花，有黄色花冠。本地人将植物收集起来并成束干燥，就这么一小捆一小捆地售卖。它的茎、叶、花都可以像普通茶一样用开水泡，当地人也常常煮来喝，并与柠檬和蜂蜜一起饮用，据说它对于缓解鼻窦炎、感冒、咳嗽非常有效。

虽然它不是阿尔巴尼亚特有的植物，它在巴尔干南部地区（希腊、阿尔巴尼亚、马其顿、保加利亚）都非常流行，但无论如何，这种天然无污染的植物茶，得到当地人喜爱一定是有原因的。在后来的行程中，酒店有了水壶，我每一天都在喝这个茶，感觉特别舒服。

山茶虽好，但特别占地方，不是特别好带回家，不过认识了这种茶，在当地喝到了本地茶，也就满足了。

在吉诺卡斯特的第三天上午，突然下起了瓢泼大雨。两天来持续高温，此时一下子凉爽起来。女儿只好取消了骑马的安排，开心地在房间里看电影；我们本来打算下午一点乘 bus 去附近景点"蓝眼泉"，也只好取消。下午等雨稍小一点，我们出街去走一走，喝咖啡，吃甜品。晚上再次去我喜欢的餐厅吃了我喜欢的两道菜，你猜猜是什么？

这些天吃的阿尔巴尼亚餐，除了牛肉羊肉我们都不想吃，我另外发现了有两样菜是我最喜欢的，一个是土豆炖豆角，一个是炒野菜（他们叫 wild cabbage，口感像我们的苋菜），我们都太缺蔬菜啦！关键他们的沙拉简单得除了黄瓜、番茄，就是生菜，量也很少。而这两样菜，我们几乎是立马消灭掉，有还想再来一盘的感觉。

谈到阿尔巴尼亚饮食，有一个最大的优点，据说正因为农业不发达，这里的食材虽然有限，但都是有机种植的，很少使用化肥。所以，以这样的价格享受纯天然有机食材，是特别值的一件事情。

阿尔巴尼亚是一个伊斯兰教占主导地位的国家。三百多万的人口，58.8% 为伊斯兰教徒，10% 为天主教教徒，6.8% 为东正教教徒，目前对宗教信仰持比较开放和宽容的态度。

因此，无论在首都地拉那，还是在古城吉诺卡斯特，每天总是可以听到呼唤信徒祷告的提醒。在这样的一个雨天，听着这样的呼唤，心里一下子会宁静不少……

神秘而小众的海滨城市卡萨米尔

还是中国旅行社总结得好，去阿尔巴尼亚旅游可以概括为四海、三城、二湖和两都，外加一泉、一遗、一园以及一山。

三城是指三座被载入世界文化遗产名录的历史古城："千窗之城"培拉特（Berat）、"文化之城"戈里察（Korce）、"石头之城"吉诺卡斯特；二湖是指南欧最大的湖泊斯卡达尔湖（Lake Skadar）和欧洲最深、最古老的湖泊之一奥赫里德湖（Lake Ohrid）；两都是指现代的政治、经济和文化中心"地堡之都"地拉那和阿尔巴尼亚的民族英雄斯坎德培的故乡克鲁亚（Kruje）；一泉是指拥有蓝色泉水的蓝眼睛（Blue eye）；一遗是指拥有两千年历史的古罗马遗址布特林特（Butrint）；一山是指位于阿尔巴尼亚北部的阿尔卑斯山；一园是指阿尔卑斯山南麓的 Theth 国家公园。

而四海就是指靠近海岸线的四个滨海度假胜地：古老海滨城市都拉斯（Durres），最美海岸线的发罗拉（Vlore），有小"希腊"之称的萨兰达（Sarander）以及神秘而小众的卡萨米尔（Ksamil）。

我们选择的最后一站，就是从吉诺卡斯特乘出租车前往卡萨米尔，并在这里度过一周的海滨休闲时光。

车程并不长，大约一个小时的样子，但路是曲里拐弯的，车是沿着山脚或者入海河流行驶的。接近卡萨米尔时，就开始堵车，一种滨海特有的热烈气氛扑面而来。

这里到处都是新建的小酒店，让我想起了海南，当然不是三亚的那种一个接一个的五星酒店，而是博鳌亚洲论坛初起时的那种家庭旅馆。我们入住的酒店就在海滨的马路对面，也是一个家庭自己经营的。干干净净，各项齐全，规模不小，也有海景，却感觉像是个县级酒店。

阿尔巴尼亚有许多美丽的海滩，但卡萨米尔海滩被称为"阿尔巴尼亚里维埃拉的珍珠"。这个位于阿尔巴尼亚南部一个小小半岛上的海滩，有完美的白色沙滩（其实不是细沙，而是很细小的白色碎石），海水碧绿清澈。天天面对布莱顿的大海，猛一下看见如此清澈的海水还是挺震撼的！

据统计，仅2022年，阿尔巴尼亚就迎来1300万游客，与2021年相比，访问量增加了33%，这一数字创下了有记录以来的最高流量。而数量最多的是来自科索沃、北马其顿和意大利的游客，与此同时，来自西班牙和英格兰的游客数量也增加不少。

从满大街的意大利餐饮就可以看出这一点，在近一周的阿尔巴尼亚餐之后，我们第一次觉得意大利餐是如此熟悉可口，烤海鲜拼盘、海鲜意面、披萨，还有沙拉，当然希腊风味也依然可见。

我们的酒店位于城市的一端，他们非常贴心地告诉我们，想要安静就往左面走二十分钟，到 The Last Bay（最后一个海湾）；想要热闹，往右一直到城市的另一头，一个海滩接着一个海滩，一个酒吧接着一个酒吧，一个餐馆接着一个餐馆。

在烈日下走个二十分钟，来到这所谓的"最后一个海湾"还是挺值得的。第一，人少；第二，便宜；第三，休憩的阳伞、躺椅和晒阳床都是建在临海的礁石上，风景独好；第四，这里也有吃有喝，虽然有限。我们连续来了两天。

综合后来几天的经验，发现卡萨米尔海滨基本上被"商业性承包经营"，就是所有摆放的躺椅或者床都是用来出租的，价格从每天 10 欧元到 35 欧元不等。我们去的这一家刚刚开业才几天，中午去租躺椅两位 10 欧元，我们在这里用了午餐，烤鱼烤鸡胸肉和沙拉，味道还不错，价格也实惠。周边还有其他几家都很类似。而我们酒店外面的临海酒店（看起来摩登现代，当然价格也翻倍）的私属海滩躺椅，价格就是每天 35 欧元。

说起到阿尔巴尼亚旅行，如果飞机入境，就只有首都的国际机场，当然像我们这样又跑到南边，路途就比较遥远。我们结束了卡萨米尔的旅行之后，就是雇了出租车花了五个小时直接到了首都地拉那的机场。如果，你只是想像欧洲大多数人那样，在海边晒太阳度过你的假日，也没有签证问题的话，那么你完全可以飞到希腊的科福岛（Corfu），然后坐渡船半个小时就可以到卡萨米尔，享受据说比科福岛便宜多了的同样美的阳光沙滩。

在这里停留得时间长，我们终于有机会乘坐了本地的带空调的公共汽车，半个小时就到了萨兰达海滩。车票大概是单程两欧元，而且是国内多年前服务员穿梭收钱的形式，令人倍感亲切。

萨兰达是阿尔巴尼亚里维埃拉最大的海滨城市，因此也被称为"阿尔巴尼亚里维埃拉的首都"。萨兰达城市规模比卡萨米尔大很多，也挺漂亮的，我们在市中心走走，在海湾边上吃个冰激凌，在游艇码头的漂亮餐厅吃了午餐，说句实话，并不比卡萨米尔贵，然后就乘公共汽车返回啦！

我们在卡萨米尔下车时间早了点，只好沿着海边一路走了回去。没想到路上全是各种酒吧餐饮，到处是度假的年轻人在狂欢，感觉我们那边似乎以家庭为单位的人多一些。

对阿尔巴尼亚的国际和国内游客来讲，8月中旬正是真正的旅游旺季，萨兰达和卡萨米尔都很忙，所以在这样的度假胜地，传说中的那种便宜是不存在的，更别提你是住在市中心最方便的地方。据说这里涨价的速度很快，吃喝基本和英国普通餐饮差不多，略微便宜一点点，主要是欧元、列克以及英镑的汇率差异。我就发现超市进口的东西很贵，譬如进口的酸奶。

说到花销，对我们来说，最终这个假期并不便宜。高峰期的酒店，出租车等交通工具，加上饮食。如果时间允许，你真可以避开这里的旅行高峰。据说到了9月，很多酒店都会是现在的半价。况且，如果你是背包客，全凭公共交通，你就可以深入真正的阿尔巴尼亚生活，享受本地人的物价，那应该还是非常合理的。

我们选择了另外一天，乘坐公交车去了布特林特，只需要十几分钟。

这里史前就已经有人居住了。纵观历史，布特林特先后是希腊城市、罗马城市、主教区、威尼斯共和国的一部分和奥斯曼帝国的一部分。在公园里，你可以看到城市发展的各个时期的废墟。在不同时期，布特林特都得到了不同程度的扩建，新建的建筑包括一座沟渠、一座罗马浴场、一座中心广场及一座水神殿、一座洗礼池……

也许有人认为，这里只有历史学家和考古学家感兴趣。事实是，我发现参观的人们络绎不绝。

布特林特有著名的废墟，还有美丽的布特林特湖和维瓦里海峡，正是废墟周围的自然环境让这个地方与众不同。

考古公园坐落在一个小半岛上，这里郁郁葱葱，给炎热天气下的参观者带来清凉。这里有一座小博物馆，展示出土文物，我特别喜欢这里展示的器物和雕塑。

想想看，两周内，我们还是去了不少地方，而且完全是松弛而随意的选择，如果计划得好，我们应该可以去到更多的地方。

如果你问我，阿尔巴尼亚值得去旅行么？那得看你对于旅行的定义。

如果你已经踏遍欧洲，阿尔巴尼亚作为一个滨海度假胜地完全胜任；如果你还未曾打卡英法意大利和西班牙，那还是先去那里看看吧……

而对于我这样的人，旅行的意义在于去异地看不同的人和不同的世界，一点点地感受就好，所以哪里对我来讲都是有趣的。

一个小小的插曲：当我进入英国境内时，海关人员拿着我的护照问，你去了哪里？我说：阿尔巴尼亚。他问：你去那里做什么？我说：旅游。他很好奇，显然不知道很多英国人也去那里玩。我大概介绍了一下概况，他又问同行人是谁等等。然后他说：你知道，英国和阿尔巴尼亚有点问题（我猜测是移民问题），但是你没问题，中国人非常好！

去过阿尔巴尼亚，竟然没有在护照上留下任何印记，这有点奇怪，也带点遗憾。

2023-09-10

ABBA Voyage：穿越时光的音乐之旅

疫情之后的中国，线上音乐会似乎找到了新的商机，各路音乐人纷纷登场，连我在英国也欣赏了几场怀旧的网络音乐会；而在英国，疫情后的演出市场早已恢复往日的繁荣，火遍上世纪七十年代的瑞典流行乐队 ABBA 在"休息"了四十年之后，以一场突破性的全息影像的方式"重返"伦敦舞台，而且收获了经济和社会效益的成功。

这两种同是虚拟的演出形式，却又完完全全地不同。线上音乐会，是真正的乐队现场演出，可观众却躲在五湖四海各自的电子产品端口观看；ABBA Voyage 是虚拟的乐队，半真半假的舞台，而观众却是真的从四面八方聚集在 ABBA Arena 的舞台现场。两种方式，都在竭尽全力地弥补现场不能互动的缺陷和遗憾，而作为观众的你，更情愿为哪一个埋单呢？

被口碑吸引

节日庆典，我们通常都会选择去剧院看演出。先生在10月就开始为12月我的生日选剧目，他的推荐之一就是"ABBA Voyage"。我看了看介绍，就一口否决了。不是不喜欢ABBA，而是我不理解，一场没有ABBA真人演唱的音乐会，和那些只有DJ的音乐舞会有什么区别？

况且，根据ABBA的曲目改编的音乐剧《妈妈咪呀》(*Mama Mia*)，我应该已经看过三次，电影版《妈妈咪呀》以及续集我更是看过无数次。我的女儿也曾着迷电影《妈妈咪呀》，她学唱过里面的歌曲，也用钢琴弹过那些曲目，我们甚至在一家音乐书店为她买过一本ABBA的歌曲集。疫情前，我母亲来英国小住一段时间，我也曾带她去欣赏在布莱顿皇家剧院上演的模仿ABBA的演唱会。我的母亲根本不知道ABBA是谁，但她也被音乐会的气氛感染，站着随大家一起挥舞手臂……

我想说的是，ABBA毫无差别地吸引了我女儿、我母亲和我自己这三代人，可见ABBA的感染力之强大。但不选择它的原因是太熟悉了，而且也非常不确定虚拟的演出会否超越电影。

但是，在我的大学同学也推荐我们一起去看 ABBA Voyage 之后，我的好奇心终于被激发了。我花了点时间研究，没想到这个演出真的是筹备了几年的大制作。抱着豁出去的念头，我们买了舞池的站票，那就意味着我们将和近半数的观众一起，全程一个半小时站着听完这场音乐会，也许是跳着听完吧。

ABBA Voyage 到底是怎样的一场音乐会？

通俗来讲，这是一场虚拟的驻场音乐会。ABBA 以虚拟化身（称为"ABBAtars"）重现乐队 1979 年鼎盛时期的样子，选用的所有歌曲，都是乐队自己在瑞典录音室专门为本次演出重新录制的，ABBAtars 的演唱和舞蹈也是在录音室拍摄的。

作为开发过程的一部分，ABBA 乐队成员（当时都已经七十多岁了）需要穿着"动作捕捉服"，在五周的时间内表演这二十二首歌曲。他们大约一共使用了一百六十台摄像机，舞蹈编排是基于乐队成员的真实动作，但却是捕捉自年轻的替身演员。

在音乐会现场的舞台上，他们其实是 6500 万像素的巨型 LCD 上的平面 2D 图像，但借助舞台灯光，正在表演的虚拟的 ABBAtars 看起来就像逼真的 3D ABBA 乐队一样。

这一切听起来复杂而难以理解。

我在现场的感受是，当影像中他们四人站在舞台上表演的时候，他们看起来几乎是真实的。在某些时刻，你会忘记这些 ABBAtars 是虚拟的影像，你会产生 ABBA 真的又回来了的幻觉。

为了营造真实的氛围，一个十人的真人乐队也在舞台上现场伴奏并表演。同时，在舞台前方的两个巨大屏幕，播放着 ABBAtars 的表演近景。正如很多现场音乐会一样，观众很习惯地将注意力放在大屏幕上，而不是更多关注那些远在舞台中央的虚拟 ABBAtars。不得不说，在大屏幕上，我还是可以看出 ABBAtars 的动作有不真实的动画感，不知为什么，两位女性的面部表情不如两位男性 ABBA 成员逼真自然……

除了 ABBAtars 乐队的 3D 全息图，全场的灯光造型、上下左右飞舞的碟状吊顶灯，还有十人组成的现场乐队以及大屏幕，外加一首接着一首的大家可以跟唱的经典歌曲，像"Dancing Queen""SOS""Waterloo"和"Mama Mia"等等，可以说 95 分钟、22 首歌曲的表演真的是一闪而过，原本担心站不了那么久的我，实际上是从头摇摆到尾。

你能想象么？我周边每个人，无论年龄性别，几乎都是在首首跟唱，他们记得每一句歌词，尽情地摇摆跳舞，与朋友们毫不顾忌地分享喜悦……和他们相比，我觉得自己真的不算是合格的粉丝。

ABBA Voyage 商业模式能否复制？

到目前为主，伦敦的这场创新音乐会看似取得了巨大的成功。根据彭博社分析数据报告：在演出开幕之前，专门建造的场馆以及提供虚拟化身躯动作的技术成本大约为 1.75 亿美元，然而截至 2023 年 9 月 4 日，"ABBA Voyage"的销售额已超过 1.5 亿美元，售出超过 150 万张门票，表现优于许多大型现场表演。该场馆保持着近乎完美的上座率记录，每晚 99% 的上座率。该剧每周上演七场，每周收入超过 200 万美元，平均票价约为 85 英镑（105 美元）。

该剧计划演出至 2024 年 12 月。我看到在另一篇报道中，制作方曾提到，演出计划是到 2023 年 5 月，显然观众的热情远远超过预期。这块地皮的租期据说是到 2026 年 4 月 2 日，届时也许会移至其他新的地点。

这里，我不得不提一下这个位于东伦敦斯特拉特福的专门为演出建造的可容纳 3000 人的 ABBA Arena。

班尼在计划音乐会时表示，音乐会之所以在伦敦举行，是因为伦敦是"最好的城市"。戏剧、音乐剧、音乐会——每天都在这里上演，每年都有大量观众来到这里看演出。比约恩也表示："我们一直觉得英国人将我们视为他们自己人。"

由建筑公司 Stufish 设计的这个临时演出场所，是一个高25.5 米的六角形建筑，拥有 1650 位坐席、1350 名站席的舞池，围绕中心舞台，是完全无柱的空间。

木材的应用让建筑变得柔和，也代表着瑞典的风格。整个建筑既可拆卸，也可重复使用，方便运输，所有的选材都优先考虑可持续设计以及功能的灵活性。而选址靠近公共交通，让来自城市各地的观众非常容易到达，交通评估表明，83% 的游客靠公共交通前往观看演出。

如此大的前期投入，让我不得不佩服 ABBA 的好奇心和投资人的勇气。该项目据说是历史上最昂贵的现场音乐体验，虽然从目前来看，成本的回收不是问题，但盈利还需要看后期的持续力。

相信很多艺术家都会感兴趣这样的演出体验，但是巨大的投入预算，对谁来讲都是最大的障碍。

ABBA Voyage 为什么成功？

ABBA Voyage 的成功，想想依然是个奇迹。

就像当年他们自己谁也没有料到，他们的歌会影响一代接一代的歌迷，而不仅仅是那些怀旧的人们。

ABBA Voyage 通过使用全息技术将乐队成员"复活"在

舞台上，为每一个喜爱他们的人提供了独特而从未有过的体验，仿佛他们依然年轻有活力。

虽然，全息技术并不是最新鲜的手段，以前被用在已经去世的艺术家身上，并没有引起太多的关注。而这次则用在了成员年龄平均超过七十岁的ABBA身上，除了现场配备了完整的乐队之外，在音乐会的编排设计和细节上，尽量营造现场的效果，譬如ABBAtars开玩笑说要迅速换装，然后穿着丝绒连身裤重新出现；譬如，每个ABBAtar会单独出现与观众交谈，开个玩笑或者感谢粉丝们多年来的支持……

但是，也许我是头脑比较冷静的那个观众。毕竟，ABBAtars不会感知现场的气氛而做出即兴的回应，他们不知道我们在鼓掌、在跟唱、在拥抱、在流泪，他们无法决定是否返场，是否应观众要求再来一首没有入选的歌曲……而且，在一边投入跳舞一边观察的同时，我还有点哀伤，毕竟ABBA成员真的不愿意以七十多岁的年龄重返舞台，事实是，这些年他们连同框的机会都没有，直到Voyage唱片的面世——他们要把最青春的自己留给歌迷们。

可那又怎样呢？

我不知道，今后如果ABBA Voyage移师他国会怎样？

反正，我觉得英国的观众是真正的自得其乐、相当宽容的ABBA粉丝，他们还未入场就已经嗨了起来，他们要么全家、要么朋友相约、要么独自一人来到现场，他们很多都穿着七八十年代的闪亮装束（要知道英国人平日是害羞内敛注重隐私的人们啊），其实早已准备好了要放声歌唱每一首歌，跳每一曲舞，把无论什么样的情感都释放出来，至于是真正的ABBA还是ABBAtars已经不再重要了！

最最重要的，还是ABBA的音乐。他们的音乐有一种魔力，他们的创作那么丰富，他们的歌真实、轻快、浪漫，写的全是我们必定要经历的情感，每一个人都可以找到自己，感受到自己，表达自己，无论是上个世纪七十年代，还是今天的我们。

我不禁在想，谁会是ABBA Voyage模式下一个追随者？麦当娜还是迈克尔·杰克逊，抑或滚石乐队？

而最近国内的崔健线上音乐会，也掀起了怀旧风潮。国内的观众会接受这样的模式么？谁又会模仿？

（本文发表在香港《明报月刊》2024年4月号）

2024-01-06

辑五　那些人

再说金庸访谈

老照片的故事

一直想写一个关于老照片的回忆系列，就是把手头可以翻到的有纪念意义的老照片和旧物件，连带着相关的人和事，用回忆的形式记录下来。

2018年10月30日，金庸在香港病逝，当时几乎所有的媒体包括自媒体都在纪念他。我想起1997年在香港回归前对他的采访，以及他亲笔给我的题字——我曾经把它装在相框里，在北京简陋的出租屋里陪伴我直到出国留学。二十多年过去了，搬家无数，但我知道我将他的题字保存得完好，一直放在长年租用的存储空间里。我想，那就等我翻出了这些东西时，再怀念他吧。

最近我开始整理旧物，找到了他给我的题字，是与我在英国读书时获得的几个学位证书放在一起的。也巧，前不久我的老同事，也是当年一起参与采访的邵大伟把自己整理扫描后的一些采访照片发给了我，这样我的第一篇"老照片"，就写写我特别珍惜的金庸大师吧。

我一直知道网上流传有几个版本的"温迪雅访金庸"，本想拿来附在本文的延伸阅读里，谁知找出来仔细一看，才发现内容收录得非常有限。也难怪，我们《东方之子》栏目的播出时长只有八分钟。但我们采访的时间不短，内容覆盖了武侠的金庸、办报的金庸以及参政的金庸几大块。

好在，对金庸的采访被我收录在于 1998 年出版的《温迪雅访谈》一书里，我庆幸当时选择了他，也庆幸当时还有机会整理留下了这些文字，不然采访的内容就真的消失了。

"有华人的地方，就有金庸的小说"，而我深知，武侠小说只是金庸的一部分。当我今天再读这些对话，同时翻看当年自己写的回归日记；而且，为了这篇回忆，我还翻阅了很多其他同事后来对香港回归报道的记录……今天的我，试图将自己再次置身于二十多年前的香港，那四十天的日日夜夜，无数的采访，以及参与最庄严的回归交接的一幕……虽然，后来这些年我曾多次去过香港，亲历它的种种变迁，如果，真的再有机会回访金庸，他会怎么想，怎样讲呢？

我的心里真的是五味杂陈，百感交集。

1992年，艾敬的《我的1997》红遍大江南北

……
我留在广州的日子比较长
因为我的那个他在香港
（什么时候有了香港香港人又是怎么样）
他可以来沈阳我不能去香港
（香港香港那个香港）
（小候说应该出去闯一闯）
（香港香港怎样那么香）
（听说那是老崔的重要市场）
让我去花花世界吧给我盖上大红章
……

艾敬的流行曲《我的1997》红遍大江南北，发行是在1992年，那真的是唱出我们那个年代对香港的好奇和期盼。现在的人可能不能理解，因为如今迈出国门已经是比较容易的一件事啦；我的同龄人估计不少人也已经忘记当初对香港的感受了吧？因为香港在"内地人"的心目中，地位早已经改变了。

1997年的我已经在中央电视台的《东方时空》栏目（创办于1993年）工作了近五年了，算是资深成员，但还不能算资深记者。香港回归是重大事件，能够参与其中，是每一个新闻工作者的荣幸。我们庞大的报道团队其实在年初就已经开始早早地做准备工作了。于从未迈出过国门的我来说，去香港采访，也算是第一次踏入一个不同制度下的特别行政区。

我们CCTV大部队5月27日从北京出发到了深圳，第二天傍晚才进入香港。我的日记里记录了我们住在"一个门脸很小的'铅笔头'一样的写字楼，小小的电梯需排队使用；我和其他几个同事们住在6B，是一个两室一厅的套间，一个八平方米，一个六平方米，而且都是上下铺"。条件很艰苦，感觉除了有朋友请大家吃饭外，很多时候我们都是自己做饭吃，或者在外吃碗面什么的。住处就像一个临时的家，每个人都忙忙碌碌的，各司其职，大家在可以交叉的时间，也逛了不少的街，受托给亲戚朋友买了很多的东西，一起看了若干场电影。可以说，正如艾敬歌里唱的，在如此紧张和忙碌的时间里，我们什么都体验了，真是没闲着。

我们在7月1日香港回归直播完成后，还继续采访工作直到7月6日，才经由深圳返回北京。在这四十天的时间，我采访了以文化艺术领域为主的二十多位香港各界人士。所以我的时间基本上是围绕着预采访、准备采访和正式采访而安排的，编导和摄像可能还要多一项拍摄空镜头的任务，而且，我们的采访也是基本上晚几天就播出了，所以编导们还要赶制节目，尤其辛苦。

刚去香港的初期，我们当然觉得自己是另类了！不会讲粤语（过去会说粤语、会唱粤语歌可是相当时髦的），英文也不怎么样，香港人大部分不会讲普通话，交流特别困难。我们在购物时，也难免被不良商家骗。好在我们年轻，对任何事情都充满了渴望，我们有着"无冕之王"的傲娇，有着对新鲜事物的好奇和热情，加上无比的敬业，所以似乎一切都不在话下。

"有惊无险"访金庸

金庸是 6 月 18 日在他面朝大海的明报集团办公室里接受的采访。在我的采访札记里记录着，"有惊"是因为下午两点我们提前到了他的办公室，才发现编导和摄像师之间由于都以为对方安排好了录音师，就都没有带录音设备，到了后才意识到关于录音师就没有安排。其实这真是应验了"越是重要的采访，越是有紧张和疏忽的地方"的典型案例。"无险"是因为恰好在我们之前别的媒体的采访也推迟了半个多小时才开始，所以编导幸运地赢得了时间去新闻中心拿录音器材；而我们在入场后，先拍摄了一些空镜头，赢得了一些时间，等录音设备到了之后才开始采访，基本算是没有耽误时间。

另一个"无险"，仅仅是我的个人感受。整个采访过程没有什么特别刺激和格外令人兴奋的东西。因为金庸先生是一个性格温和、娓娓道来的人，完全不是我想象的样子，也丝毫没有武侠小说里所描述的侠气。

我必须坦白一点，自己并不是一个金庸武侠迷。记得我当时很惭愧也很担忧，生怕因为自己的这一点而采访得不到位。所以，对金庸的采访我格外重视，早早地就开始搜集各种资料，精心准备了。

对于这样一位大家，经历如此丰富，做了这么多事情，选择采访重点很难。采访金庸，不能不谈武侠小说，不能不谈他的《明报》，也不能不谈他和香港的关系以及他在回归过程中所承担的责任和贡献……这样的结果就是可能什么都谈了，只要时间允许。

我忘记了我们当时预约的时间是多久，但是采访是相当愉快的，所以时间上也非常从容。当然有很多记者都采访过金庸，有谈武侠的，有谈他的人生经历的，但我觉得在香港回归前夕，尤其他在谈他参与起草《基本法》的工作历程，也许并不多见。这是非常珍贵的一个记录。

金庸对于武侠小说的许多观点，对于其创办《明报》的酸甜苦辣，许多媒体都有采访，而在我们的谈话中，虽然涉及内容方方面面，可我能够感受到的是他隐隐作痛的民族主义情怀,这种感觉从少年的金庸开始一直延续到今天;而他对于香港的感情,除了知恩图报之外,更重要的也是基于这种感情,所以他能够参与《基本法》的起草,对各种各样的说法和压力视而不见,真心地想为香港做点什么,尽自己的那份努力。

采访结束后,金庸主动问我喜欢哪本书,要送我一套。我说您认为哪一部最好,我就要哪一部,他想了想说,《笑傲江湖》在内地比较受欢迎,容易产生共鸣,就签名送了我一部四本。后来,他还非常贴心地让我们参加拍摄的每一个人都挑了一套自己喜欢的书。

金庸对于我们的要求没有丝毫的不耐烦,他非常耐心,对于我们这些年轻人特别尊重。不知道他是否觉察到我们的失误(录音设备),反正他的态度没有一丝一毫的不耐烦和愠怒,反而对于每个人的感受都照顾得到。整个采访过程,他是那么谦逊,对于个人的坎坷,他一笔带过,用佛教的思想说,达不到就降低自己的要求。这是一个经历过风雨的人的答案。

如果让我今天再回忆当时的感受,那就是他很真实以及难得的真诚。

我知道金庸先生有着非凡的洞察和预测能力。我期望他能够送给我一句话。他非常认真地想了好一会儿,在他的便签上写了这样一句话:

温厚则可亲，雅韵自脱俗。

　　这两句话我特别喜欢和珍惜，一直当作我的座右铭。

　　非常遗憾的是，金庸先生送给我的那套书，因为多次搬家，整箱的书都不知遗失在哪里了！除了金庸的书，我清楚地记得还有陈忠实的签名书在里面，当然一定还有其他的签名书。

　　我只能暗自期望，这些书还在人间流转。最好它们是在爱书人的手里，要是它们正好是落在了金庸迷的手里，就会更被爱护有加啦……

2020-08-10

"把青春唱完"的高源

人生有很多缘分，深深浅浅，长长短短。

有的人在很年轻时碰过面，多年后又不经意地遇见，仿佛上帝早已经安排好人生轨迹，在恰当的时候让每一次的见面都有点意义。

高源于我就是这样的人。不了解她的，可以快速脑补一下：当年还叫"高原"这两字的她是知名的摄影师，中国摇滚圈黄金十年群体的亲密朋友；近些年她花费好多时间整理出版了《红磡》《把青春唱完》两本摄影集，还有最新的图文作品《返场》。当然，她被更多的圈外人所熟知，是因为她曾经是窦唯的第二任妻子。现在，她的女儿窦佳嫄也是一名歌手和品牌代言人。

写这篇文章不是因为我和她很熟，也不是因为她是有名的摄影师，而是这两天翻出了一组老照片，是1997年的3月她拍摄了1997年的我。我觉得特别珍贵，也勾起无数的回忆。

我们的缘分是浅浅而悠长的，说起来特别有意思。

1997年的我还在中央电视台做主持人，1997年的高源已经是职业摄影师，当然我们并不相识。那次的拍摄，是我们共同的朋友、著名的音乐人臧天朔引荐的。

认识小臧是更早之前，大约是在1994年前后吧。记得去拍摄歌手成方圆的排练，小臧是乐队的键盘手，就认识了。后来我混了一小段时间的摇滚圈，去北京硬石餐厅看乐队，跳舞，泡酒吧……见过一些摇滚圈的音乐人和影视圈的明星们，像崔健、金星、梁天、谢园等等，也坐过小臧拉风的敞篷吉普车兜风，记忆中就是姜文电影《阳光灿烂的日子》里的场景，酷酷的。

也许最终觉得自己还是不属于这个圈层吧，我并没有和大家熟络起来，小臧也渐渐地疏远。不过，为什么在1997年的时候拍了这一组照片，我已无从求证了，但这就是臧天朔的风格。他是朋友们的臧哥，他邀请高源为我拍这一组作品，一定是想要帮助高源也想要帮助我吧……因为他是付费邀请高源为我拍摄的。

只记得那是一个阳光明媚的下午，在一间酒吧，我见到了高源，一个高冷而气质出众的姑娘。当时我也不知道任何她的背景，但是非常认真地配合她拍摄了，从那些工作照中可以看出我们的认真劲儿。

现在手里的这些照片应该就是那个时候冲印出来的吧？

底片也应该在我这里吧？它们曾寄存在北京的朋友家里，忘记什么时候被转运到英国，然后就封存在租来的储藏室很多年，直到最近才想要整理一下。

当时我记得我最喜欢的是一张抱着狗狗、坐在藤椅上的照片，可不知为什么，记忆中一直以为我抱的是只猫，后来这张照片似乎被刊登在什么杂志上了。

我不记得当时拍照片时我们有过怎样的对话，只是觉得高源不是那种热情的自来熟，而是有一种很职业、没有废话的清高。再说，她是小臧的朋友，那一天拍摄之后，我们彼此都消失在各自的视线里，即便她后来沸沸扬扬的恋爱和婚姻，当年我也没有听说和关注过，而是这两年才脑补的。

如果没有后来的一次偶然，可能我和高源也不会再有交集吧。

2017年5月，我的好友邀请我去伦敦参加一个重要的宗教活动，因为非常难得，那天我早早出发，与朋友会面，一起坐在会场里。在某个时刻，我看到了一个女摄影师的身影，台上台下很忙碌。我觉得面熟，是高源？又觉不可能。和朋友聊起，朋友说应该是她，因为在另外的类似场合也看见过她。于是，我找了个机会，上前和她打了招呼。

她是不是也很惊讶？是不是也还记得我？我其实不是特别确定。但感觉她变化不多，我们留下了联系方式，就各自忙碌去了。

后来我们通了电话，叙叙旧，问了各自状况，我热情地邀请她来家里玩儿，但是她在英国的时间紧迫，就没有再见面。就这样我们成了朋友圈的朋友，经常可以看到彼此的消息。当时我对她说，如果她在北京可以见到臧天朔，一定代我问好。我们相约，再回北京，一起聚聚。

再后来，2018年9月的一天，她在朋友圈告诉我，臧哥走了，因为癌症。

我没能等到与小臧再聚的这一天，但我非常感恩高源第一时间把这个消息告诉了我，因为当年那个再聚的承诺。

从1997年的拍摄，到2017年整整二十年后的偶遇，我们还没有彼此忘记，这种缘分已经让我唏嘘，可让我们结缘的人儿已经离去，这是非常非常令人伤感的。

然而，我们的缘分还没有结束，却因为另外一个人而显得更加神秘。在布莱顿同一健身房相熟的朋友告诉我，她结识了一个在中国生活了多年的英国人苏西，她也在健身房锻炼，是个中国通。

一来二往地我和苏西就认识了。去苏西家里聊天才知道，她和高源相熟。她的前夫是面孔乐队的贝斯手欧洋，当年她去中国旅行时，在火车上与乐队相遇，和欧洋一见钟情。后来结婚生子，她在中国生活了很多年，这两年才回到英国，定居布莱顿，竟然就在我家附近。

我是在苏西家里看到了高源出版的摄影画册，看到了许多当年他们一起"混"的老照片，不由感叹：世界真的是太奇妙了！也才真的意识到高源当年的记录，对于中国的摇滚历史和那个年代的"娱乐圈"多么重要。

因为这篇文字，我问高源要了几张照片，认真劲儿上来，想核实一下时间和缘由。她劝说，不要纠结时间了，很多故事自己记得的版本和别人的都不一样。但是这些都不重要，重要的是这些经历带给我们的喜悦、遗憾以及种种的感受……

说得真好，的确是这样，每个人的记忆和认知都有偏差，我想要做的，就是趁我还没有彻底遗忘之前，赶紧一点一点地留住，哪怕我的记忆呈现的是它自己的色彩，也不怕。

重要的是，即便在回忆的时候，我也会惊叹我们的青春、爱情和人生的种种奇妙美好的际遇。

2021-02-24

与姜文的几次擦肩而过

去年的什么时候,搬出两大箱子过去的照片,想要整理一下。当时随意翻看,就觉得很多照片美好而珍贵。如果像现在这样都是存在相机、手机里,时代感就不会有看真实的老照片时那么强烈。

当时看到和姜文的合影,觉得非常好玩儿,计划着一定要写写。结果半年多过去,照片还没有开始整理。

这次又翻到这里,赶紧挑出来翻拍一下,写在这里,就不会丢了。

照片上,看起来我和姜文很熟,不然怎么会坐在人家腿上合影!不过,仔细看就会发现,我才是那个很拘谨的人。

时间回到 1994 年 10 月。那时,我刚刚到中央电视台的《东方时空》栏目也就一年左右的时间吧,怎么说都是一个稚嫩和青涩的记者。这些照片,应该是我和几个同事一起出差到长沙,参加第三届中国金鸡百花电影节颁奖盛会时的留影。

记得在那几天的时间内,采访了众多演员。我和很多老一代电影表演艺术家都有合影。但我不记得我们采访了哪位"东方之子"？也许我们仅仅是报道这次盛会？

反正,我们没有专门采访姜文。而上面这张照片,显然是在一次发布会上,作为记者的我有提问。不过,那时的姜文已经是大明星,当然引人注目。记得他是那种对老演员特别尊敬的年轻人,感觉他就像组织者一样,在迎来送往的时候都有看到他的身影。

记得那次,人艺的导演林兆华也在参会。有机会时,我总是喜欢跟他聊天（也许是计划采访,也许仅仅是喜欢）。譬如在大巴车上时,我总喜欢坐在他旁边,惹得其他导演问：这孩子是想"上戏么"（演戏）？记得姜文也问过：怎么？喜欢成熟的？

是的,年轻的我,就是喜欢成熟而深邃的人。想演戏还真没有,更别提话剧了。在后续的记者生涯里,虽然采访过很多大导演,也从未提起过我有一个演员梦。骄傲的心,希望的是被导演发现,而不是去攀附。既然导演没有邀请过我,那就说明我不是那个材料吧。

回到与姜文合影的照片,应该是在韶山冲参观毛主席故居时拍摄的。站着的照片,一定是遇到了姜文后申请合影留念。

而坐着的一张合影,我是有明确记忆的。这个摊位应该是景区内售卖纪念品的真实摊位,不记得姜文是已经坐在摊贩的位置拍照呢,还是怎地,反正是他招呼我去合影,而且拍了拍大腿，让我坐下。当然我内心是欢喜的，可真的不好意思坐下，不坐呢也感觉不对，就这样勉强坐下拍了这张照片，显得非常不自然。

之所以觉得有趣，是感慨那个年代的我们是非常淳朴和真实的。姜文作为一个明星主动让我坐大腿，一定是出于对粉丝的大度和慷慨，也不会担心别的；而我，一个记者，对于这样的举动，虽然高兴又觉得非常不好意思……

如果换作今天的年轻人，会怎样呢？献上一个吻也是有可能的吧？而后生出八卦，那是极有可能的。

其实，我和姜文还是有一点点缘分的。

虽然从未真正采访过他，但总是在采访别人的时候遇见他。有一张1995年的照片，我们同框，应该是采访一位导演的剧本研讨会时拍的，还有，不记得哪次又遇见了，他还问过我感不感兴趣写剧本？显然，那是在他的电影处女作《阳光灿烂的日子》之后，我应该是去了一次他们叫作"阳光灿烂"的工作室，拿了一本《小说月刊》类的杂志。他让我把其中的一篇故事写出个梗概来。记得我是在去云南出差的路上，在不完全明白如何写的情况下，勉强完成的，那时还是写信将我的完稿寄出去的。其实内心里也不怎么感兴趣，当然也就没有下文啦！

再后来，我出国又回国，在海南房地产供职，而且有了女儿。那是2008年下半年吧，女儿一岁多点，我第一次在产后出差，也是第一次断奶，在英国近一个月的时间里非常难受。所以，在返回香港时逗留了两天，先生便带着女儿从海口到香港迎接。

我们住在香格里拉酒店，在餐厅用早餐时，我看见一个人很像姜文，与太太和孩子一起。我和先生说起，他怂恿我去打招呼。

我鼓足勇气，走过去问他：你是姜文么？他竟然反问：我是不是老了？（或者就是这个意思吧）我觉得，这不应该通常是女人才会这么问的么？他当然没老，依然很帅。为了不唐突，我简单介绍了自己，感觉他应该还有印象，记得我吧？我指了指女儿，他也说了说儿子，记得他说儿子叫马虎，真的叫马虎。

聊了一会儿，非常感叹这种巧遇。可惜当时竟然没有要求合影，早知道N年后会写公众号，一定多拍几张。

我很喜欢姜文，很喜欢他这样敢于担当和执着地做自己的个性。这么多年，他一共才拍了六部电影（可能还有夭折的吧）；好在他作为演员，还有不少作品。

我们的年代，姜文这样的男子汉以及有才华的文艺青年，才是女孩子们喜欢和追求的，基本上和金钱无关。而现在，那些清秀少年般的明星尽管也俘获了不少我的同龄人，可怎样也不会是我的菜。

所以，翻看老照片，回忆青春往事，也算是轻松惬意的美好时光！

2021-11-07

李芒：让爱顺着笔刷流淌

认识李芒很早，却是在我 2014 年回英居住后才慢慢熟悉起来。此次能有机会邀请他参加布莱顿艺术节重要活动之一"艺术家开放日"的联展，把他介绍给布莱顿的艺术爱好者们，我感到特别荣幸。

想写写我认识的李芒，感觉"压力山大"。原因很简单，因为这里的华人朋友很多都非常熟悉他，了解他，他也拥有众多的粉丝，而且还有一个因为他的艺术公益讲座而成立的近五百人的大群"李芒：莫奈的'印象视界'讲座"。这个临时建起来的群并没有因为讲座的完成而结束，而是就此存在了下来，聚集了一大批喜爱艺术、喜欢李芒的朋友，而他这个核心人物，也会花一定时间分享自己对艺术的理解和感悟，与大家时不时地互动交流。

不得不说，这是一个黏性很高的群，平日讨论热烈，非常活跃。李芒每次说点什么，总能引起涟漪和斩获溢美之词，不禁惊叹于他的人缘之好。是因为他没有一般艺术家的清高，还是因为他热情随和的个性？反正，大家都是他的朋友。

我不是艺术评论人，不懂得怎样从专业角度来探讨李芒的艺术风格，但作为一个欣赏者，一个艺术爱好者，也作为一个相识很久的朋友，还是对他的作品有些感受的。

开始欣赏和喜爱他的作品是在最近几年。参加过几次他的画展，也去过几次他的画室，看他的作品，我最大的感受就是：如果只看作品不认识画家的话，我不认为这是一个中国画家的作品。他早年的油画，有西藏人物题材，画家身份当然会一览无遗。而近些年他的作品，大多以乡村和城市风景为题材，描绘的不仅仅是英国，还有其他他喜爱的国家。

我的这种对李芒作品的直觉，也许是因为他的题材、他选择画面的随意性，也许是因为他笔触的欢快和自信，也许是因为他看似有意无意的作品却流淌着对生活的热爱和歌颂……

这样的随意和轻描淡写，一定是来自内心的淡定和生活的安逸吧？我猜想。并不把太多的人生感悟寄托在自己的作品里，而是描绘生活中刹那的美好，那种留驻笔端的瞬间到底打动了李芒心中的哪根琴弦呢？！

更别提他的绘画技巧，深深地受到西方艺术家的影响，他的作品，标识性很强，虚虚实实，相互衬托。如果你仔细地寻找，可以发现很多小而有趣的细节；而作品更多的是一种大的写意，一种对朦胧意象的捕捉和某种情绪的表达。

这是我觉得他的作品更像是在西方艺术教育熏陶下而创作的原因，因为李芒这一代艺术家，在中国所受的教育理念应该更注重艺术的"思想性"，不是么？

生活中，他是那种端着咖啡、听着古典交响乐、经常逛美术馆的人。在他南伦敦的家里，有花有草有鱼，有工作室，有爱的人和猫咪，过着有酒有肉、夫唱妇随的恬淡生活。外出旅行时，他在户外写生，太太就拍摄他作画；不旅行在家时，他就在画室听着交响乐创作。

很少见到他这么勤奋创作的艺术家，他总是在路上，总是在创作。水彩风景，油画人物，肖像战马……他总是把新的创作第一时间分享给周边的朋友们。

那么，英国的三十年，到底是什么影响了他的创作？

千言万语，他的答案竟然只有一句话：他最喜爱英国的，是在这里的自由自在；做任何自己想做的事情，不必在意别人怎么想怎么看，更不必花很多时间和精力在人际关系上。当然，还有给予他无尽灵感的英国乡村小镇，以及大伦敦的人生百态。

然而，他的朋友、英国皇家水彩画协会原主席大卫·帕斯科特却和我这个中国人有着完全不同的印象。

大卫在评论中写道：就像我画中国场景的作品一样，中国人一定觉得这是出自一个外国艺术家的手笔，而即便李芒以一种充满理解的方式描绘英国本土的场景，我也会在这些场景中发现一些"中国属性"(Chineseness)。尤其是他在画室创作的大型绘画中,中国特色更为明显。

当李芒想在他的作品里注入"意味深长"的意义时,"中国属性"就被看出来了,最起码是被这位评论家看出来了。虽然他只能"猜测"其中的意义,但他认为,这种不确定性无疑给了李芒某种"敏锐性"(edge)。

这样看来,专家对李芒作品的解读和我这个素人也不矛盾,我认为他作品的"英国属性"(Englishness)更多是体现在他的风景作品中。但不可避免的,他的中国根有时还是让他不得不在作品里寻求表达更深层次的意义和思想吧,所以才会有了这样有某种"深度和思想"的作品。

这两年我也开始学习涂涂抹抹地画画,不画不知道,一画才知道有多难。过去的那种对艺术家充满敬仰的神秘感,现在完全演变成对艺术家"艰辛"的理解。

他看似随意的笔触,那是经过多少年的历练和千千万万的重复,才会有这样义无反顾的潇洒呢?

童子功!对的,李芒是那种有童子功的艺术家。

首先,他生长在一个艺术之家。父亲李皓是一位画家和出版人,他还不怎么懂事时,父亲就开始了对他的绘画启蒙教育。

年仅十六岁时,李芒就进入了鲁迅美术学院专业学习绘画,十九岁时就创作并出版了根据狄更斯的《双城记》改编的连环画,年少的他已经显露出令人赞叹的绘画技巧,也给他和英国的缘分埋下伏笔。

1985年至1991年期间，李芒在辽宁美术出版社负责编辑出版《中国美术全集》的壁画部分，为此他走完了除黑龙江省之外的所有少数民族地区。年轻时的行走经历，无疑为他的创作带来了深远影响。

到国外博物馆去看名家原作，一直是李芒小时候的梦想。来到英国，他终于实现了这个梦想，而且，至今他也没有停止从年轻时就开始的行走的脚步。

这三十年，每到一处，他都会直奔博物馆，近身揣摩大师的作品。每一次的旅行和观摩，都给了他难以估量的营养输入和灵感启迪。

用行走和见闻来开拓，用音乐和其他的艺术来滋养，用勤奋和实践来升华自己……李芒说，他向一切可以学习的艺术家学习，无所谓门类，无所谓派别，只要是有感悟的，他都用自己的方式来记录和创作。

李芒还说过："一个画家必须踏踏实实画足几十年，你才可以真正有可能随心所欲地画出你想表达的一切。在写实主义的画作里，你全然无法掩饰你的画艺不精，功夫未到。一出手，性情才华，高下立见。"

"En plein air"是一个法语表达，指的是"户外创作"。我调研了一下，我们译作"写生"，似乎更多的是指一种作画训练。

其实，十九世纪中后期，随着印象派的出现，plein air

艺术达到了顶峰。那个时期画户外风景画的艺术家包括莫奈、雷诺阿、毕沙罗、塞尚和凡·高。

而自二十世纪以来，人们对户外绘画的兴趣一直保持到现在。今天的艺术家们继承了这些前辈大师的传统，在自然风景中捕捉光和影的灵动，李芒就是这样的一个实践者。

当一些收藏家更热衷于收藏李芒富于"思想性"的作品时，我个人却是真心喜爱他的这些户外创作，这些捕捉日常景观里的刹那永恒……

2022-04-19

一个不会写诗的理工男不是一个好画家

缘起

第一次见李晴是在 2014 年,我那时已经辞职在北京待着了。当时我的大学同学王涛在做艺术经纪人,经常举办画展,李晴的画展就是其一。记得那是年初在我家附近的一间咖啡厅二楼,我一下就被他的画吸引了,当时就收藏了一幅他正在展出的"山水画"——《临髡残山水图》,回家百看不厌,细节里那些居住在"山里""树上""天空"中的小怪物(当然画也是由它们组成的),就像我们人类一样过着自己的生活,有着自己的社会,非常有趣,值得耐心把玩。

虽然喜欢,但当时并没有和他聊天,问一些创作的问题。很快,我们要在 6 月搬回英国定居,而且我已经计划在英国经营一个茶、艺术与服饰的空间。临行前,我通过同学联系了李晴，希望在英国介绍他的作品。他欣然答应，这样在我们的货运行李里，就多了几幅装裱好的他的作品。

然而在回到英国的头两年，茶与艺术空间的想法在多次论证后还是搁浅了，他的四幅画就一直挂在我的家里。因为实在不好意思，也是因为喜欢，我曾联系过他，希望自己把画都收藏下来，可他又坚持不收钱。反正，这么多年他从未主动问过我一句。

他是北京人，虽不善言辞，但性格里透着豪爽。因此我也很喜欢他，期待今后以其他形式回报。

直到去年圣诞前的布莱顿"艺术家开放日"，我的邻居陶艺家 James 提到他的开放日主题是"拯救地球、野生动物和难民"，我才向他提起我的前同事，现在是著名的野生动物摄影家和环保领军人物奚志农。邻居特别兴奋，希望邀请奚志农的摄影作品参展，我想到了李晴的作品。这送到眼前的机会，必须抓住。

和邻居商量，他欣然同意，而且，李晴的那四幅以"醒来"为主题的作品，每一幅都藏着一头大象，似乎也在诉说着人与自然的关系，与此次展览的主题相当吻合。

我不厌其烦地讲述这个经过，是因为连我自己也觉得神奇。八年是挺漫长的，我终于"实践"了我的承诺，而他的四幅作品一下子都被观展的人收藏了，这说明好的作品无需语言介绍，更不需要文化背景的相通。

我特别替他开心，也感激他这么多年的耐心和大度，所有画作的收入，除了 10% 捐给慈善机构和财务的手续费，我全部如数交给了他。

寓意

谈到收藏艺术家的作品，如果不是有特殊意义、涉及金额巨大以及升值问题，我觉得还是以喜欢为主吧。就像李晴的作品，我是第一眼就喜欢的，在不怎么了解的情况下，这八年挂在家里也一直是喜欢的，有时朋友来了也是谈论的话题。而今，因为再次为展出做准备，我对他做了一次电话采访，就更加喜爱和认定他作品的独特性了。

不聊不知道，一聊真的吓一跳！在他的作品里，他想要表达和寄托的东西太多太多了。

他最最想要做的，是向中国传统山水画致敬。

在传统山水画的世界里，鉴赏一幅手卷就像是在跟着画家一起游览山水，加上画作上方的题诗题词以及友人们的应答，更是丰富了一幅山水画的艺术维度。

是因为李晴特别欣赏中国古代的山水画，还是更欣赏中国古代文人透过山水画所表达的风骨，我不记得我问过他这个问题。但是，他选择了自己的方式：用针管笔代替毛笔，用线和点勾勒山水的肌理，以此来表达他对中国古代山水画的当代诠释。

"线体主义"——他们对自己流派的称谓,或者在展览时被归类于此。

我是第一次听说"线体主义",随便上网查,相关的资料也是有限的。不过,类似这样手法的作品倒是有不少,欧洲和亚洲都有。只是,李晴找到了自己独特的那一点,就是用线体主义的手法来呈现中国山水画的传统。

他对自己作品最有力的诠释是:

> 欣赏中国山水画,不仅要从远处"看",还要近距离"读"。虽然你会从整体上看这幅画,但阅读可以让你深入到纹理的笔触。这些肌理笔触作为中国山水画的主要艺术语言,具有极其重要的意义和价值。"笔墨之情",传统上人们对这些作品的描述,就是能够感受和欣赏毛笔的流动和艺术家的精细控制。

然而,这个曾经非常真实的审美过程,已经逐渐被现代化给抽象化了,今天我们大多数人不再使用毛笔和宣纸。

我终于问了李晴这个问题:画中那些奇奇怪怪的小生灵到底是什么?是来自于哪里?

他说:那是介于鸟和鱼之间的一种生物,可以飞可以游,是一种自由自在的柔软的肉体生物。它们像人类一样,有自己的社会,有自己的角色和分工,同样也做着和我们一样的休闲娱乐的事情。然而,他们只是山水、建筑、云树的组成部分,它们并不可以单独地生存。

在我的作品中,所有的小元素都是在笔触中成长和演变的。它们不是"组装"在一起的,因此不能被解构和理解为单独的对象。它们也不是简单地遵循某种单一模式的装饰。简而言之,我试图用它们来引导人们"阅读"。希望阅读对很多人来说都是一种有趣的经历。

也许很多人不能全部领悟其深意,但他希望引领人们由远及深地"阅读"的目的肯定是达到了!看他的画,你不得不仔细看看这些个组成整幅画作的小生灵都在做什么。这样的趣味和好奇,可以持续很久。

另一面

李晴这个生于北京、2000年毕业于上海交通大学电子工程系的理科生,曾在外企工作多年,在德国生活过六年。

然而,原本"好好地生活",他却在2009年决心辞职,全职在家专心画画。

是怎样的热爱、怎样的自信和怎样的决绝,才能让他做出这样的选择？

对于一个不热爱艺术或者不理解他作品的人来讲，他的脑子该是多么稀奇古怪，才可以沉下心、耐住寂寞、一点一笔地画下那么繁复的细节，这心里得有多么笃定呢？

据说他的第一幅画，画了七个月的时间，两三年后才有人留言说了句喜欢。这是我成文时搜到的信息，没有向他考证。他的画，多数得花一个月的时间，我问过，画错了怎么办？他说，这些都是自己提前构画好了的，也练习过的，很少出错。

一个理科生，他的内心却一直将自己认作是文艺青年。他一直在写诗，在"论坛"发表了很多的诗篇，也小有名气；他还做音乐，出了专辑，是那种狂躁的电子音乐，这是他内心，不安，躁动。

他有很多的诗意，需要呐喊；而他的画，却是需要那么多的安静和沉着、缜密的安排和规划，才不会出错。

针管笔在柔软的宣纸上行走，每一笔都不能错。那么多的矛盾、冲突，都在画里解决了。

在这次画展的准备过程中，我们沟通过多次。我觉得他是极易合作、认真而细腻的，什么事不用多说，都会有效快速地解决。让事情完美而简单，不纠结，有时让我自己的纠结也变得简单起来。

我觉得这是理科生艺术家的特点吧？

这次展出的他的六幅作品是他2014年的创作，每一幅作品的寓意都挺复杂的。

这两年，他花很多时间陪伴儿子和其他家人，同时，他也一直在琢磨着突破。已经有些眉目了，他说。他希望今明两年，会有全新的作品问世，这个全新，也包括在技术上引入一些电脑制作的东西。

自 2011 年以来，李晴的画作曾多次展出，包括 2011 年举办的"非此即彼"首届通像艺术群展、2012 年上海多伦现代美术馆举办的"稀捏行动"公益多媒体影像展、2016 年北京德国驻华大使官"归去来兮"留德青年艺术家联展、2017 年德国柏林公共空间艺术中心"寻觅乌托邦"中德艺术家群展等。自 AAP（素人展）创办以来，李晴已经连续四年在那里参展。

不知道我把只见过两三面的李晴勾勒清楚没？其实怎么可能呢？这只能算是一瞥吧。

2022-04-30

刘震云：倾听是一种力量

2023年10月18日，受英国查思出版社的邀请，我在伦敦中国城的 China Exchange 主持了"刘震云和梁鸿英国粉丝见面会"，并采访了刘震云。

那几天英国刚刚降温，伦敦还下着小雨，可以容纳两百人的场地早已坐得满满的，有些读者是从英国其他地方赶来的，还有不少媒体记者。室内弥漫着久违的热烈，大家对他们的谈话充满了期待。

刘震云比视频里的他显得还要清瘦而且年轻，一身蓝黑色便装，一双扎眼的户外鞋。他也是在接受媒体采访后，匆匆赶来。我们几乎没有任何机会提前打个招呼，就登台开始了聊天。

果然，他说起话来慢慢悠悠、一板一眼，时不时抖个包袱，刘震云式的幽默从头贯穿至尾，现场总是传出观众的爆笑声。

我是给地主扛长工的

刘震云一开场就说:"查思出版社出梁鸿老师的《神圣家族》,就捎带着也出了我的《一日三秋》。在英国的八天,我们跟着出版社的王英老师跑了六个城市,做了八场演讲和签售,曼切斯特、利兹、纽卡斯尔、爱丁堡、牛津和伦敦,我这是给地主扛长工的呀!"

他说这次出门已经整整一个月了,他先去了西班牙和塞浦路斯,今天在伦敦的中国城吃了老乡的河南烩面,现在看到大家,感觉像是回到了中国。

幽默的语言对文学作品是非常伤害的
真正的幽默,是人物和结构的幽默

他曾说过他不善言辞,现在却以作品和谈吐中的幽默而著称。

他说:我们村的人各个都比我幽默,而且他们是用一种玩笑的口气,来处理所谓宏观和微观的问题。比如,一个人到另外一个人家去，这家人正在吃饭。主人会跟进门的这个人说：又是吃过饭来的，又是不抽烟、不喝酒。其实它是一种玩笑，如果其他地方的人，可能话就接不上了，接不上也是属于能力和智慧的问题，但河南人肯定能接着。这不，进门的这个人就会应答：吃过昨天的，不抽次烟，不喝假酒。然后就一屁股坐在桌前跟着吃了。

谈到幽默的问题，他说中国的俏皮话和英国、美国的都不一样；当然，跟阿拉伯和南美的更不一样。幽默的语言本身对文学作品是非常有伤害的，读起来会觉得是一种挑逗。真正文学的幽默是人物和结构上的幽默。譬如《我不是潘金莲》中，一个普通的农村妇女，用二十年的时间，就是要告诉你一句话：我不是坏女人。但说了二十年没有人听也没有人信，这样就把一个悲剧说成了喜剧。

如果高考不曾中断的话
我一定不会是一个作家

他说：总有人问，"哪个作家对你影响最大"，其实是很多人、很多的作家对我都有潜移默化的影响。还有人爱问，"哪个人对你起关键性的指导作用"，这样的人根本不存在。

有时候，时代的改变对人的命运的影响非常大。比如我人生最大的改变就是恢复了高考，这是上个世纪邓小平先生的决定。我上小学的时候，是我们村我们班最笨的人。我有个表哥外号牛顿，学习特别好。1978年恢复高考的时候，牛顿已经到大同去打工了，所以他就成了建筑工地的一个农民工；而我去当了兵，当兵的时候，我特别喜欢站岗，因为路边有一个灯，我可以在那里看书。

别人总说，你能考上大学的中文系，肯定作文写得特别好。完全不是这样的，我从中学开始就特别喜欢数学，在中学我就已经自学到了微积分。所以高考的时候，我数学恰恰得了89分的高分，别人都是十分八分就不错了，我一下就拉开了距离。

所以说，人的命运的改变，是随着历史的车轮，你不知道会拐到哪里去。如果高考不曾中断，我一定不会是一个作家，我一定是一个特别好的数学家，目前可能在普林斯顿大学带几个博士生，所以这就是命运的转折。

作者应该是倾听
而不是代言，替别人发声

在谈到文学的意义时，刘震云说：梁鸿老师的一个观点我特别赞赏，那就是文学存在的必要性。作者就是要把那些被忽略的人、被忽略的心事和情感，一点一点地打捞出来。还有一个就是在特定的时间和空间里，记录一个民族和世界，把他们的一举一动都定格下来。像英国，如果没有莎士比亚，你可能不知道和他同时代的英国人是怎么生活的。

我觉得作者没有替别人说话的负担和责任，凡是哪个作家说，他要替什么人发声，那他一定是个三流的作家。而且凡是说替人发声的人，一定是骗子。但骗子是有可能成功的。

我去阿姆斯特丹为《我不是潘金莲》做交流时，一个荷兰的女士站起来对我说：我没有去过中国，我也不了解中国人，我知道的中国是从CNN、BBC上看到的，我印象中的中国人都面无表情、不动脑子、没有思想。但是我看了这本书，才知道还有一个中国人，一个农村妇女，花了二十年时间要向这个世界纠正一句话；而且我也没有想到中国人这么幽默，我从头至尾都在笑。但读到一个地方，我还是哭了，就是当主人公李雪莲开始对家里的那头牛说：你从小是我养大的，你应该知道我是不是个坏女人。其实，我觉得还有一个人也在听李雪莲说话，他就是作者。

她的反馈特别触动我，我觉得作者应该是倾听，而不是代言。倾听是一种力量，倾听才可能是一个好的作家。我作品里的人物说的话，都不是我说的，是人物本人在说话、在发声。

文学的底色是哲学
哲学停止的地方，文学出现了

读过刘震云的《一日三秋》，故事既有日常也有鬼神，既写现实又呈现出后现代的模样，而且小说的叙述非常冷峻客观。问到他这个所谓的"超现实"为什么让我感觉如此"真实自然"的时候，他说：那说明我写得好呗！

如果用《一日三秋》这本书来作例子的话，它是写一个笑话跟一个人、一群人、一个民族、一个地域之间的关系。"笑话"是这个故事的主线，有的人一辈子把自己活成了笑话；而花二娘（书中人物），则是靠到人间的梦里找笑话，活了三千多年而青春不老……这些只是《一日三秋》里的结构之一。更大更深的结构层次，说到明天也说不完呢！

文学的底色是哲学，我的意思是说，如果一个作者只懂文学，他一定不是个好的作者。他应该懂更多的东西，譬如数学、物理学、心理学、社会学……当然最重要的就是哲学。因为哲学家是想要把整个世界说明白，说不明白的时候，文学就出现了。

写作没有什么技巧，需要的是知识。所以我有一个观点，就是真正的作者，他的知识一定要很渊博，最起码你得知道世界文学史上出现过什么样的作品吧？你想写诗，最起码你得知道李白、杜甫、泰戈尔吧？"空中不见翅膀的痕迹，但我已经飞过"（泰戈尔），还有美国的民谣歌手鲍勃·迪伦，他得了诺贝尔文学奖，"一只白鸽要穿越多少片大海，才能在沙滩上安眠？……一座山要矗立多少年，才能被冲入大海？……答案在风中飘扬"，这写得多厉害，多有哲思，你最起码得知道这些吧！

坚持是最重要的品质
但能坚持下来必须得有乐趣

刘震云从十五岁当兵时就开始跑步，一直坚持到现在，他每天都差不多要跑两个小时；写作也一样，从第一部作品到获得茅盾文学奖，他经历了很多作家都必须经历的考验。

他说：无论你做什么，坚持是最最重要的一个品质。任何事仅有"坚持"是坚持不下来的，而是它能带给你快乐。跑步时人体释放的内啡肽和多巴胺，它们使人感到快乐。突然有一天你没跑步，你会觉得很不舒服；另外，跑步最大的好处是不依赖别人，自己抬腿就可以跑，随时随地都可以跑，我在泰晤士河边、塞纳河边，在自由女神旁边都跑过。所以，孔子说"知之者不如好之者，好之者不如乐之者"，就好像写作，你坚持它干嘛呢？这一定是因为你在写作里边发现了乐趣。

刘震云喜欢讲故事，这可能是有人说他比较"绕"的原因之一吧。就像他书中描述的延津人擅长讲笑话一样，他讲着讲着就奔着笑话去了。对于一个采访者来讲，他是比较难以驾驭的，除了他学识渊博、引经据典、反讽连连之外，他喜欢按自己的思路走。

然而大家喜欢他，欣赏他的俏皮话。那天，在观众提问结束后，读者们排起了长长的队伍，等待他的签名和与之合影。后来，我陆续看到了社交媒体上的很多反馈，大家都觉得他平易近人，极有耐心，一字一画地签名并满足粉丝们的各种要求。

（本文刊登于香港《明报月刊》2023年第12月号）

2023-10-29

梁鸿：写作是书写喜怒哀乐，不是审视他人

1

受英国查思出版社邀约，我于2023年10月在伦敦主持了作家"刘震云和梁鸿的英国读者见面会"。因为以前没有接触过梁鸿的作品，所以我花了相当长时间做了一番准备。

我首先读的是她的小说集《神圣家族》，这部作品的英文版于2021年12月获得了英国的"Pen Translates Award"（笔友翻译奖），然后是粗略地通读了她的"梁庄系列"，是"梁庄系列"奠定了她在文坛的位置，让她成为一个受到关注的公众人物。

在读"梁庄系列"的时候，我不仅被她讲述的梁庄人的故事深深地吸引，而且对她的敬佩之心也油然而生。正像梁

鸿自己说的，当她决定回到梁庄观察这片她曾经非常熟悉的土地时，她才发现其实自己并不真正地了解它，也不曾真正地关注过它。

的确，尽管中国的乡村地域广大，我们对乡村在城市化进程中的问题也不陌生，而且在我们居住的城市中遭遇乡村并不困难，但除了一些肤浅的同情之外，有多少人曾经真正地关注过他们，真正地看见他们？我知道自己没有。

也许正是因为如此，她的那种原始的冲动和巨大的热情，在她的采访和记录里，在她看似冷静的描述中不经意地流露，让读者感同身受，对那片土地上的人民充满理解和喜爱，也充满同情和敬佩。

无论是虚构的"吴镇"，还是真实的"梁庄"，也无论是真实的梁庄人，还是虚构的吴镇人，他们相互交织，勇敢地面对着中国乡村在城市化进程中带给他们的种种困惑和难题，让我真正地"听到"他们，"看见"他们……

2

有了这近一个月的精神准备，以及对她在各个媒体里的影像的了解，我已经不觉得梁鸿陌生了，反而，我对我们的相遇充满了期待。

10月18日在伦敦中国城,当我第一次见到她,完全没有感到陌生和距离。我们没说上两句话,就上台开始了对谈,一路畅谈。梁鸿自然、淳朴,让我的提问随意而放松。伦敦是他们英国之行的第六个城市,而且第二天她就要飞回北京,紧张的旅程并没有把倦意写在她的脸上。

那天英国刚刚降温,窗外下起了小雨,面对现场两百多位来自英国四面八方的读者,空气中充满了久违的兴奋以及难以言状的引力。

梁鸿,这个在农村生活了二十年的乡村女孩,凭借自己读书读得好,走出了梁庄。她对故乡的再回首,是偶然也是必然。

梁鸿读博士的时候,她的导师要求她研究河南文学,所以她花了三年时间写成了博士论文,详细地研究了河南作家,出版了名为《外省笔记》的专著。她觉得这三年特别重要,她说:"就像回到了母亲的子宫,突然间觉得那片土地对你是有意义的。所以,后来的写作也就自然而然地回到了那片土地,这是一个正常的情感延续。"

学术研究曾令她迷茫,不知何去何从,她于2008年又回到了故乡,虽然并不清楚故乡会带她去哪里。但是,当她站在村头,看到那些熟悉的人群的时候,突然间就觉得,她跟那里的人们实际上还是一体的,好像她从来没有离开过,但是也从来没有真正去关注过他们。

那一刻,想写一个中国现实的村庄而不是一个小说里的村庄的念头就产生了。

"我觉得写作需要一种激情,就像我们今天来这里一样,也需要一种激情,否则我是不愿意出门的,这么冷,对吧?"她呵护着在场的观众,"写梁庄的时候,其实我内心里有一种特别大的生命的冲动……所有的写作都是为了追寻自己,都是为了找寻生命的源头,不管这个生命是你个人的生命,还是整个社会的每一个个体的生命。"

她补充说,以现在的心态,让她再去跑十几个城市,去找那些在外打工的梁庄人,她真的是没有勇气了。只有在那样的一个时期,那样的一个巨大的冲动之下,梁庄的故事和梁庄的人才跃然纸上。

3

都说英国的灵魂在乡村,我没有考证过这句话的出处。反正这些年在英国,也深深地为英国的乡村着迷,那些村舍和乡镇,那些只有牛羊的丘陵缓坡,似乎停滞般地几百年都没有变化。而我记忆中的中国的乡村,那曾经生活过十年的陕南,也是田园牧歌般的存在——上山挖中药,下山捉泥鳅,完全没有后来城市化进程中乡村所遭遇的种种困境。

记得大学期间,同学们常常挂在嘴边的"农民"二字,是用来讥讽那些有"农民意识"的思想和行为，虽然大家也许是无意识地这么说，可城市年轻人的"自以为是"却是真的。想起来这一幕，我就为当年的无知而羞愧。

这正是梁鸿写"梁庄"时的一个最大的愿望：希望把"农民"这个词语"除掉"，让它不再是一个符号化的群体，而是每一个个体的面貌，每一个人的故事。"读了梁庄之后，你会看到一个个人的故事，而不是一个个'农民'的故事。"

梁鸿觉得中国的乡土并非一片特殊的土地，它是中国的土地之一；农民也不是一个特殊的群体，他们是中国人的群体之一。所以她特别不希望大家用一种非常特别的眼光来看待中国农民。当我们把农民特别摘出来看的时候，你是把它作为一个"病症"、作为一个社会问题来看待的，而不是把他们作为一个普通人的存在来看待的。

梁鸿认为：一个作者最大的任务就是把每一个人的喜怒哀乐写出来，而不是以他们的社会地位来看待他们。

我问她：改变了你的命运的那个关键的"差异"是什么呢？

梁鸿没有直接回答我的问题，她说："我其实觉得没有什么差异，混得好或者混得不好都是一种生命的形态，就是说人有各种机遇，我可能碰巧比较会死读书，然后读出来了。而没有这样走的人，也不能用遗憾来判断。他们有自己的幸福，也有自己的悲伤；而我们有自己的幸福，也有自己的悲伤。"

尽管如此,梁鸿还是觉得自己非常幸运,在人生最好的年华,写了这三本书。她觉得这是对她的馈赠,对她生命的馈赠。

4

梁鸿作为一个研究中国乡土文学和乡村关系的学者,再加上对梁庄十年的调研和记录,她从非虚构的"梁庄",到如今虚构的"吴镇",这个转变是不是自然而然、水到渠成?

有专家这样评论她的小说《神圣家族》:"从非虚构到虚构,不再是平视的眼光,还有了俯视。"

《神圣家族》里所描写的十二个人,都是边缘人物,他们有很悲惨的故事,但梁鸿却以一种比较轻松的方式写了出来。譬如《到第二条河去游泳》这篇,她用非常平淡的手法来写这个女孩子去找一条河,把衣服脱了,换上不同的衣服,然后跳下去。在河里她和其他的死者非常平淡地聊天,你为什么死,她为什么死……她希望这样能让读者感受到一种言外之意,引发一些思考。

梁鸿说她觉得文学不单单是用"重"来写"重",也可以用"轻"来写"重"。用轻盈的、玩笑的、幽默的方法来展示人的那种存在的荒诞、存在的悲凉。

梁鸿在写《神圣家族》的十二个人物的时候，非常兴奋，也很享受天马行空的虚构的快乐。譬如她写许家亮盖屋，因为地上的房屋已经不能住了，要挖一个地下的两室一厅满足自己的愿望。她特别开心可以给主人公找到一个方法。虽然是虚拟的，但是里边又包含着许多社会的层面，所以她希望这样一个虚拟的人物，和整个社会的那种所谓的话语是完全融为一体的。也希望读者首先喜欢这个人物，觉得好玩，然后才是背后那种她要表达的声音。

5

其实，和梁鸿的对谈也就只有四十多分钟，按照活动议程，会后没有饭局，我也另有计划。主办方希望我们把梁鸿送回酒店，因为她要和一个朋友见面。

我们走出会场，一脚踏进唐人街的灯红酒绿。外面下着小雨，梁鸿拿出了一把自备雨伞，而我习惯了海边小镇的装备，从不带伞，但也没有穿防雨衣。

我们同行的三人都不生活在伦敦，其中一位美女作家怕梁鸿淋雨，就叫了一辆 Uber 送她。其实，她的酒店就在不远处，走路十分钟就到了；而我，一个住在外地的路盲，也没有坚持说走路更快更方便。那时，正是傍晚五点多的拥堵时刻，第一辆车爽约没来，我们又换了一个地方再叫一辆车。我建议，不然就在中国城吃了饭再回酒店？梁鸿说还有人等，其他人也没有应和，我就没再坚持。

终于等来了出租车，路上很堵。在等车的时候，我们躲在雨伞下聊天；在出租车上，我们也一直在谈论写作的话题。

我至今都特别后悔没有请梁鸿在中国城吃饭。那天，我就像一个丧失了思考和决断能力的乡村人（我们华人称我的小镇为布村），迷失在伦敦这个大城市了。也许梁鸿只是客气，见她的朋友应该也没有那么紧急，而我自己的工作计划也不那么急迫。关键是，我们身在餐厅林立的中国城，我竟然木讷到没有坚持请她吃饭后再送她回去……

除了这个遗憾以外，这一场在伦敦与梁鸿的对话，像一场神秘的幽会，让中国的乡村和那里的人们久久地徘徊在我的脑海里。

英国的乡村在英国人心目中有着特殊的意义和价值。对许多人来说，它代表着宁静与和谐的生活方式，也代表着慢节奏，是一个让人们享受大自然的乡村。

来英国之后，听到的一句话令我印象深刻，它提到了英国乡村的重要性和价值："乡村是我们国家的灵魂，是我们文化和传统的根基……乡村不仅仅是一个地方，它是我们的身份和价值观的象征。"

不知为什么，我觉得这句话也同样适用于中国的乡村。

中国的乡村也是我们中国文化和传统的根基，也是我们身份和价值观的象征。而我们所需要的，是好好地理解它，研究它，尊重它。

（本文刊发于FT中文网，2023年12月5日）

2023-12

欣然：黑白之间百道灰

记者、作者的欣然

今年 2 月，欣然的最新作品问世，在之后相当长一段时间里，她都会一直忙于接受采访并参与各地书店和各种机构组织的读书活动。阳春 3 月的一天，我专程赶去伦敦参加了她在著名的独立书店 Daunt Books 的新书对谈。和她交流的是英国《旁观者》杂志的编辑 Cindy Yu。看新老一代的优秀华人对谈，我的内心生出许多感慨。

就像欣然自己说的：台上的两个华人，同样的亚洲面孔，不同时代的记者，一个用母语般的英语提问，一个用缓慢而坚定的流畅英语思考着答复……对欣然来讲，这样的对话不是问题。每一本书的面世，这都是她必做的功课之一。回答中外读者听众的各种问题，在这么多年的时间里，已经成为她的灵感和创作的源泉。从这些不同的问题当中,她解读出信息和理解的误差与不对称,解读出她想要为之努力和奋斗的方向。当然,这都是在写作之外的事情。

认识欣然真的有二十多年了。她比我早两年来到英国,自 2002 年她的第一部书《中国好女人》(*The Good Women of China*)出版之后,在二十二年的时间里,她已经陆续出版了九部纪实文学作品,把自己的慈善机构"母爱桥"(MBL)经营得风风火火,同时她还为英国的一些媒体机构做中国顾问,在中英关系中贡献着一个海外华人可以贡献的力量。

虽然九部作品足够让她在西方文坛有一个特殊的华人作家地位,但她不仅仅是一位作家,她喜欢在自己的名字前加上这样的三个前缀:记者、作者、志愿者。可见,她不但感恩曾经的记者生涯,也同样看重自己慈善工作的重要性。

在相识的这么多年里,我并没有时时关注她的成长,因为这期间我在国内工作多年。但我知道,她一直是勤奋的。

就像所有在上个世纪八九十年代来自中国的留学人员一样,学会在海外立足生存是第一步。她在餐馆打过工,教过中文,后来曾在伦敦大学亚非学院教书。所以语言和文化的障碍让她感触最深。当她应邀在英国《卫报》开专栏时,她在三年五十多篇的英文专栏中幽默而尖锐地戏说中英文化差异,以及彼此因偏见所产生的理解误区。《卫报》与兰登出版社最后联袂出版了这个专栏的选集《中国人不吃什么》(*What Chinese Don't Eat*)。由此,我看到了她的勇气和坚韧。

她的第一本书《中国好女人》花了四年的时间才得以出版。这本书里的很多故事来自她在国内的午夜谈话节目《轻风夜话》，节目中无数普通的中国女性讲述她们自己的情感故事。熟悉的题材她并不难驾驭，但是把这样的一本关于中国真实女性的书在英语世界出版，翻译本身、出版社的程序以及对编辑的无数的解释和背景陈述，足以令她感到崩溃。

我不仅理解她的韧性和努力，更理解为什么现代的留学生不会再有这样的精神挣扎。因为现在的学生，本身就生长在一个信息发达、语言障碍减少很多的时代。得益于父母们所经历的改革开放，这群孩子们已经做好了相当的准备，有着足够的经济实力才得以出国留学，所以文化的震荡对新一代出国学生所带来的冲击远远不如父辈；即便有所谓的冲击，我感觉现代的年轻人也并不怎么在意。

欣然这一代的移民，相比更早期的以及现在的移民来讲，自身文化的底蕴以及对所在国家文化的渴望所生成的各种内心冲突最最强烈。

志愿者的欣然

在欣然最新一篇关于英国文化的文章中，她写道：

根据英国政府于 2022 年 6 月公布的数据,约 14% 的英国籍人口出生于世界各地。因此,我们每天所遇到的"英国人",未必是在英国土生土长的英国人,而他们所代表的文化自然也未必是传统的英国文化,所以"入乡随俗"很容易走错门。To be, or not to be, 是我几乎每天所面对的问题!

在英国,入乡随俗形同望山跑死马,不仅有语言、传统、习俗等文化的长征,而且还有遵纪守法的认知,有时令人心惊,有时令人无奈。

即便她嫁给了英国人,即便在这里生活了二十六年,她依然生出了这样的感慨,依然致力于中西更高层面的文化交流和沟通,可见这样的撞击对她的震动之深和影响之久。

正因为"感到中西彼此认知就如同盲人摸象",她才因此视"搭桥铺路"为己任,无论是与她的先生出版人托比一起创办的中英文坛的交流活动,还是慈善机构"母爱桥"的创建维护以及对中国贫困地区的帮助,都是源自她内心对"无障碍交流、文化理解和认同感"的深深渴望和追求。

然而,时代的进步并没有让整个世界成为一个和谐的大家庭,相反,当下是一个更加动荡不安、充满了不确定因素的分裂的世界。也许是因为当下的人们更加以自我为中心,或许还有其他未知原因,我发现过去的那种对于外部世界的认知和渴望,变得越来越淡薄,人们更多地是要表达自我,对别的世界和文化失去了兴趣和耐心,这是不是也是当今世界更加分裂的一个原因呢？

我个人认为，在这样的当下，我们更需要倾听和了解外部的世界，我们更需要理解和沟通，我们更需要宽容和忍耐。从这个层面来分析，我看到欣然的焦虑和担忧，也看到她的坚持和努力，譬如她的"母爱桥"慈善机构，从最初连接中国孩子的收养家庭到进行众多形式的文化交流；从最初的儿童图书项目到2023年已经协助创建了二十九所乡村小学图书馆；从最初创建的几个人，到如今的一支有五国志愿者组成的团队；从坚持每年在中国和英国两国进行志愿者培训，到如今为许多海外学生提供救助和心理疏导；在2020—2022年新冠疫情期间，"母爱桥"组织了十四期文化论坛，所邀嘉宾均为各个领域的领军人物。我也受邀作为评委参与过欣然组织的"中英朗诵比赛"，虽然看似那么的遥远和不合时宜，但却更加体现了欣然努力的珍贵。

为孩子记录历史的欣然

有趣的是，除了《中国人不吃什么》这本书是用英文创作的之外，欣然所有作品都是用中文写的。因为她认为，她的受访者在讲述时用的都是中文，她要尊重他们的原声。她坚持用中文写作还有一个原因，就是希望能保持中国文化描述专有名词的独特性，再顶尖的翻译家在翻译中文作品时都会失去一部分的美感与原汁原味。

在写作上，她说要坚持三个原则：第一，口述历史。因为中国发展太快了，很多传统的文化都在逐渐消失，她有使命把中国人口述的时代记录下来。第二，她很尊重地域文化差异，希望能通过写作来如实记录丰富的地域文化差异。第三，她要如实记录被访者被环境和经历所雕刻出来的性格以及语言特征。比如多年前她在采访一些乡村人士时，他们给出的回答永远都是一个词"都行"，她要把这些如实写在她的书里，因为这就是我们文化特征的一部分。

在写一本书之前，欣然通常会花4—6个月的时间来确定采访对象。她会不停自问：我为什么要写这个人？当她决定去写一个人之后，她会挖掘主人公和别人不一样的地方，他的时代背景、他的地域文化特色；最后她再去思考这个人最打动她的是什么。当她把这几步都做完之后，就会像疯子一样去开始写，而这个过程并不长，最多6—8个星期。写完之后，她会把手稿放三个月不去看它，三个月之后再回过头来阅读及改动。她认为这段时间非常关键，是自己给自己的一个沉淀的过程。

每个作者创作的灵感和方式都会不同，在经历了这么多惊心动魄的故事之后，她的新书还是与以前的非常不同。

《秘密家书》是去世的父亲杰留给女儿的一份家书。父亲以他多年点滴汇集的信件，告知女儿他在生前一直没有讲出的家史和个人信念与真情：日本入侵前后上海的家园；进入清华后信仰与爱情的启蒙；建国初期的激情投入；中苏关系的演变见证；动荡时期在康德哲学中求解的困惑；以及他对妻子如同《复活》中聂赫留朵夫般的情感救赎……

这段历史之所以打动欣然，是因为她觉得这份家书也"觉醒"了她自己对父母的感知——那一代人的追求、坚韧和困惑，以及他们对儿女的真实情感。欣然坚信没有他们的付出不会有今天的中国，然而，他们正在巨变的中国进程中隐入尘烟……

在写这本书时，他们中的绝大部分人都已经去世了……这份父亲的家书中所提及的家居民俗、老上海的变迁、清华园的军乐队、苏俄在新中国的影响，以及投身新中国的知识分子如何与工农政权系统碰撞磨合……都属于罕见的中文史料，若是未来无从知晓真实的历史，无法查证到文档史料，那么中国真实历史的记载是否会面临断代的险境？

欣然说："我从来不认为我是一个文学作家，我只是一个口述历史的记录者……我每一部作品都是为中国的孩子们写的！我希望因为我的访谈记录，中国的后代能了解到前辈的艰辛、血汗、忍辱负重，能感受到中国文化的博大精深，能体会到对人类大爱无疆的感知。"

这样的责任感，谁说不是欣然这一代华人作家的特征呢？

（本文刊登于香港《明报月刊》2024年7月号）

2024

后　记

　　这是一本思考过去与现在，重新认识自己与世界、自己与他人关系的随笔集。

　　回望自己的过去，不是任何时候都可以发生的。即便你到了一定的年龄，有了一定的阅历，也有了一定的闲暇……

　　回望是需要事件的撞击的，它击痛了你的灵魂，让你不得不重新与自己对话，与家人对话，与世界对话。而这些对话，以各种形式的思考，与生活中一件件细碎的小事一起呈现出来，就是这本书的样子。

　　"新冠"疫情的爆发，就是这样的事件，它让世界上的每个人都发生了变化，可以说它改变了整个世界。

　　于我，它让我三年没有回家，没有见到父母亲人；它让我们在相当的时间内失去自由，生活在恐惧和焦虑中；然而，它也让我开始了这样的文字之旅，让思想代替脚步，悄悄地试图穿过迷雾看见自己，同时也走近那些相似的灵魂，与他们一起感受悲欢离合，体验滋养和成长的味道。

而这每一篇文字，在碰撞了自己的灵魂之后，与读者相遇。虽然是有限的读者，但每一次激起的涟漪又会折返回来再次与我碰撞，形成新的涟漪。这波纹的外在是安静的，内在却是有力的、持续的。

这是一个非常奇妙的历程，我希望可以通过这本书触及更多的你，然后再折返回我。

这就是出版这本书的意义。

虽然是在"新冠"疫情之下所写，但我并未直接写疫情本身。它只是一个遥远的背景，时隐时现。同时，这本书也多多少少描绘了我在英国当下的闲散生活，侧面地呈给读者一个真切的相同而又不同的世界：告诉大家，无论我走得多远，心灵的慰藉和牵挂还在永远的家里。

谁说平淡的生活不值一提？每一副平静的外表，也许都暗藏着波涛汹涌；每一段普通的生活，也许都流转着万水千山。

一本书打开一个世界

欢迎订购、合作

订购电话：0571-85153371

服务热线：0571-85152727

| KEY-可以文化 | 浙江文艺出版社 | 京东自营店 |

关注 KEY-可以文化、浙江文艺出版社公众号，
及浙江文艺出版社京东自营店，随时获取最新图书资讯，
享受最优购书福利以及意想不到的作家惊喜